杜振醉 著

杜若鴻
杜思鴻
杜三鴻 評注

思若三齋詩詞對聯集

厦门大学出版社
XIAMEN UNIVERSITY PRESS
国家一级出版社
全国百佳图书出版单位

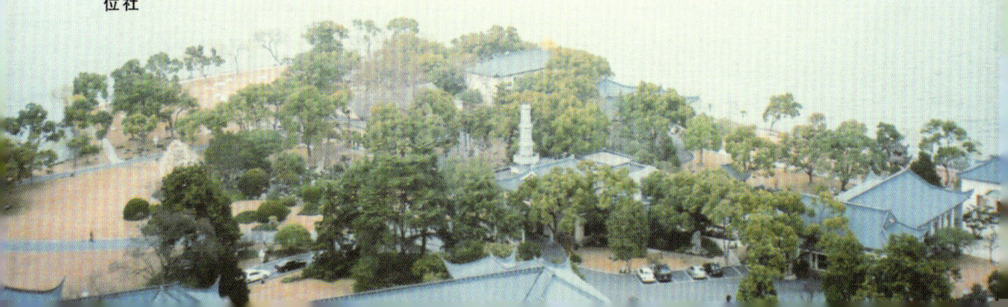

图书在版编目(CIP)数据

思若三斋诗词对联集/杜振醉著;杜若鸿,杜思鸿,杜三鸿评注.
—厦门:厦门大学出版社,2016.1
ISBN 978-7-5615-5809-6

Ⅰ.①思… Ⅱ.①杜…②杜… Ⅲ.①诗词-作品集-中国-当代
②对联-作品集-中国-当代 Ⅳ.①I217.2

中国版本图书馆 CIP 数据核字(2015)第 272634 号

出 版 人 蒋东明
责任编辑 王鹭鹏
装帧设计 蒋卓群
责任印制 吴晓平

出版发行 厦门大学出版社
社　　址 厦门市软件园二期望海路 39 号
邮政编码 361008
总 编 办 0592-2182177　0592-2181253(传真)
营销中心 0592-2184458　0592-2181365
网　　址 http://www.xmupress.com
邮　　箱 xmupress@126.com
印　　刷 厦门集大印刷厂印刷

开本 889mm×1194mm　1/32
印张 12.5
插页 4
字数 227 千字
印数 1～1 500 册
版次 2016 年 1 月第 1 版
印次 2016 年 1 月第 1 次印刷
定价 36.00 元

本书如有印装质量问题请直接寄承印厂调换

厦门大学出版社
微信二维码

厦门大学出版社
微博二维码

▲ 作者像（攝於一九八二年）

▲與夫人黃治英新婚照（一九六八年春）

▼攝於三十而立之年

▼旅菲探親時與長男思鴻合照（一九九二年）

▼二男若鴻獲香港大學文學博士學位時合照（二〇一一年）

◀幼子三鴻畢業於香港大學商學院時留影（二〇〇六年）

▶在故居「宏興大廈」前留影（一九八九年）

▼與夫人黃治英攝於香港鯉景灣海濱公園（二〇〇五年）

◀長男挈家來港省親時與小孫兒俊威合照（二〇〇九年）

目錄

古體詩

律詩

絕句

詞

新詩

對聯

喜慶花絮

慎終追遠

山水風光

名句拾掇

附　錄

序一

張本楠（香港大學教授）

振醉兄與我相識於一九九〇年代中期之香港。我等志趣相投，一見如故，過從乃密，遂成摯友。振醉兄祖籍僑鄉福建泉州，自幼聰穎過人，名滿鄉里，長而才華橫溢，名冠同儕。自內地名校完成高等教育之後移居香港，投身文教事業三十餘年，於香港中文教科書出版界久負盛名，有口皆碑。相交日深，更知振醉兄行有餘力，則以學文，古律今韻，無不兼通。然雖偶有寓目，唯苦於流散，未可得觀全豹。今喜得《思若三齋詩詞對聯集》，此為作者半個世紀韻文作品之結集，包括詩、詞一百多首及楹聯八十副。先睹為快，自不待言。拍案之餘，且略舉佳作，與同好共賞。

（一）懷古詠史，寄興深遠

振醉兄文史兼通，而以中國通史之作名家。其《國史述要》《中國史綱》《國史問題析論》《新視野中國歷史》等著作，享譽學界。「筆下春秋史，胸中錦繡文」（《自我解嘲》之一）非戲言也。作者以史入文，以文論史，文史互融。其治史慕太史公之發憤，其為文歎杜工部之登高。詩，言志者也。集中詠史感事之作，皆有述往事、思來者之意。以集中弔古之作為例，不乏沉鬱感慨、追古思今、憂國憂民佳構。

振醉兄自幼喜杜詩，對杜甫之人格寄無限之景仰。及長，遇中國之文革劫難，理想受挫，雖顛沛於大江南北，香江兩岸，惓惓天下之思未忘也。集中兩首懷念杜甫之律詩可見之。其《讀杜詩〈秋興八首〉》，詩云：

夔府孤城望帝州，風清露冷在心頭。非唯宋玉悲衰草，豈但陶潛嗟暮秋。
傷世長懸家國念，感時遠繫廟堂憂。華章八疊揚千古，律細纖毫韻自悠。

《秋興八首》乃杜甫晚年之代表作。時杜甫流寓夔州，身居巫峽，對秋色蕭森，江濤連天，起故園千里之思。詩以意為主，振醉兄《讀杜詩〈秋興八首〉》以「夔府孤城望帝州，風清露冷在心頭」開篇，字無虛發，意與古人通。「非唯宋玉悲衰草，豈但陶潛嗟暮秋。」典用其所。兄之思雖與宋玉之諷，陶潛之隱有異，然「傷世長懸家國念，感時遠繫廟堂憂」，古今一也。《讀杜詩〈秋興八首〉》未知作於何時，若聯繫詩人另一首詠杜詩《紀念詩聖杜甫誕生一千三百週年》，或可推算作於二〇一二年前後。當時詩人步入古稀之年。此時讀杜甫晚年悲秋之作，對古傷今，自當別有一番滋味在心頭。其「亂離深憫蒼生苦，老病猶懷君國憂」之句，若非自況，當為自勉。

除了詠杜詩，集中其他弔古之作，意皆相通。如《范文正公讚》之慨歎范仲淹「達窮兼獨儒心古，進退皆憂典範新」，《成都武侯祠》之頌念諸葛亮「權重謹臣節，功高免主憂」，《北京文丞相祠》之感懷天文祥「心定磁針石，身飄類轉蓬」，《端午》之凝思屈原「汨羅江上悲風古，東海灘頭望楚天」，以及《讀詩十絕句（外四首）》中之詠懷張若虛、李白、杜甫、劉禹錫、白居易、李煜、柳永、蘇軾、陸游、辛棄疾等十位唐宋詩詞名家，或議其文章，或傷其身世，或感其志向，或哀其不幸，皆不失儒者之懷，家國之念，讀來如聞長歌浩歎，慷慨悲涼。

前文提及，振醉兄文史兼通，下筆出入文史無間。更有直接以史入文者，例如，五律《讀清史一題》有「滿洲膺漢統，國史譜新篇。明主連三世，承平過百年」之感歎。又如七絕《讀史戲題》以別樣角度寫唐初李世民發動「玄武門之變」取得皇位：「齠齡童女憑妝扮，敗寇成王任貶褒。玄武門中如失手，秦王奪嫡罪難逃。」詩中「戲」用反襯對比之法，可謂讀史有得，寄興深且遠矣。

（二）感時述懷，書生意氣

學者論文，古有知人論事，文如其人之說。《思若三齋詩詞對聯集》中之作品始自二十世紀中葉詩人高中畢業進入大學之時，終於二十一世紀初晚年退休之前。時間橫跨兩個世紀，五十餘年。就其感時述懷之作而言之，可約略分而為三：二十世紀六十年代中前期大學求學之時；六十年代末期至七十年代前期大學畢業遠赴山西工作之時；以及七十年代末移居香港之後。由集中作品可見，時過境遷，三期迥異。第一期，詩人正少年英俊，雄姿勃發；第二期適逢中國十年文革劫難，人生之途坎坷；第三期，詩人移居香港，奮發有為，自强不息。以小見大，且細味以下各期述懷之作，足以得窺一般中國知識分子五十年之心路歷程。

振醉兄一九四二年出生於福建泉州，自幼聰穎好學。一九六二年中學畢業時以全校「狀元」，榮登龍門，考入著名學府廈門大學。其《減字木蘭花·接榜》有「風傳喜報，晉北三鄉相轉告。乍返桃園，師長爭呼看狀元」之句，足見其當時佳績，轟動家鄉。入讀大學之後，振醉兄勤學敏思，成績優異，胸懷大志。《浪淘沙·與溪水同學豪飲於鼓浪嶼》最能展現當時少年豪情：

翹首望蒼穹，把酒臨風。書生氣概化長虹。理想馳騁窮八極，南北西東。
暢飲一千盅，袒露襟胸。春風得意物華濃。學級三升人共羨，李白桃紅。

詞作想像豐富，氣魄豪邁，大有李太白「天生我材必有用，千金散盡還復來」(《將進酒》)之浪漫格調。《思若三齋詩詞對聯集》中諸多歌詠校園生活之作，包括描繪校園之外的田園之作，乃至於詩人之初戀情懷，皆出自此一時期。生活似乎一片光明，前程亦不必擔憂。此時作品讀來如飲醍醐，一醉方休，仙入蓬萊，流連忘返。

然而，夢長夜短。詩人大學畢業時適逢中國大陸文革禍起。於是，詩人從閩南鷺島廈門被直接分配至黃河岸北山西省垣曲古城。對於春風得意之南方大學畢業生，驟然至此人地兩生之帝舜故里，無異於天上人間之別。學無所用，志無所施，人生進入谷底。其另一首《浪淘沙·畢業分配》，可見當時之心境：

弔影改朱顏，黃土高原，書生意忤古城偏。入眼風光秋瑟瑟，搖落生寒。
不忍憶從前，桃李芳妍，豪情壯志共華年！到了黃河心已死，天上人間。

另一首七絕《古城秋聲》亦可見一斑：「古城寂寂抱書眠，冷炕夢迴蓆草寒。雨滴疏桐知夜永，風敲翠竹五更闌。」詩意古雅，悲涼之情可感而知。寫於同期之《詩筆塵封》可為「古城寂寂抱書眠」下一注腳：

憶在鷺鄉詩興多，書生氣概海舒波。可堪屈志荒城隅，折筆埋塵奈若何!?

面對冷炕書冊及塵封詩筆，詩人無可奈何，只能「不忍憶從前」。或許，「國家不幸詩家幸」，詩人此時之作可謂漸入佳境。同為書生情懷，讀來少了幾分飄逸，多了幾分頓挫。

幾經周折，若干年後，詩人輾轉回到福建。七十年代末，詩人有機會移居香港，進入其人生之第三階段。此時之詩人已人到中年，雖廣濟天下之初衷未曾少改，然對香港這一心中「天堂」，卻有戒意。且看以下兩首。《別意》記其與妻兒分別，登程赴前途。詩中未見一朝遂願之喜，卻有「無那人生路」之憂：

從來僑廈分飛處，楊柳依依車馬嘶。為慰離人含淚笑，車行掩面不勝悲。

此家人送別之狀，讀來幾近杜詩之《三別》。何以至此？其《天堂》一詩有答：「志昂昂，情豪豪，急急跨過羅湖橋。一旦屈身矮簷下，天堂縹緲影動搖。大學學歷成廢紙，妾身難明似小婦。君不見苦力書生頭低垂，黃金蒙塵等泥土！」二十世紀七八十年代之香港，在英國殖民統治之下，對於中國大陸之大學學歷不予承認。故而詩中有「君不見苦力書生頭低垂，黃金蒙塵等泥土」之憤慨。在此「妾身難明似小婦」境況之下，振醉兄以個人實力，在香港中文教科書編纂行業開出自己一片天地，實屬不易。自八十年代初至今，由振醉兄編著之中文教科書不下數十種，逾百冊。其《念奴嬌·從事教科書編著三十春秋感賦》詞中有云：

鏡裏不辭霜鬢染，從業敬誠如一。作者班頭、主編名下，百部凝心力。矻矻孜孜，學生經典增益。

其窗前燈下，奮筆伏案之狀在目。此乃振醉兄半生寫照，三十年春來秋往，風起潮落，讀來令人肅然起敬，感慨萬千。

（三）詠景感物，形神兼備

《思若三齋詩詞對聯集》中數量多者，當屬詠景感物之作。其間，又以寫景之作為上。景乃詩之媒，然須意、趣、神、色兼備，且統之以情，方為佳作。集中此類佳作不勝枚舉，例如七律《登石牙山》：

凌絕峰巔石徑斜，壯觀應有好詩誇。四方光景連閩粵，一帶煙雲化綺霞。古木千軍來列陣，奇巖萬馬待鳴笳。忽聞山半歌聲起，原是姑娘唱採茶。

此詩妙在章法，開合有度，起伏迴轉，意味深長。開始兩句雖有「凌絕」「壯觀」等字，但卻輕鬆道來，有民歌風味。中間兩聯對仗謹嚴，意象恢宏，奇光異彩，亙古及今。尾聯「忽聞山半歌聲起，原是姑娘唱採茶」，詩情陡轉而下，卻靜中有動，別開生面，有一氣呵成、餘音裊裊之效。集中《九曲溪飄流看山》《白雲山賦》《西湖雪景》《春色賦（二首）》《黃果樹瀑布》及《武漢長江大橋秋望》等篇，皆可圈可點，有異曲同工之妙。如《九曲溪飄流看山》「玉女娉婷依赤壁，大王挺拔柱藍圜」兩句，語帶雙關，神思玄遠；「更聽舟子連珠語，水色山光展笑顏」之句，畫中有聲，餘韻無窮。再如絕句《西湖雪景》：「堪羨西湖數九中，銀妝不與綠妝同。誰家玉女臨風立，標格紅妝分外紅。」此詩有副題，言其「次韻楊萬里《曉出淨慈寺送林子方》」。對比誠齋原韻：「畢竟西湖六月中，風光不與四時同。接天蓮葉無窮碧，映日荷花別樣紅。」讀來雖意格不同，卻相映成趣。

值得一提，集中有一類以農家田地勞作為內容之詩篇，為現代詩壇所少見。此類詩作，寫田園之秀美清新，摹人物之音容形貌，莫不淳樸自然，理趣飛動。以《喜雨》為例，寫春旱遇雨：「一春偏作苦旱行，猜斷浮雲雨不成。忽然一陣悶雷動，午雞聲中聞雨聲。雨聲陣陣急，落地點點金。」雷聲、雨聲、雞鳴聲，聲聲在耳；寫雨中景象：「池畔柳絲生顏色，山邊杜鵑傳好音；豆葉引蔓娟娟好，禾苗擺尾漫漫青。」池柳、金雀、綠葉，欣欣在目；寫雨中老農：「蓑笠荷鋤雨裏去，蓄水填隙忙不停；對岸隔雨相叫喚，穿梭阡陌喜盈盈。」外貌、動作、呼喚，喜悅之情感人。一首《喜雨》，謀篇有法，起伏有度，聲色俱全，動靜相宜，深能打動讀者耳目身心。其他同類作品，如《曉晴》《暮春》《農耕（二首）》《採桑子·踩水車》，乃至《山村抗旱風景線》《插秧競賽》，皆各有特色，清新生動，寫景則如在目前，摹人則呼之欲出。

（四）離愁別緒，含思淒婉

古人論詩，早有「情動於中而形於言」（《毛詩序》）之說。情，詩之本也。其若過故鄉而感慨，別美人而涕泣者，情發於言，流為歌詞，古今所以不廢者也。《思若三齋詩詞對聯集》中言情之作不多，但情深意長，別有餘韻。此種作品可略分為二。一為少年男女相慕者，無不心有靈犀一點通，情真意切，清麗感人；二為夫妻聚散無期者，無不含思淒婉，令人為之動容。二者始通而終異。形之翰墨，前者情長，多倚聲可喜；後者思切，不避簡古悲涼。以下分而述之。

就第一類言情之作而言，寫少年男女，情竇初開，兩情相悅，清純自然。作品多纏綿往復，餘音邈遠。且看《女冠子·驚艷》：「臘月廿一，正是當年今日，捲簾時。驚艷回波眼，鍾情一見迷。　不知流曆換，課讀屆歸期。目送佳人去，兩依依。」初讀未見新鮮，細按方見詞人用力所在。開篇「臘月廿一，正是當年今日」，已有度日如年之感。接下來寫佳人回眸，一見鍾情，令詞人驚艷。此詞虛實相疊，佳人不再，唯有星移斗轉，相思無限。此詞可與作者《荷葉杯（三首）》之三同讀：

長憶那年春夜，燈下，初課間停時。寫人名姓百千回，羞澀半低眉。

心有靈犀一點，深斂，相對總攔遮。一朝離別隔天涯，流水歎年華。

兩詞意境相連，皆有欲說還休、一唱三歎、追思無限之妙。此類作品，再如《重逢》寫戀人意外重逢，失態忘我之舉，別有新意；《荷葉杯（三首）》之一，寫戀人溫柔，情長苦別，質實而葉華，不可多得。

如果說，前一類言情相思之作，其中之「佳人」，若水月鏡花，天外樓影，不免幾分飄邈，而後一類念妻之作，卻日久情深，生離死別，生活氣息濃厚，令讀者感慨無限。

振醉兄夫人黃氏，聰穎賢慧，為其中學同學。兄年十九進入大學求學，同年即與黃氏訂立婚約，大學畢業不久便依約成婚。之後，夫妻雖半離半聚，時世也復多變，然夫妻恩愛，始終如一。夫妻唱和，舉案齊眉，共同走過半個世紀，直至二〇一三年黃氏離世。就集中收錄所見，詩人感懷髮妻之作以黃氏辭世為界，又可分為前後兩段。前段以夫妻相思為主，如《懷人》：「新月彎彎掛柳枝，花香襲襲海風吹。校園閒步晚修後，漫憶西窗夜讀時。」此詩應寫於校園，尚未成婚。詩人晚修苦讀之後閒步校園，月光如水，花香襲人，乃不免念及遠在家鄉的戀人，想當年同窗夜讀時之溫馨。詩句輕起輕落，懷人之情悠長。另一首《相思》則為婚後分居兩地，與此呼應：「夢裏在身旁，醒來隔異鄉。懷人心更切，斜月照西廂。」詩風簡潔明快，開口見心。

集中寫情思，感人心之至者，莫過其悼念亡妻之《哀思》二首。茲錄如下：

其一

雙髻結緣同學妹，六年一字意拳拳。酸梅初嚐新婚別，鴻雁迴飛望眼穿。
惜子惜夫唯克己，準男準女自承肩。三更縫紉五更起，多受拖磨少睡眠。

其二

十年體弱志剛強，無力回春悲斷腸。子女衣裙誰更買，詩文章句孰參詳？
元公顯達夜開眼，蘇子圓通鬢染霜。鯉景淒淒嗟日月，香江漫漫思茫茫。

其一為追憶，寫妻生前難苦持家之婦德。詩中唯道家庭生活瑣事，甚至使用閩南方言，讀來令人情動於中，亦為下一首之陪襯。其二為悼亡，訴妻謝世之悲傷。「十年體弱志剛強，無力回春悲斷腸」，記妻與沉疴相爭，終難康復。由此領出以下兩句：「子女衣裙誰更買，詩文章句孰參詳？」下為子女備起居，上與夫君酌詩行，何其賢能！半紀夫妻，一旦永訣，哀痛欲絕，無以形容。故詩人兩度用典，藉元稹《遣悲懷》「唯將終夜長開眼」及蘇軾《記夢》「相顧無言，唯有淚千行」自況。伊人長逝，陰陽阻隔，天上人間，情何以堪？「鯉景淒淒嗟日月，香江漫漫思茫茫。」美景猶在，人去樓空，孑身孤影，追思莫及。水漫漫兮思茫茫，「天長地久有時盡，此恨綿綿無絕期」（白居易《長恨歌》），令人浩歎再三。

《思若三齋詩詞對聯集》佳作甚多，以上僅從立意、述懷、寫景、言情四端，略取一二，以與讀者共賞。其中又僅限於詩詞，未及集中內容豐富之對聯。以上所言，一隅之見，願就教於讀者方家。

二〇一五年十一月二十日，於香港大學

序二

王晉光（香港中文大學教授）

一百年來，中國文學創作方法不斷更新，批評方向不斷轉換，白話文學幾乎一枝獨大，所受影響，自然極為深遠。反觀傳統詩詞創作，由主流變為弱勢後，文壇和學界對之關心減輕，其發展漸有花果凋零之象。主要原因，是從事這方面創作的朋友，所佔比例少了，其舉動不受注意，努力被掩蓋了；同時，發表園地也少，新作新意未能有效傳播，逐漸失去與其他行家觀摩切磋的機會，殿堂裏的文學史家，有的乾脆對之視而不見，於是這一片園地，到底是枝葉茂盛，還是凋零息微，越發少人過問了。

杜振醉先生是位有心人，廈門大學中文系（五年制）畢業，受過良好的教育。廈大是二十世紀六十年代全國為數不多的重點大學之一，也就是我們所熟知的精英制學府。當年的情況，中學畢業生考進重點大學的比例很少，學生本身的學養都非比尋常。這批學生若非遇上時代災難，每個人都可以對國家和民族作出鉅大貢獻。杜先生後來移居香港，以文教為業，「鏡裏不辭霜鬢染，從業敬誠如一」（《念奴嬌・從事教科書編著三十春秋感賦》），反映了他數十年如一日的生活情態。其書生本色，都記錄在業餘創作檔案裏，這部「詩詞對聯集」所容載的，正是他從學生時代到居港歲月的心聲。

先生早年的創作，已有一股清新可喜之氣，展現文集典雅文華的主體風格。當中以田園風光與校園生活為題材的作品，尤見個性。如《農耕》（二首）云：

其一

山頭霧散雀呼曉，田野爽氣新晴好。豆花含露似點頭，報謝書生耕耘早。

其二

月上山村石徑斜，三五結伴老農家。日中勞作忙不住，夜裏還來話桑蔴。

一九六六年前，內地的大中學學生，每年總有一段時間到鄉下勞動，一來體驗生活，二來在農忙季節幫助鄉下人。這兩首詩，真實寫出農村生活狀況和情趣，村落民風，田野光景，一一浮現，在閒適自然之中隱含一絲欣慰怡悅。這種風貌，久在城市生活的人是寫不出來的。又如《演武臺校慶之夜》寫道：

嫦娥笑舞月華開，東海歡歌逐浪來。永夜師生同慶樂，英雄大學練兵臺。

此詩詠廈門大學校慶師生在露天廣場演武臺「永夜同慶樂」，以「嫦娥笑舞」「東海歡歌」營造氣氛，虛實相生，繪影繪聲，極具現場感，讀之使人如置身其中。

一個半世紀以來，祖國的積弱和烽煙，影響幾代人的命運，香港成了無數人逃難的「天堂」。辛亥革命前後，志士和遺老，上自王韜，下至陳伯陶，抗戰初期，作家和文人，如柳亞子、蕭紅和戴望舒等人，以至神州變色後，南下生活的徐訏、張愛玲奔赴香港時，大都悲喜交集，覺得這裏既不是真實的天堂，當然也不算地獄，他們的詩文，常常不由自主地對香港表現出又愛又恨的情懷。杜先生一九七八年移居香港，《天堂》一詩云：

志昂昂，情豪豪，急急跨過羅湖橋。一旦屈身矮檐下，天堂縹緲影動搖。大學學歷成廢紙，妾身難明似小婦。君不見苦力書生頭低垂，黃金蒙塵等泥土！

應該說，移民是一種艱難的抉擇。今天內地華人雖然富有，除非能把金山銀海帶往海外，否則移居英美澳加，也仍然會有這樣那樣的悲愁苦悶。這首詩，忽然使我聯想到我們的父兄、老一輩華僑漂洋過海到南洋的苦辛。華人的可貴，是身處困境，還能夠生活下去，最後克服困難，落地生根。杜先生在港，事業上功成身居，文學上孜孜不倦。我們這一代南下文人群，大都有類似的經歷。而先生成就卓越，則具有代表意義。

能翻出新意，使詩歌延續生命，是此文集的又一特色。毒奶粉事件，舉世矚目，評者已多，杜先生卻能於眾聲喧嘩之中，追本溯源，登高一呼：「轉念哺乳期中眾嬰孩，因何不哺母奶喂牛奶？時代女性應反思，哺育天職安在哉！」（《毒奶粉事件感賦》），這筆鋒一轉，真能震聾發聵，一語驚醒夢中人！先生和我同輩，我們那一代都是由母乳養育長大的，那時即使有奶粉，也價比黃金，如何吃得起？

還有，年青時，「揚州十日」「嘉定三屠」之類史事，曾使我們耿耿於民族仇恨，而忘記了從整體去觀看世局。《讀清史一題》云：

滿洲膺漢統，國史譜新篇。明主連三世，承平過百年。
中樞朝命一，邊境武功全。最是康熙帝，方肩古聖賢。

此詩內容，一直是敏感問題，相信孫中山和章太炎如在生，也不願提及。但究之史實，從疆界拓展和維持社會穩定而言，康雍乾三代君主，曾經建立豐功偉績，影響及今天的中華民族。作者在這首詩中，超越了滿漢之分的狹窄思維，見出史家的慧眼。

先生乃歷史文化學人，文集中不乏如此佳構，本也在情理之中。

詩貴涵蘊。能使讀者閱後，覺得韻味深長，一再思索，方可謂佳作。如《重遊雙髻寺》娓娓道來：

古寺依雙髻，天階又一登。九仙尋足跡，三教說同興。
造夢隨心欲，求籤卜運憑。不愁天色晚，空降有懸繩。

此詩寫泉州北門外雙髻寺，有地方特色，文辭優雅而近俗，對仗亦非常講究，更有意思的是，最後一聯，在寫實之中，令人產生遐思，其中「空降」兩字，尤富有形象性。

如何以舊形式寫新時代，是詩詞創作者面對的一個難題。在這方面，詩人別出機杼，《九一一歎》是一個成功例子：

一聲霹靂震寰宇，大廈傾頹難再扶。反恐尋仇燃戰火，揮拳擊蚤類狂夫。
夭夭兇手知何處，渺渺目標看卻無。强國不甘吞苦果，弱邦豈可累無辜？

「九一一」的因緣業報，是爭論不完的話題，這首詩寫得很好，值得欣賞。「夭夭兇手知何處，渺渺目標看卻無。」兩句寫得出神入化，最令人佩服。「強國不甘吞惡果」，不知道花旗國能否從事件中得到教訓？今日歐盟諸國為難民潮所苦，中國政府教他們反省，問是誰到處挑起火頭而種下惡果，這個意思，先生原來早就在詩裏告訴讀者。「九一一」寫的是天下公事，《哀思》（二首）表面上寫的是私人小事，卻是一樁人生大事，文辭自然，情真意切。其一云：

雙髻結緣同學妹，六年一字意拳拳。酸梅初嚐新婚別，鴻雁迴飛望眼穿。
惜子惜夫唯克己，準男準女自承肩。三更縫紉五更起，多受拖磨少睡眠。

夫婦是五倫之一，何況數十年甘苦與共，一旦逝去，確然哀傷無已。我是閩南人，深知閩南婦女刻苦耐勞，不計作息對家庭付出，真是筆墨難以形容。最後一聯，「拖磨」兩字尤其用得恰切，雖是閩南方言詞，卻人人能理解，頗堪尋繹。

集中有組詩《讀詩十絕句（外四首）》，以形象的語言評鑑唐宋十位名家，寫得絕妙，其中《樂章集》之「外一首」可見一斑。此詩談的是柳永和蘇軾的詞：

殘月曉風楊柳岸，大江東去浪悠悠。詩壇李杜雙峰並，詞苑柳蘇分作猷。

這是見仁見智的一種評論，與評者的人生閱歷和性情有關。而就這首詩作來說，我很欣賞先生活用名家典句的功夫，信手拈來，點化入詩而自然得體。「曉風殘月」和「大江東去」，分別示現柳詞和蘇詞一婉約、一豪放的意象，為結句以李杜類比，寫柳蘇對詞苑分別做出的貢獻，作了很好的鋪墊。

宋詞元曲歷來備受稱道，然自樂譜失傳，後世研究者，多只在文字之間推磨。今日論詞，沒有了音樂，我們只能看文字。《柳梢青・別情》云：

園苑芭花，陌頭嫩綠，細雨如麻。古道涼亭，依肩撐傘，淚眼難遮。別來人隔天涯，漫思憶，同窗韶華。獨上高樓，碧闌干側，盡日依斜。

這闋詞，頗具古典韻味，且可歌可詠，仍能感受到詞的音律美。儘管「依肩撐傘」頗現代化，但其他詞語多屬古雅辭藻，不失婉約含蘊之風。《蝶戀花・懷人》也是一首富傳統情思的文人雅歌，頗有直入人心之功：

獨在異鄉無意緒，佳節團年，客里空辜負。寂寂寥寥書作侶，春來秋去相隨渡。　萬水千山唯尺素，聚少離多，無那人生路。為減閨中懷遠苦，思心翻作平安語。

這闋詞寫作者來港初期，與家庭分離的心情。限於客觀環境和科技條件，當時沒有手提電腦、移動電話，微信、電郵、短訊、「和說」（whatsapp）等等玩意都未出現，其寂寞和孤苦，可想而知。今日的人寫不出這種作品，因為物質條件大大改變了，環境太好了。作為僑眷，我與杜先生背景多少有些相似，他的不少舊作頗能引起我的共鳴和沉思，這也許還因為我們的足跡都是從洛陽橋和姑嫂塔開始的緣故。

先生與我份屬閩南同鄉，先前並不算熟稔，偶爾在文教界集會中有緣見面，他的公子若鴻與我卻是忘年之交，經常提起其家嚴，蒙其盛情，邀我作序。我想，如果我晚十年來港，可能到泉州上中學，幸運之神眷顧我的話，說不定我也考進廈大，有機會在鷺鄉向杜先生請教。無論如何，我們籍貫相同，歲月相同，同列僑屬，同在中文系畢業，並且是文教界同行，也算是一種機緣巧合吧。今年我在嶺南大學為文學碩士班講授「中國文學批評實踐」，想的是如何幫助同學儘快走上學術道路，因此鼓勵大家掌握新知，儘量發揮新批評的功能，以帶動文學發展；但是我以為文學的本質，還是《毛詩序》那古老的話說得最好：「詩者，志之所之也，在心為志，發言為詩。情動於中而形於言，言之不足，故嗟歎之；嗟歎之不足，故詠歌之；詠歌之不足，不知手之舞之、足之蹈之也。」作者如是而創作，讀者如是而領悟和欣賞，若能探尋作者的人生行履，知人論詩，就能進入詩人幽深的內心世界。

二〇一五年中秋節，於香江羈旅

古體詩

喜雨

一春偏作苦旱行，猜斷浮雲雨不成。
忽然一陣悶雷動，午雞聲中聞雨聲。
雨聲陣陣急，落地點點金。
池畔柳絲生顏色，山邊杜鵑傳好音；
豆葉引蔓娟娟好，禾苗擺尾漫漫青。
蓑笠①荷鋤雨裏去，蓄水填隙②忙不停；
對岸隔雨相叫唤，穿梭阡陌喜盈盈。
喜盈盈，笑吟吟——
君不見玩雨童稚猶有樂，何況老農望雨心！

【注釋】

①蓑笠：蓑衣與箬笠。蓑衣是用棕毛（或草）編製、披在身上的防雨用具；箬笠是用箬竹的篾片或葉子製成的斗笠，用來遮雨或遮日。蓑笠，詩中借指農人。

②填隙：隙，即田隙，為農田阡陌（俗稱田岸）中蓄水與排水的設置，蓄水時填實，排水時則剷開。

【品評】

《喜雨》一詩主題為「雨」字，而圍繞一個「喜」字詠寫。作者選用古詩體式、民歌格調，不假雕飾，質樸清新，恰似《詩經》中的國風、《漢樂府》中的民間詩歌。

全詩三個層次分明。首六句寫春旱盼雨。閩南一帶的農村，耕地以水田為多，農作物則以水稻為大宗，一年兩造。水是農作物，尤其是水稻的血液。旬月不雨，小溪乾涸，池塘蓄水用罄，農人便要為水操心發愁。這一年春季，「偏作苦旱」，農民望着天空，「猜斷浮雲」，心如湯煮。一個「偏」字，一個「斷」字，似乎預測春雨無望。

「忽然」兩字，筆鋒一轉，寫天色突變，頃刻雷動，雨聲伴隨着午雞的啼叫聲而來。「雨聲陣陣急，落地點點金」，農民的喜出望外自不待言。「點點金」三字，益顯這場望中甘霖的珍貴。這當中，「雨聲」的連珠辭格與「陣陣」「點點」疊字格的運用，以及句式轉為五字短句，使詩的節奏更加緊密而明快，並具有承上啟下的作用。

接着四句，寫萬物得到滋潤的「喜」雨情景：「池畔柳絲」，越發清綠起來；「山邊杜鵑」，競相傳報佳音；「豆葉引蔓」，伸腰舒展；「禾苗擺尾」，鬱鬱葱葱。詩中運用了動態描寫及擬人手法，把雨中復甦、生機勃勃的物象，寫得活龍活現。

隨後八句，以人們的活動寫出「喜」雨的心景：農人在雨中身披蓑衣，頭帶箬笠，手把禾鋤，蓄水填隙，對岸相呼，穿梭阡陌，到處洋溢着「喜盈盈，笑吟吟」的氣氛。這裏純用白描手法，再現了其情其景，使人讀之如聞其聲，如見其影。而「喜盈盈」的連珠辭格與「盈盈」「吟吟」疊字格的再次運用，以及採用三字短句，亦進一步增強了詩的民歌風味。最後「君不見」兩句，以天真的童稚在雨中耍樂的意趣，襯托老農切切的望雨之心、殷殷的喜雨之情，而用感恩的語氣收結。

農耕（二首）

其一

山頭霧散雀呼曉，田野爽氣新晴好。
豆花含露似點頭，報謝書生耕耘①早。

其二

月上山村石徑斜，三五結伴老農家。
日中勞作忙不住，夜裏還來話桑蔴②。

【注釋】

①耕耘：這裏指中耕，即農作物生長期中，在植株之間進行鋤草、鬆土、培土的

作業。

②話桑蔴：晉宋之際陶淵明《歸園田居·其二》：「相見無雜言，但道桑蔴長。」

【品評】

《農耕》二首是以農事為主題的田園詩。據作者的回憶，他們那一輩的大學文科生，每年都有個把月——春耕、中耕或收刈的農忙季節——由學校安排下農村參加耕作，稱為「支援農業」，藉以體驗農村生活。這兩首詩體現出作者田園詩一貫的清新怡人、澹然質樸風格。

第一首開頭兩句用白描手法，寫拂曉時分，山頭上的霧氣散開，一聲雀叫，喚醒了大地。天清氣爽，當此時節，正是耕種的時光。一個「好」字，是耕者輕快的心情告白。接着兩句，詩人運用擬人手法，寫但見豆花尚含曉露，隨風搖動，活像向人點頭，「報謝書生耕耘早」，從而亦道出耕耘的竟是一班青年學子。

第二首詩寫白天農事忙過後，學生的夜訪活動。首句「月上山村石徑斜」，點出時間。月色初上，同學們依然未覺倦怠，三五結伴到老農家中。在農家，大家談的當然不是琴棋書畫詩酒花，而是趁着夜裏較清閒，向老農請教稼穡之事。閒裏還忙，主題依然不離耕作活計，這是一個帶有時代印記的農村生活鏡頭，真切近人。

中國素有「耕讀傳家」的古樸之風，詩的主角是一班腹有詩書的大學生，其實也是常理中的事。陶淵明筆下「採菊東籬下，悠然見南山」（《飲酒·其五》）、「晨興理荒穢，帶月荷鋤歸」（《歸園田居·其三》）的富有田園生活氣息的情景，彷彿藉本詩再現讀者面前。

插秧競賽

三秀①下田腰肢活，三指拈秧兩指插②。
並排起步十餘人，木蘭領先在一霎。
横直斜行如線牽，每窟七株無錯雜③。
老五掠頭④數十年，全村無人能超前；
今日認輸頻作揖，逗得滿田笑聲喧。

【注釋】

①三秀：指同村三個勤勞能幹的姑娘，名聞鄉里，稱為「三秀」，各有一個綽號，即「花木蘭」「穆桂英」「梁紅玉」。

②「三指」句：意指插秧時，身體彎成九十度或八十度角，一手握着一紮秧苗，一手用三個指頭（拇指、食指、中指）夾取分出若干株，而用二指（食指、中指）輕輕插在水田中。

③「橫直」兩句：閩南地區的水稻一般採用點播，每窟秧苗有常數（如七株，或八株、九株，依水稻品種而定），拈秧要能準確；點播距離有常規（或七寸，或八寸，依密植程度而定），直行、橫行及斜行望去要均能成一直線。

④掠頭：領起、牽頭。每塊水田插秧時，通常由一個技術熟練的老農領起，閩南地方俗稱「掠頭茬」（餘者兩邊拉開，跟進看齊）。

【品評】

此詩描繪一幅田頭插秧競賽的場景。當時，在農村人民公社制度下，其基本生產單位與核算單位——生產隊（由一個或數個自然村組成）實行集體勞作。為了調動農民（時稱「社員」）的勞動積極性，在一九六〇年代前後，類似的勞動競賽場面經常可以看到。

詩的首兩句「三秀下田腰肢活，三指拈秧兩指插」，開門見山，直接描述三位姑娘插秧的靈活身姿與嫻熟動作：比賽一開始，三位姑娘腰肢一屈曲，便不再伸直舒氣；一手握着一紮秧苗，一手用三個指頭拈出若干株，而用兩指輕輕插在田中。這兩句，生動地刻畫出「三秀」的颯爽英姿，並細膩地摹狀出插秧這種勞作的情境。

「並排」以下四句，寫比賽開始不久，三秀之一的木蘭便「一馬當先」。插秧競賽仿如田徑運動的短跑比賽。參賽者在田頭「並排起步」，每人點插六至八行，首先抵達田尾，而且每竇秧苗株數均等，直行、橫行、斜行皆筆直，便為優勝者。木蘭不僅在比賽開始後的霎那間便「領先」，而且「橫直斜行如線牽，每竇七株無錯雜」，自然就勝出了。

詩的前半部，寫木蘭的奪冠勝出，看似輕而易舉，實際果如是嗎？不然。「老五掠頭數十年，全村無人能超前。」在競賽的行列中，有全村數一的插秧能手老五，但在今日，卻被木蘭「超前」了。藉着這兩句的點染，烘托出木蘭的技術不同凡響，奪冠非易。結尾兩句，通過老五認輸，甘拜下風，頻頻作揖，「逗得滿田笑聲喧」，增加了這場競賽的喜劇氣氛，而老五之為人老實卻又風趣，可見可感。

作者在此詩中，把一場爭先恐後的「插秧競賽」，以輕鬆的筆調帶出，整個場景亦為之輕鬆起來。全詩僅有短短十句，文字精練而生動傳神，競賽的情境盡出，歷歷如在眼前。而從詩中的一些用語，如「三指拈秧兩指插」「每窟七株」「掠頭」等，亦可見作者對插秧這種水田作業具有真知。

西湖行

萬里驅車欲赴京，中程少駐在杭城。
夢遊西湖成真實，攜友遊湖繞湖行。
天公作美顯奇景，巧排一日陰雨晴。
山色空濛①樓臺隱，湖光瀲灩亭榭明；
西子顰笑俱佳好，麗質媚態本天成。

柳拂蘇堤似春曉，曲院夏荷猶婷婷②。
斷橋殘雪話借傘③，平湖秋日④漣漪輕。
花港觀魚魚潛躍，未到柳浪先聞鶯。
雙峰插雲雲腳低，虎跑流泉泉水清。
雷峰夕照⑤暮雨歇，南屏晚鐘傳遠聲。
小瀛洲上尋仙跡⑥，三潭印月待月昇。
斗轉星移興未了，沉醉湖山何限情！

【注釋】

①山色空濛：此語與下句之「湖光瀲灩」，均出自蘇軾《飲湖上，初晴後雨》：「湖光瀲灩晴方好，山色空濛雨亦奇。」

②「曲院」句：序屬清秋，荷花盛開的夏日季節已過；唯「曲院夏（風）荷」景點尚有荷花綻放，故曰「猶婷婷」。

③「斷橋」句：斷橋，原名寶祐橋，唐時改稱；相傳因白堤到此而斷，築橋以

連，故名。橋東有亭和「斷橋殘雪」碑。相傳白娘子（素貞）與許仙在此相逢，向許借傘，演成一齣人妖生死戀的《白蛇傳》悲喜劇。

④平湖秋日：「平湖秋月」的化用。「平湖秋月」，乃是「西湖十景」的景中之景。唯是日間到遊，當然沒有月色，只能在望湖亭上，觀賞那一湖秋水，微波粼粼；亭柱上有一聯曰：「穿牖而來，夏日清風冬日日；捲簾相見，前山明月後山山。」其上聯道出日間別是一種境界。

⑤雷峰夕照：雷峰為西湖南岸夕照山的頂峰，北宋尹廷高有詩云：「湖上畫船歸欲盡，孤峰猶帶夕陽紅。」（《雷峰夕照》）峰巒有塔，即雷峰塔，傳說《白蛇傳》中的白娘子即被高僧法海鎮壓於此塔之下。

⑥「小瀛洲」句：小瀛洲為西湖偏南的湖上綠洲，因神話傳說中有「瀛洲仙山」而得名。洲上花木扶疏，有亭、榭、樓、臺等諸多建置，乃西湖勝景之一。「尋仙跡」，則是循名而虛寫，實為洲上與同遊同學的談資。

【品評】

這首詩，是詩情畫意西湖浪漫遊之寫真。

全詩可分為四部分。開首四句為第一部分，寫「繞湖行」的緣起；接下六句為第二部分，總體描狀「一日陰雨晴」中的西湖風貌；從「柳拂蘇堤」到「待月昇」十二句為第三部分，分別描繪「西湖十景」的景觀；最後兩句為第四部分，收束全篇。

據詩人回憶，一九六六年秋，在北行的列車上，即跟同班同學周炳文約定：杭州駐足時，一起徒步環遊西湖。清早起來，卻逢秋雨濛濛，兩人更加雀躍，在湖畔小攤檔各買了一把紙傘，加上一幅「西湖全景圖」，開始了一日的遊程。

「天公作美」，因緣巧合，一日之中，時陰時雨時晴，更為美麗的西湖展示出不同的風貌。詩人自然而然地聯想起坡翁筆下「初晴後雨」的西湖奇觀而點化入詩。「山色空濛」兩句，描繪出西湖在陰雨中與麗日下的各種景觀。「西子顰笑」兩句，以西子輕顰淺笑的不同嬌態比擬西湖陰晴的姿采。

詩中，在展現西湖「一日風雨晴」的風姿後，進一步以動態描寫勾畫出「西湖十景」，一句一景，連珠成串，把「十景」寫活，而筆墨則極為清簡。「柳拂」兩句，把「蘇堤春曉」「曲院夏（風）荷」融入秋遊的景觀中，別出心裁。「斷橋」兩句，以「話借傘」增添了「斷橋殘雪」的詩情畫意，而藉望湖亭的聯語寫出日間到遊「平湖秋月」的氣象。「花港」兩句，繪聲繪色繪影，「未到」「先聞」造語尤為工巧。「『雙峰插雲』雲腳低」寫眼前景，「雷峰夕照」「南屏晚鐘」與「三潭待（印）月」移時換景，照應一日遊。

此詩以「行歌」式的「歌行體」寫遊興，自由舒展，酣暢淋灕。音韻上，以接近上古漢語的閩南語言，隔句用韻，聲情並茂。詩風方面，「典雅文華」，一脈貫穿，如「山色空濛樓臺隱，湖光瀲灩亭榭明」「西子顰笑俱佳好，麗質媚態本天成」「花港觀魚魚潛躍，未到柳浪先聞鶯」「雙峰插雲雲腳低，虎跑流泉泉水清」「雷峰夕照暮雨歇，南屏晚鐘傳遠聲」「小瀛洲上尋仙跡，三潭印月待月昇」……遣詞造意，美不勝收。

全詩的鋪排，也暗含起承轉合的結構特色，由杭城少駐，到「一日陰雨晴」的巧遇奇觀，再到「西湖十景」的勾勒，最後以「斗轉星移興未了，沉醉湖山何限情」作結，一氣呵成。

明代文學家徐師曾在《詩體明辨》中對「歌」「行」作了如下解釋：「放情長言，雜而無方者曰歌；步驟馳騁，疏而不滯者曰行；兼之者曰歌行。」唐人張若虛《春江花月夜》的出現，可說是這種體裁成熟的標誌。本詩在創作上和美學方面，有《春江花月夜》的影子，讀者可進一步比較欣賞。

紫禁城氣派

百丈城樓①勢壯哉，十里長街②何寬平。
金風襲襲秋氣爽，麗日碧空紫禁城③。

【注釋】

①百丈城樓：城樓，即天安門城樓，矗立於高三丈多的紅色墩臺上，墩臺下為雕刻精美的漢白玉須彌基座。城樓以漢白玉石欄圍繞，重檐飛翹，雕樑畫棟，黃瓦紅墻，雄偉壯麗。總高九丈九尺，「百丈」是誇飾。

②十里長街：長街，指長安街。傳統的長安街，即明清時期的長安街，指從東單至西單，長七點四里。「十里長街」是約稱。

③紫禁城：北京故宮的通稱。紫，即紫宮。《廣雅·釋天》：「天宮謂之紫宮。」傳統以帝王受命於天，為天帝之子，即天子，天子所居的宮闕為紫宮。而皇城

為防衛森嚴的禁區，故稱「紫禁城」。

【品評】

此詩作於一九六六年秋，為作者初次到北京，寫在天安門廣場所見紫禁城的雄偉壯麗景象。

初遊天安門廣場，最想觀瞻的，亦是最引人注目的，當然是廣場北側的天安門，是天安門那紅色墩臺，是墩臺上那金碧輝煌、重檐飛翹的天安門城樓。詩的首句「百丈城樓勢壯哉」，即描狀天安門城樓那非凡氣勢。「百丈」是誇張的筆法，極言其高；「哉」，用一歎詞，以表讚賞。接着「十里長街何寬平」一句，敘寫長安街以天安門為中點向東西兩邊伸展，既平坦又寬暢。句中「何」字用得精妙，標明長安街無與倫比的長度、寬度及平坦程度，不僅為「神州第一街」，而且世界各國都會的主街道亦罕有其匹。這兩句以讚歎的語氣吟詠紫禁城的名都氣派。

北京地處華北大平原北部，其氣候帶屬於春夏秋冬四季分明的溫帶，秋天季候最是宜人。後兩句「金風襲襲秋氣爽，麗日碧空紫禁城」，一從觸覺方面着墨，寫出北京高秋時節（陰曆八月杪至九月、陽曆十月），金風送爽，天朗氣清；一從視覺方面落筆，寫出紫禁城碧空萬里，麗日艷陽。這兩句凸顯了北京作為都城符合黄河文明產生的氣候機理的自然條件，直至二十世紀中仍然如是——至於近二三十年來出現沙塵暴等氣候變遷，當作別論。

綜觀全詩，描狀景觀大氣磅礴，敘寫季候別具機杼，雖僅短短四句，卻多維度地展現了當年的京城風貌。

外灘夜景

離京南歸過申城①，乘興觀賞外灘②夜。
黄浦岸闊江水平，華燈初上月光瀉。
遊人閒適笑語喧，仙侶相綰情調別。
萬國建築呈異風③，百年滄桑光折射。
琉璃世界水晶宫，琳瑯滿目不暇接。

江山勝景見幾多，東海明珠開眼界。

【注釋】

①申城：上海市的別稱。相傳戰國四公子之一楚春申君黃歇曾在此疏鑿黃歇浦（簡稱「黃浦」或「歇浦」），故黃浦江亦稱春申江，簡稱申江，上海市亦得此別名。

②外灘：位於上海市黃浦區之黃浦江西岸，全長兩里多，南起金陵東路，北至蘇州河上的外白渡橋，西面是舊上海金融、商貿機構的集中地。

③「萬國」句：上海，作為一八四二年中英《南京條約》開放的五個商埠之一，外灘曾被英、法等西方列強闢為「租界」，成為「城中列國」，各國的樓宇建築，風格迴異。

【品評】

此詩作於一九六六年晚秋，以上海黃浦江外灘之夜為場景，抒寫其百年滄桑的歷史折光。

全詩層次分明。首兩句，點出乘興觀賞外灘夜景的因由，時作者由北京南歸途中，路過上海，剛下火車。接着四句寫外灘迷人的風景線。「黃埔岸闊江水平」之句，寫出黃浦江波瀾壯闊，江水滔滔東入海的氣勢；「華燈初上月光瀉」，則以帶有浪漫筆觸的手法，寫出燈光和月光相互交織的氛圍，「瀉」字的運用，具有形象的思維，寫出月色的無限光華。當此之時，遊人笑語喧嘩，自不待言，作者把鏡頭聚焦於情侶相互依偎的情景。「仙侶相綰」一句，在當時確是「情調別」。十九世紀六十年代，那是兒女之情內斂的年代，一般城市鄉村，戀人甚或夫婦在公開場所都不敢靠得那麼近，而保持一定距離；全國唯獨上海，「十里洋風」影響猶在，最為新潮，情侶出街或遊園，手臂相綰而行，習以為常，這在當時，和傳統中國的風尚恰成對比。

上海作為一八四二年《南京條約》開放的五個通商口岸之一，外灘這一「風水寶地」曾被西方列强鬭為租界，成為「城中列國」。外灘沿邊坐擁二十多幢中外樓宇建築，風格迥異，諸如英國文藝復興式的、法國大住宅式的、中西摻合式的、折衷主義式的，等等，五花八門，形成中西合璧的景觀。「萬國」以下四句，作者把焦點集中在這「萬國建築博覽群」，以優美的語言寫出「琉璃世界水晶宮」的眼前景，而「百年滄桑光折射」，則蘊含着對近代上海歷史變遷的思索。最後「江山勝景」兩句，抒發了作者對這顆東方璀璨明珠的讚歎之情。

悲歌

雲山日落哭父親，高堂弟妹淚雨傾。
五年一病成千古，為何壽星祭不明?!
弟兄羈旅哭父親，萬里三地①同悲聲。
青山籠霧樹含淚，江海湧波水哀鳴。
奔喪來遲哭父親，原為待老膝下分。
一別永訣終生憾，墓前長跪箭穿心。

恩深澤厚思父親，含辛茹苦立家門。
新興宏興②美侖奐，五男二女枝葉欣。
山高水長③思父親，清名馨德鄰里欽。
琢玉成器④垂寶訓，克紹箕裘⑤報親恩！

【注釋】

①三地：此指作者故鄉、作者當時工作所在的山西省垣曲縣與作者長兄僑居的菲律賓甲萬那端市。

②新興宏興：分別指兩座大廈的名稱，即作者家族的「新興故居」與「宏興大廈」。前者為作者的父親與兩個叔父合力建造的；後者為作者的父親另行選址奠基的。

③山高水長：北宋范仲淹《嚴先生祠堂記》：「雲山蒼蒼，江水泱泱。先生之風，山高水長。」

④琢玉成器：語本西漢戴聖《禮記·學記》：「玉不琢不成器，人不學不知道。」

⑤克紹箕裘：比喻能繼承父祖的事業。西漢戴聖《禮記·學記》：「良冶之子，必學為裘；良弓之子，必學為箕。」

【品評】

作者的父親諱　耀增，於一九七〇年夏曆七月初七日因病仙逝，享年七十有一。這是作者哭祭父親的輓歌。

全詩五疊重章，可分為兩部分。前三章為哭拜，從家中寫起，接着寫他鄉異域，然後寫作者自己「奔喪來遲」。第一首起句以「雲山日落」比喻其父的謝世，其氛圍籠罩全詩；接着「高堂弟妹淚雨傾」，寫家中慈母及兄弟姐妹的悲慟。後兩句抒寫其父臥病五年，終是回天乏術，孝養難盡。「為何壽星祭不明?!」以詰問加哀歎的語氣出之，益見其悲情。第二首之「弟兄羈旅」「萬里三地」是寫當時作者在北國山西，其長兄金綱在南洋菲律賓，與梓里遠隔萬水千山，在其父殯天時，既未能見最後一面，也未能親奉靈柩，只能淚灑異鄉。此情此境，青山草樹，為之「含淚」，江海波濤，也為之「哀鳴」。第三首緊接上章，寫作者自己「奔喪來遲」。當時作者家鄉習俗，壽者去世，一般是守靈一夜，翌日即入殮出殯。作者因遠在山西，車程（火車汽車轉駁）

要四五天，接到噩耗（電報）時，奔喪到家已遲；難以言狀的遺憾，「墓前長跪」，倍加悲慟。

後二章轉為追思，讚頌其父的功德，享譽鄉里，垂範後昆，立志「克紹箕裘」，以慰在天之靈。作者的祖上三代單傳，其父則九歲而孤，父母雙亡，兩個幼弟年方五歲與三歲，童年及青少年時代備嚐艱辛。第四首第二句中的「含辛茹苦」所指即此。其兩個弟弟在童年時即由宗親挈往菲律賓度生，後白手創業，營商有成；父親則留在故里，撐起家聲門楣。第三句「新興宏興美侖奐」，寫其父在壯年時（一九三〇年代末至一九四〇年代初），即與僑居菲律賓的弟弟內外配合，建造了一座極富閩南僑鄉特色的大廈，名曰「新興」，美侖美奐，冠絕龐山嶺內（即今泉州市北郊地區）；晚年又另卜新址，奠定一大廈基礎，其規模格局媲美新興故居，是為其身後續建完竣的「宏興大廈」。第四句寫在其祖上三代單傳後，到父輩而開枝散葉，人丁興旺，父親則有「五男二女」。傳統的中國社會，有謂「多子多福」，尤以「五男二女」為尚，故作者特意着此一筆。第五首承接上章，「山高水長」二句，追思其父既家業有成，兒孫成群，又為人慈善，寬厚仁和，深得鄉里的敬重。作者的父親生前，以「琢玉成器」為家訓，經常對子女說：「玉不琢不成器，人不學不知道。」要求子女「耕者耕，讀者讀」，自我磨礪，敦品勵學。詩的結句，表達了作者——亦表達了眾兄弟姐妹恪守父訓，繼承父風以報答親恩的心志。

綜觀全詩五章，情辭真切，表達了作者傷逝的哀痛與孝思，尤其是「青山籠霧樹含淚，江海湧波水哀鳴」「一別永訣終生憾，墓前長跪箭穿心」等句，讀之令人潸然淚下。

天堂

志昂昂，情豪豪，急急跨過羅湖橋①。
一旦屈身矮檐下，天堂縹緲影動搖。
大學學歷成廢紙，妾身難明似小婦。
君不見苦力②書生頭低垂，黃金蒙塵等泥土！

【注釋】

①羅湖橋：位於深圳河上，一頭是內地深圳海關，一頭是香港羅湖海關，往返兩地的旅客必須徒步走過此橋。

②苦力：此指當苦力、賣苦力，即出賣力氣幹重活兒。

【品評】

此詩作於一九七〇年代末，是當時初由內地移居香港的大學生的遭際與心情的普遍寫照，當中亦有作者自己的影子。

詩的起句「志昂昂，情豪豪」，表現出一種對前景充滿憧憬的豪邁氣慨。接下一句「急急跨過羅湖橋」，形象地描繪出那種恨不得三步併作兩步踏上香港土地的神態，以為一旦到了香港就可以大展拳腳。

接下「一旦」兩句，詩意來個一百八十度的大轉彎。儘管在內地大都學非所用，但還享有「國家幹部」的身份（當時內地大學本科畢業生在名義上都屬國家幹部的編制）；到了香港，在港英殖民政府的「矮檐」下，那「天堂夢」就縹緲難尋，「來是空言去無踪」（唐代李商隱《無題》）了。這是為甚麼呢？答案是：「大學學歷成廢紙，妾身難明似小婦。」內地大學畢業的學歷得不到港英政府承認，那畢業證書等如一張廢紙；加上當時社會上對大陸新移民的歧視，大學生亦不例外，可說是處於「二等公民」的地位。

最後兩句「苦力書生頭低垂，黃金蒙塵等泥土」，和開首兩句恰成強烈的對比。這並非誇張之辭。據作者回憶：當時南來大學生如要到工廠做粗雜工，或到地盤當苦力，在求職履歷表上最好填上初中或小學文化程度；不然的話，如果廠家、判頭知道你是大學生，怕你低不下頭，吃不了苦，可能不僱傭你。類似情況在當時是一種「見怪不怪」的現象。作者自己雖然到工廠做過一個短時期的粗雜工後，便應徵轉入文化教育出版行業，隨後出任教科書出版社總編輯，並持續在大專院校兼教「中國近代史」與「編輯學」，及參與「中華文化世紀工程」的研究，能得「學以致用」，但更多的大學生則不得不放棄自己的專業，轉從其他職事，甚或是當苦力盡半生。

此詩用語貼切傳神，承轉自然，文淺意深，情感真切，讀之使人想見當年南來大學生的生活情境。

薩達姆·侯賽因受刑一問

以假當真有卻無①，毀人家國類屠夫。
為何判死薩達姆②，不是元兇小布殊？

【注釋】

①以假當真：二〇〇三年三月，美國小布殊政府出兵攻打伊拉克。其重要藉辭是伊拉克侯賽因政府違禁擁有生化武器，及與「九一一」恐怖襲擊有關。但後來事實證明，布殊政府是誤信了虛假的情報。

②判死薩達姆：薩達姆·侯賽因政權被美國推翻後，薩達姆本人於二〇〇三年十二月成為美軍的階下囚。二〇〇六年十一月，美國扶植的伊拉克臨時政府法庭判處薩達姆絞刑，並於是年十二月三十日執行。

【品評】

此詩詠寫當代國際事件。詩人以詩議論世事，抒發了自己的獨立見解。

二〇〇三年三月，美國小布殊政府出兵伊拉克。其戰爭藉口是侯賽因政府擁有生化武器和與「九一一」恐怖襲擊事件有關。但事實卻是美國政府捕風捉影，誤判情報，「以假當真」，結果是既找不到生化武器的痕跡，亦找不到侯賽因政府與「九一一」有關的證據。小布殊政府這種近似「屠夫」的行為，對伊拉克造成嚴重的破壞，烽火連天，經年累月，致使伊國人民家不成家，國不成國。這還不夠，美軍活捉了侯賽因，小布殊政府借刀殺人，利用其扶植的伊拉克傀儡政府的法庭，把侯賽因判處死刑。對此，詩人義憤填膺，以詰問式直接呼問：「為何判死薩達姆」，而「不是元兇小布殊」？造孽的人逍遙法外，而無辜的人卻被判處絞刑，這是多麼的諷刺！

這一首詩反映出詩人敏銳的時事觸覺，對霸國恃強凌弱的行為，進行了無情的鞭撻。在表現手法上，此詩以《薩達姆・侯賽因受刑一問》為題，「一問」用得精警，寓含伸張公理之義；而詩的後兩句，以反詰式出之，義正辭嚴，與「一問」互相照應，運思巧妙，可引發世人的共鳴。

毒奶粉事件感賦

問題食品幾度聞，毒奶①泛濫尤驚心。
萬千嬰幼受荼毒②，父母怨恨憑誰訴：
幼苗出土半枯焦，嬌兒變成大頭佛。
奸商貪官固可憎，造孽深重該天刑。
轉念哺乳期中衆嬰孩，因何不哺母奶喂牛奶？
時代女性應反思，哺育天職安在哉！

【注釋】

①毒奶：毒奶粉，即有三聚氰氨添加劑的奶粉。其源頭是河北省石家莊市一家生產配方奶粉的中外合資企業——三鹿集團有限公司。

②「萬千」句：據不完全統計，受問題奶粉荼毒的嬰孩及幼童達三十萬人之多，遍及全國城鄉，甚或禍延境外。嬰幼食用了此等奶粉，導致內臟功能障礙，泌尿系統異常，免疫力低下等症狀，嚴重影響其健康成長。

【品評】

《毒奶粉事件感賦》是一首帶有時代感、富有思想性的詩作。此詩在嚴辭譴責毒奶粉事件之餘，別有懷抱，寓意深沉，發人深省。

二〇〇八年揭發出來的中國毒奶粉事件是一起嚴重的食品安全事件。起因是很多食用三鹿集團奶粉的嬰孩及幼兒被發現患有腎結石等症狀，隨後在其奶粉中發現有化工原料三聚氰氨的添加劑。國家質檢總局公布有關檢驗報告後，順藤摸瓜，包括一些其他大企業在內的多個廠家的奶粉及奶製品也檢出三聚氰氨，事態的嚴重性令人「談奶色變」。事件嚴重影響「中國製造」商品的信譽，多個國家隨即禁止了中國乳製品的進口。

詩的首二句帶出毒奶粉泛濫令人驚心動魄。接着寫「萬千嬰兒」如何受到荼毒。「幼苗出土半枯焦，嬌兒變成大頭佛」兩句，如實地刻畫出嬰兒吃了毒奶粉後成長的不正常，外貌畸形。面對此情狀，家長卻是怨恨不知何處訴。作者對那些奸商貪官發出義正詞嚴的斥責，認為他們「造孽深重該天刑」。

「轉念」以下四句，筆鋒一轉，透過事件本身，提出另一重要問題，使詩的思想性提升至新的高度。當我們在責怪奸商貪官的時候，「時代女性」是否也應反思，「因何不哺母奶喂牛奶」?哺育的天職，到底在新時代的女性身上，被丟到哪裏去了?身形的苗條，體態的窈窕，難道比幼兒的健康成長更為重要?作者或反問，或感歎，語重心長，推源溯流，認為今日的女性如能有「哺育天職」的自覺，那毒奶粉事件的嚴重性本是可以減輕的。

律詩

重遊雙髻寺

古寺依雙髻①，天階又一登。
九仙尋足跡，三教說同興。
造夢②隨心欲，求籤卜運憑。
不愁天色晚，空降有懸繩。

【注釋】

①「古寺」句：雙髻寺座落於福建省泉州市北郊的雙髻山，因山為名；又因山寺中主祀何氏九仙，故亦名「仙公寺」。而山之得名，乃狀其山勢雄奇靈秀，巖崖陡立，雙峰並峙，相諧成趣，遠望猶如古典美人之雙髻。

②造夢：寺中大殿內側設有一排牀舖，香客可於日間小寢求夢，俗稱「運仙夢」。

【品評】

此詩作於一九九〇年代初。題為「重遊」，意謂並非一次遊覽雙髻寺。不過，此次重遊，是在家鄉政府重修寺廟、新建山門竣工之際，在一眾友人的陪同下前往遊覽觀賞，與往常不同，故為詩云爾。

雙髻寺是閩南名寺，位於文化古城泉州北門外六十里，素有「八閩名勝無雙境，絕頂蓬萊顯九仙」之美譽。寺廟所在的雙髻山，雙峰並峙，遠望猶如美人的雙髻。首聯「古寺依雙髻，天階又一登」，即描狀雙髻山這種聳峙幽美的景象。詩人以「天階」比喻從雙髻山腳登上峰巔寺廟的千級石階，富有聯想力，刻畫出山之飄逸出塵的獨特地理特色；句中的「又」字，呼應詩題「重遊」。

雙髻山上建有寺院廟宇，山寺中祀有何氏九仙，故亦名仙公寺。相傳何氏九仙原為九兄弟，離家修行得道，於九鯉湖乘九尾鯉魚羽化登仙，降靈於雙髻山。南北朝蕭齊時於「絕頂雲霄」的巖崖上建造巖觀供奉，是為雙髻寺之由來。這個傳說為仙公寺增添了浪漫的神話氣息。五代時儒者與佛家又相繼在此興建儒教巖廟「朝天閣」與佛教巖寺「清水巖」。頷聯的「九仙尋足跡，三教說同興」兩句，點出了名山古寺的迷人仙跡和三教同光的文化底蘊。

仙公寺聞名遐邇，終年人潮絡繹不絕，香火鼎盛。寺中大殿內側有一排牀舖，香客可於日間小寢「運仙夢」，據說夢境十分靈驗，會在其運途中得到體現；殿堂香案上還有「籤筒」「杯筊」，可供香客擲杯筊求「仙公籤」。頸聯「造夢隨心欲，求籤卜運憑」，寫眾善信或運仙夢，或求籤問卜，各式其式，別是一道風景線。

尾聯「不愁天色晚，空降有懸繩」兩句，以帶有抒情的筆觸作結，表現出詩人悠閒的心境；同時點出上落山交通設備的改善，香客既可依古道從「天階」徒步上落，亦可乘搭現代化的空中索道。

成都武侯祠①

草屋觀天象，三分早運籌②。
托孤酬兩表，盡力死方休③。
權重④謹臣節，功高免主憂。
身家無一物，俎豆饗千秋。

【注釋】

①武侯祠：位於四川省成都市區西南。始建於兩晉之際；明初併入劉備的昭烈廟；今祠為清初重建。前進是劉備殿，供奉劉備塑像；後進為諸葛亮殿，寬敞開朗，中塑諸葛亮鎏金像；後夾道側有劉備墓，即惠陵。習慣上三者統稱為「武侯祠」，乃有史以來唯一的君臣合祀廟。

②「三分」句：諸葛亮早年隱居於隆中卧龍岡（在今湖北襄樊市襄陽區），劉備「三顧草廬」，請他出山襄助。在《隆中對》中，諸葛亮根據當時天下大勢，為劉備定下三分割據的方略：「將軍……若跨有荊益，保其巖阻，西和諸戎，南撫夷越，外結好孫權，內修政理；天下有變，則令一上將將荊州之軍，以向宛洛，將軍身率益州之眾，出秦川……則霸業可成，漢室可興矣。（《三國志·蜀書·諸葛亮傳》）」

③「托孤」二句：諸葛亮受先主劉備白帝城托孤之重，一直將北伐曹魏，復興漢室作為奮鬥目標。他曾向後主劉禪進呈兩道《出師表》，其中《後出師表》末尾兩句自明心志曰：「臣鞠躬盡力，死而後已。」

④權重：蜀漢後主之朝，諸葛亮續任丞相，兼領益州牧，加封武鄉侯，「政事無鉅細，咸決於亮」（《三國志·蜀書·諸葛亮傳》）。

【品評】

《成都武侯祠》屬詠懷古跡的詩作。時作者遊成都，拜謁武侯祠，有感而作，對諸葛亮出仕前、出仕間和身歿後全面地刻畫。

首聯「草屋觀天象，三分早運籌」，寫正式出仕前，諸葛亮隱居隆中卧龍岡時，留心世局。劉備「三顧草廬」，請他出山襄助；諸葛亮根據當時天下大勢，在《隆中對》中，為劉備定下「三分天下」的方略。

頷聯「托孤酬兩表，盡力死方休」，指出劉備臨終托孤，委以重任。諸葛亮也不負先主囑咐，以復興漢室為己任，先後向後主上兩道《出師表》，表明「鞠躬盡瘁，死而後已」的盡忠為國精神。

據《三國志·蜀書》載，諸葛亮任丞相時，處事謹慎，公忠體國，「政事無鉅細，咸決於亮」。頸聯「權重謹臣節，功高免主憂」兩句，詠讚其權重而不輕君、功高而不震主的耿介自守品格，並寓含對歷代權相欺君甚或篡奪的貶斥之意。

諸葛亮自奉清廉恭儉，身後家無長物，妻兒僅得粗衣淡飯。然得以「配祀先主」，可見後人對其高風亮節的肯定與景仰。結句「俎豆饗千秋」，對其一生的功績及身後的哀榮，進行高度的總括，羞煞了古今的貪官污吏。

對諸葛亮的相輔風範，世人素來推崇備至。杜甫有一首七律，題為《蜀相》，從拜竭武侯祠起筆，而着墨於諸葛亮的英華業績；本詩以《武侯祠》為題，高山仰止，寫盡諸葛亮的相輔風範，歸結於祠堂，而以五律出之，可謂有異曲同工之妙。

北京文丞相祠①

國破山河碎，勤王勢已窮。
強為知不可，勉力奮孤忠。
心定磁針石②，身飄類轉蓬。
獄中抒正氣，奇樹③見高風！

【注釋】

①文丞相祠：即文天祥祠。位於北京東城區府學胡同六十三號。祠址為當年（一二七九至一二八二）文天祥被囚禁的兵馬司土牢。明洪武九年（一三七六），按察副使劉松就土牢遺址擴大立祠。永樂六年（一四〇八），正式列立祀典。明清民國都有修繕，保存至今。

②磁針石：即指南針。文天祥《揚子江》：「臣心一片磁針石，不指南方不肯休。」

③奇樹：指祠內的一棵老棗樹。傳說是當年文天祥囚禁在此地時親手種植的。這棵棗樹長得很奇特，樹幹南斜，所有枝條亦都向南傾斜。

【品評】

文天祥為宋元易代之際堅持抗元、以身殉國的民族英雄，與陸秀夫、張世傑合稱「宋亡三傑」，而文天祥尤為後人所景仰。其抗元活動雖未能挽狂瀾於既倒，然其事跡可歌可泣，其忠節光照青史。此詩為作者於一九九〇年代末旅遊北京期間，懷着深深的敬意，拜謁文丞相祠所題。詩中在詠寫文天祥不尋常的抗元經歷同時，特別凸顯其高風亮節。

詩的首聯，以倒敘的句法，述說在元軍壓境、兵臨城下之際，文天祥從贛州（今江西省贛州市）知州任上募兵勤王，入衛臨安（即杭州，南宋都城）。他臨危受命，以右丞相兼樞密使的職銜持節到元營與其主帥伯顏談判。文天祥慷慨陳詞，要求伯顏先撤兵後談判；伯顏不許，反將他扣留。元軍攻破臨安，俘走宋恭帝及謝太后等皇室人員。時在一二七六年春。可說此際南宋已亡，大片領土早已落入元軍手中，所以詩中寫道：「國破山河碎。」

臨安陷落後，宋臣陸秀夫、張世傑等在福州（今福建省福州市）擁立幼主帝昰（端宗）；文天祥則在被元軍押解北上的途中尋機脫身，浮海來到福州，共奉帝昰抗元，轉戰東南。帝昰病夭，又擁立帝昺，與元軍周旋。一二七八年冬，文天祥被元將張弘範所部戰敗，於五坡嶺（今廣東省海豐縣境）被俘，押送至大都（即今北京，為元朝都城）囚禁。陸秀夫與張世傑退至南海邊的厓山（今廣東省新會縣海中）。一二七九年春，在元軍追襲下，陸秀夫背負帝昺投海而亡，張世傑也溺斃。頷聯「強為知不可，勉力奮孤忠」，所詠即此。文天祥等「三傑」知其不可而勉力為之，實為效孤忠以盡臣節的壯烈之舉。頸聯上句「心定磁針石」，化用了文天祥《揚子江》「臣心一片磁針石，不指南方不肯休」的詩意。文天祥的行誼正是實踐他的心如磁針，指正南方，堅貞不渝地忠於南宋朝廷。對句「身飄類轉蓬」是其「辛苦遭逢」的形象寫照。正如他在《過零丁洋》一詩中所訴述的：「山河破碎風飄絮，身世浮沉雨打萍。」

文天祥的「奮孤忠」，不僅表現在知其不可而勉力為之的抗元活動中，更表現在被囚禁獄中近四年而寧死不屈的氣節上。他認定身為宋室的狀元宰相，必須一死以盡臣節。任憑元室的威逼利誘，甚或元世祖忽必烈親自勸降，許以高官厚祿，要拜他為相，文天祥均不為所動，在獄中寫下《正氣歌》（「天地有正氣」）以明志。終於，在一二八二年（元至元十九年）十二月從容就義。詩的結句點題，落墨祠堂。祠堂風物，可寫者甚多，詩人別具慧眼，選取了最能代表祠堂特色的一棵奇特的棗樹。相傳這是文天祥被囚禁於大都兵馬司時親手所植，已近千年。這棵「奇樹」的奇異之處就在於儘管枝幹虬曲，但都自然向南傾斜。這種造化之功，似乎象徵着文天祥的忠魂永朝南宋宗廟，千百年後，猶使人想見其浩然之氣、節烈之風。全詩平實道來，而「奇樹見高風」以點睛之筆，收束全篇，於平夷處尤見功夫，既回環照應，上承「抒正氣」、連結「磁針石」、摹狀「奮孤忠」，又餘音裊裊，言有盡而意未盡。此詩與《成都武侯祠》同屬詠懷古跡之作，二詩皆着墨在人而又不離祠。《武侯祠》曲盡諸葛亮的相輔風範，《文丞相祠》則抒寫文天祥的忠烈節操，可當作姊妹篇。

母校泉州市馬甲中學五十華誕感賦

憶昔初興學，三鄉①合一門。
杏川②鍾地脈，晉北③起人文。
父老齊加額，師生共奮勤。
長懷吳校長④，建校有殊勳。

【注釋】

①三鄉：即今泉州市洛江區之馬甲、羅溪、河市三鎮，一九五〇年代中期稱

「鄉」

②杏川：學校所在地之名。

③晉北：晉江縣北部。一九五〇至六〇年代，馬甲、羅溪、河市三鄉隸屬於晉江縣，因位於晉江縣北部、泉州市北郊，故習稱「晉北」或「泉晉北」。

④吳校長：名清輝，一九五八年調派來校任校長，直至「文革」期間。

【品評】

本詩追述了作者母校，即今泉州市馬甲中學建立校譽的艱辛歷程。作者為其母校首屆畢業生，詩中以平實的文辭，刻下了學校成長史的崢嶸印記。

上一世紀，直至一九五〇年代中期，地處泉州市遠郊的馬甲、河市、羅溪三鄉（簡稱「羅馬河」，時隸屬晉江縣），尚未有一所中學。一九五六年秋季，在華僑的資助下，由馬甲鄉杏川中心小學附設兩個初中班，考錄三鄉小學畢業生入讀——當時尚未普及中學教育，小學升初中需經考試篩選，稱為「初考」。詩中首聯「憶昔初興學，三鄉合一門」，所詠即此。

當其時，土屋兩三間，立於杏川小學旁邊小丘上；教師四五位，多是從小學選調而來。而寄宿的學生，則租用附近的民居。起步點落差如此，但無論如何，總為晉北山區文化教育的發展帶來曙光，帶來希望。頸聯「父老齊加額，師生共奮勤」，即抒寫三鄉父老都為有一所雛形的中學而慶幸，師生亦同心同德，教師認真施教，學生刻苦學習。頷聯與頸聯，緊承首聯，一氣流轉，形象地反映出「初興學」的狀況。

學校在由附設初中班向完全中學發展的進程中，亦非一帆風順，有不少困難。學校辦在鄉村，校舍簡陋，師資缺乏。當時，泉州市區及晉江南部學校的教師，大都不肯服從調遣前來履職。學校創辦近兩年，在舉步維艱的情勢下，吳清輝出任校長，為學校發展帶來契機。吳清輝校長以其卓越的膽識、無畏的精神，向泉州市及晉江縣教育當局商調了一批有「政治問題」而學養淵博、經驗豐富的教師，包括語文的楊嘉種（受降職處分的泉州培元中學校長）、數學的劉文沛（被開除留用的晉江石光中學「大右派」），等等。對這批教師，吳校長在工作上予以信任，在生活上予以關心，使其竭心盡力於教學。同時，着力進行校舍基本建設，申請撥款與鼓勵師生參與「勞動建校」並行。在吳校長領導下，校務蒸蒸日上，教師隊伍不斷擴大，各級班數由少而多，學校規格由初中而高中，成為泉晉北之最高學府。詩的尾聯以「長懷吳校長，建校有殊勳」收結，是詩人作為母校第一屆學生的真情實感。

讀清史一題

滿洲①膺漢統，國史譜新篇。
明主連三世②，承平過百年③。
中樞朝命一，邊境武功全。
最是康熙帝④，方肩古聖賢。

【注釋】

①滿洲：即滿洲族，通稱「滿族」。其前身為東北女真族。一六一六年（明萬曆四十四年），女真族首領努爾哈赤統一女真各部，建立後金政權；一六三六年（明崇禎九年），其繼承者皇太極改女真族名為滿洲，並改國號為大清。

②「明主」句：指康熙帝（清聖祖，一六六二至一七二二年在位）、雍正帝（清世宗，一七二三至一七三五年在位）、乾隆帝（清高宗，一七三六至一七九五

年在位）三朝。

③「承平」句：史家一般認為清初盛世是始自一六八三年（康熙二十二年）清廷統一臺灣，止於一七八五年（乾隆五十年），共一百零二年。

④康熙帝：即清聖祖愛新覺羅・玄燁，滿族入主中國後的第二代君主。八歲繼位，十三歲親政。為政講求治道，寬仁愛民，張揚「滿漢一體」理念，非唯守成，更多建樹，開啟清初盛世的局面，奠定清代（一六四四至一九一一）的基業。

【品評】

滿族是一個以人口不及漢族百一而入主漢地、君臨中國的邊境少數民族。在此詩中，作者摒棄傳統的「大漢族主義」思維，站在「大中華」的立場上，以宏觀的視野、高度的概括，稱頌其前期統治的成功。

歷史的長河，一浪推一浪。在中國兩千多年的漫長君主專制社會中，朝代屢經更迭。而一個朝代的統治是否成功，其關鍵在於歷經改朝換代的動盪後，隨之能否安定民生，並為歷史作出新的建樹。詩的首聯「滿洲膺漢統，歷史譜新篇」，開宗明義肯定了這一點。

滿人君臨中國，為歷史做出甚麼新的貢獻呢，譜寫了怎樣的「新篇」呢？頷聯與頸聯具體展示「新篇」的內容。

在君主專制統治的社會，君主的賢能與不肖，對國家能否致治至關重要。「明主連三世」，稱道清初連續出現三位賢能有為的君主。康熙帝為政寬仁，雍正帝為政嚴明，乾隆帝則綜合父祖的治道，剛柔並施，寬嚴相濟。在三代明主的有效統治下，清前期「承平過百年」。從康熙中期至乾隆晚年，清王朝出現逾百年的承平盛世，即史書所稱的「康乾盛世」，中國君主專制社會攀上最後一個高峰。這時期，政局安定，社會經濟繁榮，百姓安居樂業，學術文化興盛。

頸聯上句「中樞朝命一」，稱其施政的暢達。句中的「一」字有兩重意思：一指中央事權的專一，一指政令可一貫到底。尤其是雍正時置軍機處，作為常設的軍政核心機構，直接由皇帝操控，承旨傳令。通過軍機處，機要的諭旨採用「廷寄」的方式直接下達地方督撫或其他官員，君權的運用無遠弗屆。對句「邊境武功全」，則肯定清廷對邊境民族管治的高明。康雍乾之世，對邊境各族，包括蒙古、新疆、西藏及西南苗、瑤等，通過武力征服與政策運用，採取了與前朝不同的方法，將之直接置於中央政府的管治之下，確立了中央政府與少數民族地區的政治從屬關係。這種管治方式，有助於大一統多民族國家的形成，中國的疆域四至，亦基本上於此時定臻。

尾聯承接首聯之「國史譜新篇」餘緒，拓前一筆，特別推重康熙帝之君德，稱頌其具有「古聖賢」之風，「聖學高深，崇儒重道」（趙爾巽等編修《清史稿》）；亦是讚賞滿族皇室漢化之有成，深得漢族先進文化之精粹，能出現康熙帝這樣的聖哲之君，殊為難能可貴。誠如《劍橋中國清代前中期史》所云：「玄燁（康熙帝）是中華帝國歷史上最偉大的統治者之一……他的人品與品格則成為理解導致清朝秩序鞏固的眾多因素的入口點。」

此詩一氣流轉，以大開大闔的手筆寫「大歷史」，涵蓋清初百年盛世的景象，讀者自可細細品讀。

曉晴

天上彩虹開曉鏡，人家煙紫①裊晴空。

小溪流水猶平岸，滿野禾苗色更葱。
池畔黃鶯呼麗日，陌間新燕翦清風。
欣欣物理②自相得，世外桃源畫卷中。

【注釋】

①煙紫：青紫色的炊煙。閩南鄉村人家，廚房煙囱伸出屋頂。當時燒飯用柴草，一道道炊煙升騰，在半空中繚繞。

②物理：事物新陳代謝的自然規律。

【品評】

在文學創作上，有謂「文章本天成，妙手偶得之」。《曉晴》一詩，詩人從立意、選材、手法運用到意境的營造，匠心獨運，詩中情、景、理和諧交融，達到渾然天成的藝術境界，讀之使人有如沐浴於田野輕拂的清新之風。

先說立意。此詩題為《曉晴》，詩人立足山村，但眼界並不囿於山村，而是從所選取的景物揭示大自然的「欣欣物理」，以小見大。圍繞這思維，在選材方面，詩人從宿雨初歇，「天上彩虹開曉鏡」揭開序幕，剪取鄉村人家的裊裊炊煙、流水琤琮的小溪、田野青葱的禾苗、池畔陌間的鶯燕等親切可人的景物，從視覺上和聽覺上帶出大地新晴清曉、生機盎然的景象。詩人以其擅長的白描手法，並運用對比、擬人等多種修辭技巧，清脆的鶯啼聲和潺潺的流水聲就好像音樂的協奏曲，與蔚藍的天空、青葱的田野，形成有靜有動、和諧協調的山村氛圍，處處凸顯「清新嫩綠」的色調，以回應「曉晴」的主題。

景物之間似乎都有靈性，「池畔黃鶯呼麗日，陌間新燕翦清風」，日麗風清，禽鳥互相唱和，樂也融融。走筆至此，清新、澹然、和諧的「世外桃源」畫圖躍然紙上，令人賞心悅目。詩的點睛之句「欣欣物理自相得」，融情入景，寓含哲思，讀者自可細細尋味。

詩以意境為上。品讀此詩，「詩中有畫，畫中有詩」，有幾分肖似唐代詩人王維筆下的詩境。而作為七言律詩，全篇開合有度，一氣流轉，頷聯與頸聯對仗工整自然，雖為作者早期的作品，但其文學表現技巧已相當純熟。

春色賦（二首）

其一

鷺鄉①漸覺春光滿，南國從來春早歸。
拂地春風平野綠，連天春水鷺鷥飛。
春花艷艷含朝露，春草萋萋沐旭暉。
同學少年英氣發，桃紅李白播芳菲。

其二

幽美校園春意鬧，鳳凰萬樹②笑東風。
樓前早讀晨曦白，窗下晚修燈火紅。

詞客揮毫情切切，畫工研墨興忽忽。
藍天作紙地當硯，詩化春雷畫化虹。

【注釋】

①鷺鄉：廈門島的別名，又稱「鷺島」，因先民第一次登上這東海小島時看見成群白鷺翱翔在水面而得名；廈門島與鼓浪嶼之間的海域亦因之而名「鷺江」。

②鳳凰萬樹：廈門大學芙蓉樓群（學生宿舍樓），四座蟬連成半月形，樓前均植有一行鳳凰樹，春來花開，艷紅似火，與金碧輝煌的芙蓉樓互相映襯。

【品評】

《春色賦》二首以賦體的手法，鋪敘鷺鄉春色，抒寫校園春意，意境清新，宛如一幅詩意畫卷。

前一首從大處着筆，以遼闊的視野描寫鷺鄉的景色。首聯「鷺鄉漸覺春光滿，南國從來春早歸」，點明南國春光的腳步悄悄到來，令人覺得鷺鄉已是春意盎然。頷聯以春風、綠野、碧水、鷺鷥等物象，構成動靜相映的畫面；頸聯詠百花含露，爭妍鬥艷，芳草萋萋，欣欣向榮，帶出一派春意盎然的景象。尾聯「同學」兩句，從詠物自然地轉向人事的描寫，展現桃李播芳菲、少年發英氣的「陽光」格調。全詩回環往復，層層渲染，句句不離「春」字，把鷺鄉「春光滿」表現得淋漓盡致，從而亦帶出後一首校園「春意鬧」的景象。

後一首緊承前一首，以富有動感的筆觸抒寫大好春光裏學子的學習生活。首聯起句「幽美校園春意鬧」，以「幽美」兩字點明廈大校園的環境特色，以「春意鬧」與「校園幽」互相映襯，表現春天的校園別有風光；對句拓前一筆，以「鳳凰萬樹笑東風」的眼前景，豐富了「春意鬧」的意象。頷聯與頸聯，詩人從多角度寫校園內莘莘學子的各種情態：有樓前的琅琅早讀聲，有窗下勤奮的晚自修，有詞客的即席揮毫，有畫工的匠心獨運……活靈活現，生機蓬勃，讓人不期然對校園生活萌生無限的欣羨之意、嚮往之情。尾聯「藍天作紙地當硯，詩化春雷畫化虹」想像尤妙，詩人寫學子們以天作紙，以地當硯，詩作擲地有聲，畫作七彩繽紛，比喻獨特，體現出作為「校園詩人」獨特的審美觀。詩中學子的活動與爛漫的春光情景相生，洋溢着韜奮激昂的氛圍，生動地凸顯「桃紅李白」的校園風華。

登石牙山①

凌絕峰巔石徑斜，壯觀應有好詩誇。
四方光景連閩粵，一帶煙雲化綺霞。
古木千軍來列陣，奇巖萬馬待鳴笳。
忽聞山半歌聲起，原是姑娘唱採茶②。

【注釋】

①石牙山：烏山山脈的峰巒之一，位於雲霄、平和、詔安三縣交界處。山勢雄峻峭拔，遍山怪石嶙峋，蔚為奇觀。

②採茶：即《採茶燈》，又稱《採茶撲蝶》。一種流行於中國南方的歌舞，多由女子表演。表演時左手提茶籃，右手執扇子，載歌載舞，表現採茶的情境。姑娘們平日採茶時，亦常常清唱其歌曲，曲調輕快悠揚。

【品評】

石牙山乃烏山山脈的峰巒之一，位於雲霄、平和、詔安三縣交界處。山以多「奇石」著稱，其山勢雄峻峭拔，遍山怪石嶙峋，並有許多由鉅石堆砌而成的天然石洞。本詩即寫詩人登上石牙山絕頂，圍繞「壯觀」兩字，極力刻畫其風貌。

頷聯「四方光景連閩粵，一帶煙雲化綺霞」，描寫石牙山的壯觀情景。舉目遠眺，風光覆蓋福建和廣東一帶，浩浩無垠，心胸為之開闊；仰望長空，雲蒸霞蔚，渺無邊際，給人以無限遐想。從「連」字和「化」字，都可見作者用字很精巧。

頸聯「古木千軍來列陣，奇巖萬馬待鳴笳」，表現出詩人豐富的想像力。古木森森，仿如千軍列陣；奇巖形狀峭拔，仿如萬馬欲馳。此聯以比擬、誇飾等辭格，寫出豪邁的氣勢，把靜景激活，富有靈動感，為石牙山的景觀平添幾分奇崛。

尾聯筆鋒一轉，「忽聞山半歌聲起，原是姑娘唱採茶」，從視覺的壯觀變為聽覺的優悠，以南方流行的民歌舞《採茶燈》的歡快節拍，為這次的登山之旅帶來輕鬆的情調。

所謂「景物因人成勝概」，石牙山在名山林立的中國雖不能算上突出，但顧名思義，實地觀賞，也自有其特色。從開首的「壯觀應有好詩誇」一語看，詩人多少有點另闢蹊徑、尋幽探勝的意圖，發掘石牙山的異趣。

白雲山賦

白雲山①頂白雲遊，園苑亭臺處處幽。
蒲澗簾泉②留勝蹟，松濤翠浪③逐風流。
穗城④花影舒紅日，珠水波光蔚綠洲。
竟日流連看不足，明珠樓⑤外月如鈎。

【注釋】

①白雲山：位於廣州市東北郊。面積約二十八萬平方公里。主峰摩星嶺，海拔三百八十三米，峰頂常有白雲飄繞，故名。

②蒲澗簾泉：舊「羊城八景」之一。蒲澗為白雲山東麓的一泓山澗，其源頭在摩

星嶺附近，因古時盛產蒲草而得名。從澗頂至澗底，高十來丈，古時冬天滴水，夏天成瀑，飛泉掛巖壁，有如簾幕，故名「簾泉」。

③松濤翠浪：新「廣州八景」之一。從摩星嶺的雲巖瞭望，峰谷之間，松林茂密，天風鼓蕩，山鳴谷應，而早晚異趣，是以又分「白雲曉望」與「白雲晚望」景觀。

④穗城：廣州的別稱。據北宋張勱所撰《廣州重修五仙祠》碑載：周朝時候，「有五仙人，皆手持穀穗，一莖六出，乘羊而至，仙人之服與羊各異色，如五方。既遺穗與廣人，仙忽飛升而去，羊化為石」。故廣州別稱「穗城」或「羊城」。

⑤明珠樓：位於白雲山背面水月閣後的小山崗上，為清代建造，是賞月的好去處。

【品評】

本詩寫於一九六〇年代中期，詩題為「賦」，具有歌詠之意，行文清雅流麗，勾勒出白雲山的勝景。

首聯「白雲山頂白雲遊，園苑亭臺處處幽」，概括描狀白雲山的面貌。白雲山位於廣州市東北郊，重巒疊嶂，鬱鬱葱葱。主峰摩星嶺，峰頂常有白雲飄繞，是以登上山頂，仿如騰雲駕霧，不知人間何世。本詩首句即以「白雲」兩字入題，構句頗見心思。

自古以來，白雲山一直是嶺南風景勝地，「羊城八景」中的白雲晚望、蒲澗簾泉、景泰僧歸等，都在白雲山。此外還有滴水巖、天南第一峰、明珠樓、水月閣等眾多名勝古蹟。二十世紀五十年代後，摩星嶺南北兩面分別闢為山頂公園和山北公園，又開闢園林式的白雲山莊、雙溪旅舍。南麓的麓湖也闢為公園，廣植花卉，供遊客觀賞。詩中所云「處處幽」，突出一個「幽」字，帶出山景清幽的總體特色。

頷聯就白雲山的代表性景觀「蒲澗簾泉」和「松濤翠浪」詠寫。蒲澗為白雲山東麓的一泓山澗，其源頭在摩星嶺附近。從澗頂至澗底，高十來丈，古時冬天滴水，夏天成瀑，飛泉掛巖壁，有如簾幕。詩云「留勝蹟」，則是說蒲澗早已改道，簾泉亦非復舊觀。「松濤翠浪」一景，乃指從摩星嶺的雲巖瞭望所見景觀。峰谷之間，松林茂密，天風鼓蕩，鏗金嘎玉，山鳴谷應，早晚異趣，各擅勝場。

頸聯「穗城花影舒紅日，珠水波光蔚綠洲」，詩人以「花影」和「波光」對舉，

「紅日」和「綠洲」互相映襯，寫出南國名城廣州珠水映花城的自然氛圍。詩中的「舒」和「蔚」兩字用得尤其精巧，把春光明媚的穗城寫活了。因為耽於美景，故作者「竟日流連」而忘返，也就自在情理之中。結句以景收結，「明珠樓外月如鈎」，詞麗句秀，寫得頗有意境，餘韵裊裊。

武漢長江大橋①秋望

萬里長江滾滾流，楚天②寥廓正清秋。
東西穿箭帆檣動，南北飛梭車馬稠。
三鎮雄風來九省③，一條彩帶繫雙丘。
仙翁黃鶴④若欣羡，還請歸來賞舊遊。

【注釋】

①武漢長江大橋：橫跨武昌蛇山與漢陽龜山，是建國初年在長江上修築的第一座

鐵路、公路兩用橋。下層為鐵路橋，上層為公路橋。一九五五年七月開工興建，一九五七年十月正式通車。全橋總長一千六百七十米，將武漢三鎮連成一體。

②楚天：指今湖北、湖南一帶，春秋戰國時屬楚國地域。

③「三鎮」一句：三鎮，指漢口、漢陽、武昌；九省，包括湖北、湖南、四川、陝西、貴州、河南、江西、安徽、江蘇。武漢地處中國中部，控長江之中流，水陸交通四通八達，有「九省通衢」的稱號。

④仙翁黃鶴：黃鶴乃傳說中仙人所乘的一種靈禽。崔顥《黃鶴樓》：「昔人已乘黃鶴去，此地空餘黃鶴樓。黃鶴一去不復返，白雲千載空悠悠。」黃鶴樓，故址在武昌蛇山黃鶴磯頭。

【品評】

《武漢長江大橋秋望》是一首七律佳構。此詩作於一九七二年秋，時詩人由北國山西南歸福建家鄉省親，中途於武漢從京廣鐵路轉船九江。乘車船轉駁的空隙，到長江大橋一遊。詩中即抒寫獨立橋頭縱目四望的景觀。

七律的風格以氣勢見長，適於營造大開大闔的藝術境界。七律詩中，以杜甫為第一，其《登高》《登樓》堪稱典範之作。細讀本詩，有其可媲美唐人高處。首聯「萬里長江滾滾流，楚天寥廓正清秋」，落筆不凡，境界開闊，奠下了詩作的基調。時值清秋，詩人登臨送目，但見萬里長江，滾滾而來，楚天遼闊，渺渺無垠。其堂廡既大，氣格自然不凡。

武漢是中國內陸的水陸交通樞紐，亦可以說是中國經濟地理的「心臟」地帶；長江大橋作為交匯的中心，具有挹西迤東、貫通南北、維繫四方的特別地位。頷聯「東西穿箭帆檣動，南北飛梭車馬稠」，從東西和南北的縱橫方向，寫出車水馬龍，仿如星羅棋布的大場景。其眼界開闊，視野多維，句中的「動」「稠」兩字用得尤見精當，刻畫出這個城市活力充沛的生命脈搏。

頸聯筆鋒一轉，以「三鎮雄風來九省」概括寫出大橋的雄偉氣勢。武漢三鎮（漢口、漢陽、武昌）地處中國中部，控長江之中流，素有「九省通衢」的稱號，其通向外界的交通非常便利，座落湖北，可與四川、陝西、河南、湖南、貴州、江西、安徽、江蘇等省相通。獨特的區位優勢造就了大橋得天獨厚的交通優勢。此句在音韻上鏗鏘有力，「三鎮/雄風/九省」音節上屬於二二二，中間用一個「來」字貫連匯通起來，語意雄渾而具動感。武昌蛇山和漢陽龜山，又為武漢著名的風景區，別有一番靈氣，與大橋交織成趣，相得益彰。長江大橋橫跨於兩山之間，仿如「一條彩帶繫雙丘」，詩人以彩帶比喻長江大橋，想像豐富，形象鮮明。

頷頸二聯對仗工整，而語出自然，「東西」與「南北」的方位對，「三鎮」「九省」與「一條」「雙丘」的數量對，「來」與「繫」的單音節動詞領字對，看似信手拈來，無不恰到好處。兩聯一緊一鬆，承轉得宜，句句離橋，而又句句不離橋，為詩歌的境界層層推進。

詩的尾聯「仙翁黃鶴若欣羨，還請歸來賞舊遊」，生發奇想，化用唐人崔顥名作《黃鶴樓》「黃鶴一去不復返，白雲千載空悠悠」詩意作結，引人遐想。黃鶴樓位於蛇山上，各層屋頂，交錯重疊，彷彿展翅欲飛的鶴翼，長江大橋就橫跨在樓前。古往今來，登黃鶴樓，往往能使人的心靈與宇宙意識互滲互融。呼請仙翁黃鶴來重遊，留下餘思裊裊。

綜觀全詩，起承轉合，運轉自如，空間上格局宏大，時間上穿梭古今。韻腳選用十一「尤」部之「流」「秋」「稠」「丘」「遊」，聲韻悠揚。詩中逸懷壯思，虛實相生，堪稱本集中七律的壓卷之作。

讀杜詩《秋興八首》

夔府①孤城望帝州，風清露冷在心頭。
非唯宋玉悲衰草②，豈但陶潛嗟暮秋③。
傷世長懸家國念，感時遠繫廟堂憂。
華章八疊揚千古，律細纖毫④韻自悠。

【注釋】

①夔府：即夔州，今屬重慶市。

②悲衰草：宋玉《九辯》：「悲哉秋之為氣也，蕭瑟兮草木搖落而變衰。」

③嗟暮秋：陶潛《己酉歲九月九日》：「靡靡秋已夕，淒淒風露交。蔓草不復榮，園木空自凋……萬化相尋繹，人生豈不勞？從古皆有沒，念之中心焦。」

④律細纖毫：杜甫《遣悶戲呈路十九曹長》：「晚節漸於詩律細，誰家數去酒杯寬。」

【品評】

作者自幼即熟讀杜詩，對杜甫的人品深懷敬意，對杜甫的詩品備極推崇。本詩選取角度切入，以杜甫晚年作品《秋興八首》賦詠，句不虛發，體現出作者的讀杜心得。

《秋興八首》這一組詩，作於唐代宗大曆元年（七六六）。其時安史之亂雖已結束，但藩鎮割據，宦官亂政，邊族乘虛而入，國家依然動蕩不安。杜甫本來於成都依靠劍南節度使嚴武，嚴武去世後，離開成都，沿江而下，滯留夔州。此時的杜甫，生活困苦，老病交加，深知無力匡扶社稷，但仍時刻關心着國家的命運，於是便在滯留夔州期間，將自己的苦況，結合蕭蕭秋景，把對昔日長安生活的懷念融鑄詩中，寫成意境深閎的《秋興八首》。本詩首聯「夔府孤城望帝州，風清露冷在心頭」，即是其時其景其情的真實寫照。一個「望」字，把「夔府」與「帝州」連結起來，切中《秋興八首》這一傑構的旨趣。

頷聯承接首聯而來。「非唯宋玉悲衰草，豈但陶潛嗟暮秋」，當中巧用典故，饒有深意。宋玉乃戰國後期楚國的辭賦家，其作品文彩風流，尤以寫悲秋的主題備受讚賞；陶淵明其人，以清新自然的山水詩文著稱，描寫秋景，吟詠菊花，更有獨到之處。杜甫詩用詞遣句，固不在宋玉陶潛之下，但這裏作者無意互比高低，而是着眼於杜詩中「悲增宋玉，興發陶潛」的心繫家國之宏旨。此聯前句以肯定的語氣，後句以詰問的方式，凸顯出杜甫並非一般文人騷客，只會傷春悲秋，而是憂國傷時，有為而發，不同凡響。

《秋興八首》組詩中，「身在夔府，心繫京華」的主線一脈貫穿。前四首寫夔州，不離長安；後四首寫長安，也未離夔府。第一首以夔州的秋景起興，渲染出蕭森與動盪的氛圍；第二首承第一首而來，寫詩人在夔府的暮景中，對兵戈不息的擔憂之情；第三首承第二首的夜色，寫秋日晨景，詩人想到自己報國無門，因而興發感歎。前三首寫詩人心繫故國；至第四首，揭示長安的時局紛亂，並由結句「故國平居有所思」渡入下四首。後四首分別寫昔日長安宮殿的壯麗，當下時局的無窮邊愁，昔日國力的強盛富饒，和記遊長安的豪情逸興。觀諸本詩頸聯：「傷世長懸家國念，感時遠繫廟堂憂」，一個「長」字、一個「遠」字，顯示作者深入原作「傷世」「感時」的思想內脈，寫出了杜甫《秋興八首》中一氣貫之的深沉感慨。

《秋興八首》是一組結構嚴密的詩歌，八首詩作回環往復，疊疊相扣，前呼後應，章法嚴緊，而且抑揚頓挫、沉鬱悲壯，體現出杜甫「晚節漸於詩律細」的苦意經營。本詩尾聯「華章八疊」「律細纖毫」，用語精當，對《秋興八首》的藝術成就進行了高度的概括；並以「揚千古」「韻自悠」，激賞其永恒價值。

范文正公①讚

文治昇華稱有宋，匡時濟世一完人。
達窮兼獨②儒心古，進退皆憂③典範新。
允武允文身許國，無私無慾志懷民。
平生三立④光先哲，千載高風照縉紳。

【注釋】

①范文正公：范仲淹（九八九至一〇五二），字希文，蘇州吳縣（今江蘇省蘇州市）人。北宋名臣，道德高尚，才兼文武。「文正」是其謚號。

②達窮兼獨：縮略《孟子·盡心上》：「窮則獨善其身，達則兼善天下。」後人對此略有調適，一般作「達則兼濟天下，窮則獨善其身」，其義相同。

③進退皆憂：縮略范仲淹《岳陽樓記》：「不以物喜，不以己悲。居廟堂之高，則憂其民；處江湖之遠，則憂其君。是進亦憂，退亦憂。然則何時而樂耶？其必曰：『先天下之憂而憂，後天下之樂而樂。』」

④三立：立德、立功、立言。《左傳·襄公二十四年》：「太上有立德，其次有立功，其次有立言，雖久不廢，此謂之不朽。」

【品評】

《范文正公讚》一詩，抒寫北宋名臣范仲淹一生傑出的德行功業，表達詩人對范公由衷的崇敬之情，當中亦寓含詩人的歷史文化觀。

有宋一代，以文立國，大開科舉。士人與時代互動，得以沿科舉仕進的階梯，登上政治舞臺，參與中樞決策，匡扶君主，施展治國安邦的抱負。由是，傳統君主社會的文治高揚，並出現了范仲淹這樣卓犖的君子之臣。故詩的首聯即云：「文治昇華稱有宋，匡時濟世一完人。」「昇華」二字，用得精當，標示北宋的文治水平提高，超逾漢唐；「完人」的稱美，則為題眼，統攝全篇。

頷聯寫道：「達窮兼獨儒心古，進退皆憂典範新。」傳統儒訓，士子之處世，是「達則兼濟天下，窮則獨善其身」。范仲淹更提出「進亦憂，退亦憂」，「居廟堂之高，則憂其民；處江湖之遠，則憂其君」，「先天下之憂而憂，後天下之樂而樂」。意即士之用世，不應以個人進退為意，而應是憂國憂民為懷。這是對傳統儒訓的跨越，將士人的處世哲學推向新境界。詩中的「典範新」，不僅是稱許范仲淹的哲言雋語，為儒士提供了新的安身立命準則，更是稱許其坐言起行，表率士林，為儒士樹立了新的楷模。

范仲淹道德高尚，又才兼文武，出將入相。在朝執政，銳意革新；出鎮延州（今陝西延安），威震西夏；歷任地方守牧，則關心民瘼。頸聯「允文允武身許國，無私無慾志懷民」，即是對其高風亮節與彪炳事功的寫照。

古語有云：「太上有立德，其次有立功，其次有立言。」然則，古往今來，能「三立」俱全者幾稀。詩的尾聯：「平生三立光先哲，千載高風照縉紳。」這正是詩人盱衡古今，把范仲淹放在歷史文化的時空中觀照，而詠讚范公為三不朽的「完人」，肯定其儒行高舉光承先哲、風照後人的典範意義，凸顯了「范聖」的真正涵蘊。

世華①新紀盛會

洛城②盛會迎新紀，文友相逢笑語溫。
三百精英來異域，五千枝葉本同根。
傳承更覺源流遠，展望愈明儒道尊。
古木逢春花再發，華文煥彩耀乾坤。

【註釋】

①世華：世界華文作家協會。正式成立於一九九二年，總部設於臺北市。世界各地區有近百個分會，「香港分會」為其中之一。

②洛城：指洛杉磯，美國加利福尼亞州的一個城市。

【品評】

《世華新紀盛會》是一首詠寫文學盛會的華美詩篇。

踏入新世紀，二〇〇〇年十一月，於美國洛杉磯舉行了「世界華文文學的傳承與展望國際研討會」，這就是詩中首句「洛城盛會迎新紀」的寫作緣起。當其時，主辦單位「世界華文作家協會」廣邀來自各國及地區的華裔作家、詩人、學者等三百多個文友齊聚一堂，共同為華文文學的發展獻謀劃策，可謂盛況空前。詩人時為「世華香港分會」的總監，出席了是次盛會。詩中「三百精英來異域，五千枝葉本同根」之句，如實詠寫了這場新世紀之交的文壇盛事，追溯中華五千年文化的源遠流長，並由此引發為世界華文文學事業繼往開來的懷抱。尾聯突出此詩的抒情主調，詩人以「古木逢春花再發，華文煥彩耀乾坤」，熱情地抒發了對「大中華文學」的再創輝煌充滿期待。

此詩由寫作緣起到盛會實錄、再轉而文化思考到文學展望，敘事—議論—抒情有序鋪排，仿如帶人親臨其境，共襄盛舉。

「九一一」歎

一聲霹靂震寰宇，大廈傾頹①難再扶。
反恐尋仇燃戰火，揮拳擊蚤②類狂夫。
夭夭兇手知何處，渺渺目標看卻無。
强國不甘吞苦果，弱邦豈可累無辜？

【注釋】

①大廈傾頹：二〇〇一年九月十一日，美國遭受恐怖襲擊，紐約世界貿易中心兩幢一百一十層高樓（雙子塔）及附近多個建築物被摧毀倒塌，包括八十多個國家的三千多人罹難。

②揮拳擊蚤：用拳頭撞跳蚤，形容美國出兵阿富汗，企圖尋捕行踪飄忽的阿蓋達恐怖組織的頭子布拉丁、扎瓦哈爾等。

【品評】

《九一一歎》是一首具有時代感的詩作。詩人「以詩為誌」，抒寫了「九一一」這一起震驚國際的事件，而着墨於由此而引發的後續問題。

二〇〇一年九月十一日，美國遭受恐佈襲擊，紐約世貿中心兩幢一百一十層高樓及附近多個建築沒入火海，化為灰燼，死傷三千多人，涉及八十多個國家，此事件吸引了國際媒體連月的大幅報道，故詩的首聯以「一聲霹靂震寰宇，大廈傾頹難再扶」形容其情其景，如同歷歷在目，讀之令人不寒而慄。

「九一一」恐怖襲擊，令人髮指；而美國的善後，又極不理性。小布殊政府藉反恐為名，貿然出兵阿富汗，欲圖捉拿阿蓋達組織頭目布拉丁；但是稽查不周，情報失誤，結果不單找不到行踪飄忽的兇手，無情戰火還禍及無辜的平民百姓。然而，作為「強國」的美國事後卻不認錯，故詩中以「狂夫」形容這種毀人家園的所作所為，譴責其製造了另一起災難。可見詩人愛恨分明，並不為強者諱。「夭夭兇手知何處，渺渺目標看卻無」，承接「揮拳擊蚤」之語意，指控其盲目興兵，而兇手仍然「逃之夭夭」，不見踪影，頗具諷刺意味。詩的尾聯，以詰問句出之：「強國不堪吞苦果，弱邦豈可累無辜？」進一步引發讀者思考這場所謂「反恐戰爭」帶來的禍害，感喟之餘，猶對霸國行為有所鞭撻。

讀此詩，可與上一輯古體詩之「薩達姆．侯賽因受刑一問」一並觀之，從中皆可見詩人關心世局，明斷是非，同情弱者，以維護國際公義的寫作出發點。

兩岸對峙

（步唐人劉禹錫《西塞山懷古》原韻）

劉粟揮軍①指帝州，蔣家棋局②破難收。
長江防線成灰燼，千面紅旗豎石頭③。
橫掃西南催葉落，遷延臺海阻潮流。
爾來兩岸成相峙，霧鎖雲遮春復秋。

附：《西塞山懷古》

王濬樓船下益州，金陵王氣黯然收。

千尋鐵鎖沉江底，一片降幡出石頭。

人世幾回傷往事，山形依舊枕寒流。

今逢四海為家日，故壘蕭蕭蘆荻秋。

【注釋】

①劉粟揮軍：劉伯承指揮的解放軍第二野戰軍與粟裕指揮的第三野戰軍，兵力合約一百萬，而以三野勢盛。

②蔣家棋局：三大戰役（遼瀋、淮海、平津）結束前後，蔣介石佈下三步棋：第一步，隔江而治；第二步，割據江南；第三步，退守臺灣。

③石頭：石頭城，南京在古代的別稱，因其地有石頭塢（故址在今南京城西面長江邊）而得名。

【品評】

《兩岸對峙》是一首詠寫當代歷史事件的史詩式作品，詩中以文學筆法縱論時局，展示了作者豐富的史識。

國共內戰對決階段（一九四八年九月至一九四九年一月），共產黨根據戰局的轉化，連續發起遼瀋、淮海、平津等三大戰役。解放軍三戰三捷，掩有長江以北的大半個中國；政府軍主力喪失殆盡，敗局已成。三大戰役結束後，解放軍陳師長江北岸。詩的起句「劉粟揮軍指帝州」，指的就是劉伯承、粟裕所指揮的百萬大軍劍指南京、強渡長江之態勢。

早在三大戰役結束前後，蔣介石就開始籌謀三步棋：第一步，隔江而治；第二步，割據江南；第三步，退守臺灣。國民黨以三十多萬陸軍、一百七十多艘戰艦與三個大隊的空軍佈防長江，企圖守住江南半壁。但是，解放軍挾三大戰役餘威，勢如破竹，還是令「蔣家棋局」陣腳大亂。詩的頷聯「長江防線成灰燼，千面紅旗豎石頭」，寫出炮火連天的戰爭現場：一九四九年四月二十一日，百萬解放軍分路橫渡長江，摧毀政府軍的長江防線；四月二十三日，佔領國民政府的首都南京，是為「渡江戰役」。此兩句極言風雲變幻之快，既紮根於史實，又不失文學表現的筆法，從側面寫出蔣介石「隔江而治」的第一步棋化成泡影。緊接着「橫掃西南催葉落，遷延臺海阻潮流」一聯，指解放軍渡江得手後，在西南等地繼續圍追政府軍殘部，以西風掃落葉寓意「割據西南」的第二步棋也旋即宣告落空，只能無奈地走「退守臺灣」的最後一步棋。一九四九年十二月初旬，原「國民政府」及國民黨中央黨部相繼遷臺，設治於臺北。

歷史大勢，浩浩蕩蕩，本不以個人意志為轉移。自一九五〇年代起，海峽兩岸勢成對峙，「霧鎖雲遮」，春去秋來。詩的結尾一聯，非止於詠史，更在於歎今，蘊含着詩人對時局的深切擔憂。

此詩總體上可分為兩個層次，前六句為一個層次，重現當時戰爭的大場景，在抒寫史實的基礎上生發議論，揭示成敗興替的歷史轉折。尾聯兩句聯繫現實，語重心長，蘊涵一種穿透歷史表象，洞察其內裏實質的深意。這一點，與劉禹錫的《西塞山懷古》詩作頗有異曲同工之妙。

統一新猷

斷續砲聲三十秋①，和平統一獻新猷。
中英談判施長策，港澳回歸定遠謀。
兩岸三通開大道，雙贏共識②滙洪流。
佇看四地③為家日，臺海潮平弄扁舟。

【注釋】

①三十秋：一九七九年元旦，國防部長徐向前宣佈停止砲擊金門，實現了海峽兩岸自一九四九年以來的真正停火，前後剛好三十年。

②共識：指「九二共識」。一九九二年，大陸「海峽兩岸關係協會」(簡稱「海協會」)與臺灣「海峽交流基金會」(簡稱「海基會」)在非正式會談中，達成各自以口頭方式表述「海峽兩岸均堅持一個中國原則」的共識，是為「九二共

識」。

③四地：即大陸、香港、澳門與臺灣等四個區域。

【品評】

《統一新猷》寄寓了作者的「大中國情懷」。此詩可與《兩岸對峙》一詩合而觀之，意思更形完整。

回顧新中國建立以來，海峽兩岸勢成對峙，臺海不靖，時而劍拔弩張。這當中，尤以一九五八年秋福建的廈門、金井與臺灣前哨金門互相炮擊，一九六二年春夏間臺灣企圖「反攻大陸」，大陸則加緊備戰，形勢最為嚴峻。直至一九七九年元旦，國防部長徐向前宣佈停止砲擊金門，才實現了海峽兩岸自一九四九年以來的真正停火，故詩一開頭寫「斷續砲聲三十秋」，前後屈指一算，剛好三十年。亦就是在一九七九年元旦，全國人大常委會發佈《告臺灣同胞書》，提出海峽兩岸「和平統一」的新方針，代替高呼了三十年的「一定要解放臺灣」的口號。

隨着歷史的車輪不斷前進，之後的三十年來，時局變化很大。「九二共識」、港澳回歸、兩岸三通，可謂中華民族走向和平統一的重要里程碑。詩人把這幾件關及統一的大事嵌入詩中，抒發對未來的理想，寄望兩岸炎黄子孫，能夠滙通共識，真正實現和平統一。屆時就能衝破地域界限，如同香港、澳門一樣，臺灣亦與大陸成為一家。

詩人嘗言：「未來的中國是兩岸在民主、法治、人權的基礎上走向統一的中國。」詩中「佇看四地為家日，臺海潮平弄扁舟」，正是以詩的語言，表達了這一思想見解。約言之，本詩從大歷史觀，表現了六十年來的時局變化，兩岸關係在曲折中向前發展，當中有戰有和，有憂有喜，而詩人樂觀向上，對未來的「大中國」充滿期待。

黄果樹瀑布①

黔中靈氣凝黄果，舞動游龍湧玉泉。
懸瀑依風千嶂雨，平湖沖浪半天煙。
幽幽溶洞②水簾秀，鬱鬱葛山花果妍。
信是靈猴修煉處，長留仙跡白河沿。

【注釋】

①黃果樹瀑布：位於貴州省鎮寧、關嶺布依族和苗族兩個自治縣交界的白水河上。瀑布高七十七點八米，寬一百零一米，飛瀉入犀牛潭。

②溶洞：指水簾洞，位於黃果樹瀑布後山，長一百三十四米，攔腰橫穿瀑布；有洞窗六個，遊人穿行而過，可從洞窗回望飛流直下的瀑布。

【品評】

《黃果樹瀑布》是一首純粹的寫景詩。詩中描寫黃果樹瀑布及其景區的意象，活靈活現，頗具「奇態」。

黃果樹瀑布古稱白水河瀑布，亦稱黃葛墅瀑布，因此地廣泛分布着「黃葛榕」而得名，是中國最有名的「天幕」。瀑布位於打邦河流域的白水河段上。白水河由北向南，流到黃果樹時，因河牀出現一個鉅大的縱裂坡裂點而形成懸河飛瀑。

瀑布高七十七點八米，主瀑高六十七米；寬一百零一米，主瀑寬八十三點三米。飛流瀉入犀牛潭，洶湧澎湃，蔚為奇觀。詩中首聯所詠即此。「舞動游龍湧玉泉」，化用《徐霞客遊記》描狀黃果樹瀑布「一溪懸搗，萬練飛空……搗珠崩玉，飛沫反湧」語意。頷聯「懸瀑依風千嶂雨，平湖沖浪半天煙」兩句，對仗工整，形象生動，描寫出其奇絕的意境，天然成趣，使人如臨其境，見其形，聞其聲，凸顯黃果樹瀑布之奇美。

詩的後半，從水簾洞生發出花果山、美靈猴等意象，妙趣橫生，別有靈氣。水簾洞位處黃果樹瀑布後山，攔腰橫穿瀑布，有洞窗六個，洞泉三股，珠簾銀幕；遊人穿行而過，可從洞口回望飛流直下的瀑布，又是另一番景象。瀑布前面是巖溶峽谷，週遭崖壁山坡，葛榕青蔥，奇花異果繁茂，鋪上雲天。頸聯「幽幽溶洞水簾秀，鬱鬱葛山花果妍」，既是眼前景觀，又仿似《西遊記》中的花果山、水簾洞。作者由此自然引發對孫悟空在此修煉而留下仙跡的想像，尾聯「信是靈猴修煉處，長留仙跡白河沿」，為詩作平添了幾分傳奇的色彩。當中「信是」一詞用得極為精當。既為想像，便是虛擬，「信是」應理解為「疑是」，但若果直用，就顯得有點「隔」，而用「信是」，則給人一種親切感、真實感。

香港文學促進協會成立廿五週年誌賀

香生翰墨飄千里，港九英才聚有緣。
文振時風抒正氣，學匡世道鑄華篇。
促成安定精誠至，進向繁榮信念堅。
協力同心光大業，會通四海友群賢。

【品評】

《香港文學促進協會成立廿五週年誌賀》是一首賀詩。

形式上，詩人別出心裁，以「藏頭詩」方式經營。全詩八句的首字，組成「香港文學促進協會」一名稱。

內容上，此詩的意思可分為四層：一聯一層，層層遞進。首聯寫參加盛會的詩人、作家齊聚一堂，文墨生輝。頷聯敘明文學匡時濟世的宗旨：「文振時風抒正氣，學匡世道鑄華篇。」其雋潔的文辭配合工整的對仗，讀來更顯鏗鏘有力。頸聯緊承頷聯，以「促進」立意，上下兩句互文見義，表達文學協會促成香港社會繁榮安定的至誠信念。詩的尾聯自然過渡到「協力同心」「會通四海」的願景，寄寓協會文友為弘揚香港文學而同心同德，並肩努力，與五洲四海的文友互相交流，共創輝煌。

此詩從分類上雖為賀詩，但不落於一般的應景應酬套數，而是就「文學促進」四字生發開來，立意高遠，別有懷抱，在寄望繁榮香港乃至大中華區文學之餘，期待充分發揮文學的社會功能，其內容與表現形式，都有可圈可點之處。

題友人業餘創作詩文集

學文餘力①君真健，濟世懸壺業益光。
仁術仁心施廣衆，真情真意鑄華章。
杏林②盛譽春風暖，文苑聲名翰墨香。
特立卓行堪仰止，儒醫風範耀東方。

【注釋】

①學文餘力：《論語·學而》：「行有餘力，則以學文。」

②杏林：據葛洪《神仙傳·董奉》載，三國時吳國名醫董奉為人治病，不收診金，只求病癒者為他植杏樹數株；沒過幾年，竟得杏樹十餘萬株，蔚然成林，被稱為「董仙杏林」。由是，杏林用以代指醫術界。

【品評】

《題友人業餘創作詩文集》是一首題簽友人文集的贈詩。詩人以詩題贈，對於友人「行有餘力」，仍能兼顧學文的精神深為讚賞，表達了對友人欽佩之情。

詩中首先詠讚友人作為醫者而志於學文的可貴；次寫其以「仁術仁心」行醫，做到博施廣衆，又以「真情真意」為文，努力譜鑄華章；接着以「杏林」與「文苑」對舉，稱美友人在兩個領域所取得的佳績，而以「春風暖」照應「施廣眾」，以「翰墨香」照應「鑄華章」；最後，以儒家的仁愛之心觀照友人，拈出「儒醫」兩字，進一步肯定其非凡的行止堪為業界表率。

此詩以醫者為文立意，互相映襯。全詩四聯八句，精心鋪排，用回環往復的方式進行詠讚，一聯緊扣一聯，處處不離「醫」，又處處不離「文」，既凸顯其醫者的形象，又充分表現其在文學創作上的成就，從而帶出了「一代儒醫」的風範。

紀念詩聖杜甫誕生一千三百週年

詩壇自古多才俊，子美高風孰與儔？
格共屈騷懸日月①，品同孔聖鑄春秋②。
亂離深憫蒼生苦，老病猶懷君國憂。
道德文章垂宇宙，五洲四海韻悠悠。

【注釋】

①屈騷懸日月：李白《江上吟》：「屈平辭賦懸日月，楚王臺榭空山丘。」

②「品同」句：此句包含雙重意思，既指杜甫的人品為「詩聖」，又指杜甫的詩品為「詩史」。

【品評】

這首詩寫於紀念詩聖杜甫誕生一千三百週年之際。作者懷着崇高的敬意，詠頌杜甫一生的成就。

杜甫的詩歌成就，千百年來，有哪一位詩人可與之媲美?中國是詩的國度，歷代可謂名家輩出，但真要論高下，似乎唯有「詩仙」李白，與之雙峰並峙。詩開首謂：「子美高風孰與儔?」作者尋思之後，沒正面給出答案，讓讀者自行尋索。

說到杜甫的詩品，作者卻斬釘截鐵：「格共屈騷懸日月，品同孔聖鑄春秋。」論其忠君愛國之心，堪比愛國詩人屈原;論其悲天憫人，追步至聖先師孔子。

杜甫一生，「支離東北風塵際，飄泊西南天地間」(《咏懷古蹟五首》其一)，就算是在貧病交加的晚年，始終未改其憂國憂民的懷抱。詩中「亂離深憫蒼生苦，老病猶懷君國憂」，恰如其分地描狀出杜甫的生命主調。

杜詩的精神，早已超越地域的界限，在世界詩壇閃光閃亮，成為中華民族一道永恆的光輝。詩的尾聯「道德文章垂宇宙，五洲四海韻悠悠」，高屋建瓴，濃墨重彩，站在文學史乃至文化史的高度，盛讚杜詩的價值，總結杜詩的普世意義。

「全球華人中學生閱讀報告大賽」總審評判感賦

手披佳作不知倦，如品醇醪風味津。
視覺多維觀念活，見聞廣博話題新。
名言啓迪心開竅，妙想聯翩筆有神。
可喜炎黃新一代，放開懷抱喜求真。

【品評】

此詩作於二〇一二年。原附有「後記」，略云：「自二〇〇七年以來，余連續擔任每年一屆的『全球華人中學生閱讀報告大賽』總審評判。二〇一二年賽事主題為『一句話的啟示』。審閱之餘，多年來不斷昇華的所思所感，化為此律。」

有關賽事在總審評判階段，從初評篩選的「初中組」與「高中組」各五十篇作品中，再分別挑出十篇上佳之作，給予排列名次。每篇一評，再加總評。作者三十多年來長期從事教育相關的工作，對新一代學子的閱讀寫作能力尤為關注，因此把這種冗繁的評判工作視為樂事，首聯「手披佳作不知倦，如品醇醪風味津」，正是這種情意的反映。

頷聯與頸聯所賦，即分別從「視角多維」「見聞廣博」「名言啟迪」「妙想聯翩」等四方面觀照新時代大中華區青少年學生的佳作，並就「閱讀報告」這一特定的比賽文體，肯定入選的作品，能融通哲語名言，思路靈活，話題新穎。作者從學子的文章中發掘出真趣，尾聯的評讚「可喜炎黃新一代，放開懷抱喜求真」，亦就來之有自，水到渠成了。

九曲溪①飄流看山

九曲溪流十八彎，乘風浮筏挾千山。
峰稱雙乳②生遐思，谷有桃源③可賦閒④。
玉女⑤娉婷依赤壁，大王⑥挺拔柱藍圜。
更聽舟子連珠語，水色山光展笑顏。

【注釋】

①九曲溪：發源於武夷山自然保護區黃崗山南麓，流經星村，折入武夷山，盤繞於群峰之間約十五華里，到武夷宮匯於崇溪。九曲溪之水澄碧見底，兩岸千峰競秀，水色山光，別饒妙趣。

②雙乳：即雙乳峰，又名並蓮峰、鼓子峰，為九曲溪第八曲之最高峰。兩座高聳的峰巒並峙對稱，大小相同，有如少婦長女豐滿的雙乳。

③桃源：即小桃源，在六曲北岸蒼屏峰與北廓巖之間，以其幽微靈秀近似陶潛筆下的武陵桃花源而得名。因浮筏而過，實無由觀賞，只能聽舟子描摹。

④賦閒：西晉潘岳《閒居賦》：「覽止足之分，庶浮雲之志，築室種樹，逍遙自得。」

⑤玉女：指玉女峰，在二曲南面。峰巖因大自然斧鑿之功，突兀秀挺，雲蒸霞蔚，有如仙女下凡，婷婷玉立，楚楚可憐。

⑥大王：指大王峰，一名天柱峰，雄踞九曲溪口，是溯流而上的第一峰，與玉女峰南北相望。由此還衍生出大王與玉女淒美的愛情故事。

【品評】

本詩以虛實相生的筆法和形象生動的比喻，帶領讀者漫遊素有「秀麗甲東南」美譽的武夷山勝景。

九曲溪是武夷山脈主峰——黃崗山西南麓的溪流，位於武夷山峰巖幽谷之中。武夷山有三十六峰，九十九巖。峰巖交錯，一泓溪流貫穿其中，蜿蜒十五里長。因其彎曲有致，故名「九曲溪」。舟行其中，水隨山轉，每一曲都有說不盡的山水畫意。「九曲溪流十八彎，乘風浮筏挾千山」，形象地勾畫出九曲溪的秀麗輪廓。

雙乳峰，為九曲溪第八曲之最高峰。乘筏從水上望去，兩座山峰高聳並峙，有如少女豐滿的雙乳，惹人生發綺思，故詩中云：「峰稱雙乳生遐思。」「谷有桃源可賦閒」一句，意指位於六曲北岸蒼屏峰下與北廓巖之間的小桃源，其幽美靈秀，近似陶淵明筆下的桃花源，遠離俗世的煩囂，可結廬閒居，逍遙自在。這兩句運用虛實相生的筆法，給人留下無限遐想的空間。

接下來「玉女娉婷依赤壁，大王挺拔柱藍圜」兩句，比喻奇特，可謂異想天開。玉女峰的突兀秀挺，遠遠望去，有如仙子下凡，婷婷玉立；大王峰的雄奇險峻，遠遠望去，彷佛一柱擎天。兩峰南北相望，雲蒸霞蔚間，最易令人聯想起傳說中「大王」和「玉女」淒美的愛情故事。

詩在「更聽舟子連珠語，水色山光展笑顏」的閒情逸致間收結，頗有「放下無求心自在，且自逍遙且自樂」的意態。

哀思（二首）

其一

雙髻結緣同學妹，六年一字意拳拳。
酸梅初嚐①新婚別，鴻雁迴飛望眼穿。
惜子惜夫唯克己，準男準女②自承肩。
三更縫紉五更起，多受拖磨少睡眠。

其二

十年體弱志剛强，無力回春悲斷腸。
子女衣裙誰更買，詩文章句孰參詳？
元公顯達夜開眼③，蘇子圓通鬢染霜④。
鯉景⑤淒淒嗟日月，香江漫漫思茫茫。

【注釋】

①酸梅初嚐：意指婦人懷孕。典見南宋許棐《泥孩兒》：「少婦初嚐酸，一玩一心喜。」

②準男準女：閩南方言詞。意即出門當男人、入門當女人，亦即婦人既主中饋，操家務，又同男子一樣，上山下田。

③「元公」句：唐代元稹《遣悲懷》（三首）之三：「唯將終夜長開眼，報答平生未展眉。」

④「蘇子」句：北宋蘇軾《江城子·乙卯正月二十日夜記夢》：「十年生死兩茫茫，不思量，自難忘……縱使相逢應不識，塵滿面，鬢如霜。」

⑤鯉景：即鯉景灣，地名，亦為屋苑名，在香港島東區維多利亞港南畔。

【品評】

《哀思》二首是作者情感真摯的詩作。原有「後記」，付梓時作了調整，現直錄於此：「內子黃治英，於夏曆四月二十六日謝世。五十載夫妻，忽爾陰陽路隔。余一直沉緬於哀痛之中，摧心折筆。逮及臨近她的誕辰，回想去歲此際為她買生日禮物的情境，追思她平素自奉儉樸、唯子唯夫的無私奉獻，余更是情不能自已，日夜流淚。成此二律，聊寄哀思於萬一。」

詩的第一首緬懷前期分居兩地生活的點點滴滴，娓娓道來，明白如家常。

首聯「雙髻」兩句，從與「同學妹」定情寫起。雙髻，即雙髻山，為作者家鄉的風景名山，亦為宗教名山。作者高中畢業離校當日凌晨，與同班杜麗等幾位同學相約到山頂觀日出，低兩屆的同學黃治英剛好暑假輪值護校，在杜麗的招呼下結伴同行。作者本與黃同學認識。此行成為兩人締結婚盟的契機，旋於一九六二年八月通過雙方家長締訂婚約。黃氏高中畢業後回鄉，「待」字閨中，直至一九六七年除夕作者大學畢業後迎娶，前後六年。「六年一字」所指即此。

頷聯「酸梅」兩句，回憶婚後夫妻分居兩地的生活境況。「酸梅初嚐」指有了身孕。婦人懷孕會喜歡吃酸的東西，這是生活中習見的現象，古詩中有「少婦初嚐酸」之句，所詠即此。新婚不久，妻子剛剛在思食酸梅，作者卻要接受分配，遠赴北國山西工作了。南人北調，路途遙遠，一年只能回鄉探親一次；轉調回閩後不久，又赴港定居。妻子在家，只能望穿秋水，等待着遠人的來信，「鴻雁迴飛望眼穿」。婚後近二十年，過的幾乎都是這樣的日子。

作者長年在外。頸聯「惜子惜夫唯克己，準男準女自承肩」，寫妻子從一個「學生妹」到家庭主婦的擔當：既愛惜子女，照顧好子女，又關愛丈夫，讓丈夫在外安心；既能主中饋、掌家務，又能上山下田。從而，凸顯出一位新時代賢妻良母的形象。句中「惜子惜夫」「準男準女」，帶有閩南語的風味。

尾聯緊承頸聯，進一步寫妻子的辛勞。「三更縫紉」是指黃氏在高中畢業後曾從師學會裁縫手藝，為幫補家計而為左鄰右舍裁製衣服。因日間要理內理外，乃將布料收集回家，待深夜幼小兒女入睡後才挑燈製作。起早摸黑，「多受拖磨」，既是說妻子盡心盡力助夫持家，字裏行間，亦蘊含着作者對妻子的顧惜與感念。

第二首抒寫新近日子的悲傷思憶，當中亦追敘後期一家團聚的生活情趣。

起句「十年體弱志剛强」，寫妻子在近十年來抱恙，但意志頑強，堅持鍛鍊身體，該治療服藥即治療服藥，從不輕言放棄。但是，雖然一家人悉心護理侍候，終是回天乏術。「玉山傾倒難再扶」，怎不令人「悲斷腸」?!

頷聯兩句，是追敘妻子的喜好與家庭生活的溫馨。杜夫人於一九八〇年代中期挈子女來港，一家團聚。她有一個習慣，或者說一種喜好，就是常會自行為子女添買衣服；儘管子女日漸長大，所買衣裙的款式不一定稱身，不一定受歡迎，她卻樂此不疲。杜夫人亦喜歡看書，寫詩。丈夫和孩子每有新作，她是第一個讀者；逢節假日，一家人團坐煮茶談詩論文，她亦非常投入，並「咬文嚼字」，說出自己的見解。如今往事已成追憶，故作者以問句的形式沉痛地說：「子女衣裙誰更買，詩文章句孰參詳?」

頸聯「元公顯達夜開眼，蘇子圓通鬢染霜」兩句，化用元稹《遣悲懷》中「唯將終夜長開眼，報答平生未展眉」詩意，和蘇軾《江城子·乙卯正月二十日夜記夢》的「縱使相逢應不識，塵滿面，鬢如霜」詞意。元稹顯達後，倍加懷念貧困時的髮妻韋氏；曠達通變如蘇軾，因懷念先室王氏而滿鬢清霜殘雪。作者顧念妻子早年「多受拖磨」，與自己共同締造了如今的一家，子女均已學成出身，卻未能多享幾年清福，怎能不倍加傷情！

尾聯「鯉景淒淒嗟日月，香江漫漫思茫茫」，亦景亦情，寄寓了作者無窮無盡的哀思，涵蓋全篇。鯉景灣屋苑居所，「三面園景一面海」，四時常青，面對維港，日出月昇，浮光掠金，但今時今日，在作者心中眼裏，日月失色，慘淡淒清，作者茫茫的哀思，有如漫漫香江水。

絶句

待榜

十載寒窗苦，偏逢八字關①。
閩江②舟楫少，待渡掉朱顏。

【注釋】

①八字關：指「調整、鞏固、充實、提高」的方針，簡稱「八字方針」，而以「調整」為主。乃一九六一年起中共中央為糾正「三面紅旗」（總路線、大躍進、人民公社）失誤而採取的方針。因在「調整」政策下，大學收生量銳減，故對高考生來說，成為難關。

②閩江：福建省境內最大河流，源頭為福建、江西交界處的建寧縣均口鄉沙溪，自西北向東南方向流經福建省中北部，匯集眾多支流，注入東海，全長五百七十七公里。當時福建學子以渡過閩江比喻參加高考，獲得錄取。

【品評】

此詩作於一九六二年夏，是當時莘莘學子參加高考後等待放榜的心態寫照。二十世紀六十年代初的大學生，稱之為「天之驕子」，誠不為過，當時錄取的名額相當有限，進入重點大學更是難上加難。學子「十載寒窗」，刻苦讀書，所望就是有朝一日，得以「登上龍門」。可其時「偏逢八字關」。「八字關」意指「調整、鞏固、充實、提高」的方針，乃國家為糾正「三面紅旗」失誤、克服經濟困難而採取的以「調整」為主的政策。從全局而言，有關政策是必要的。唯其反映在教育領域，是高考錄取的比率大幅度降低，大學收生量銳減，對六二屆高考學生來說，卻是逢上難關。

當時，福建學子以「渡過閩江」比喻參加高考，獲得錄取。「閩江舟楫少」一句，以「舟楫少」反用其意，喻能登上黃榜的高考生少之又少，大比數名落孫山的結果是可想而知的。這就自然過渡到結句的「待渡掉朱顏」，意謂學生「待榜」的汲汲之情，在希望與失望中掙紮，以至於面色枯黃，形容憔悴。這並非誇張之詞，因為這亦是詩人當年的親身體驗。

暮　春

燕子①梁間叫，鶯聲柳外沉。
菜花②蝴蝶舞，報說已春深。

【注釋】

①燕子：燕科鳥類的通稱。春夏之際，燕子開始飛入尋常人家築巢，民俗視為瑞祥徵兆。

②菜花：指油菜花。油菜，一種草本植物。從北到南，花期不等。閩浙等東南沿海地區的花期在春夏之交。

【品評】

本詩抒寫暮春景象，格調清新，有其獨特之處。

詩人擷取幾種代表性的物象，描畫春盡夏來的自然變化。首句「燕子梁間叫」，先說到燕子。燕子是燕科鳥類的通稱，其中家燕、金腰燕，夏時幾乎遍布全國。春夏之際，開始在人家檐下、樑間及廳堂墻壁高處築巢，進出鳴叫；接着說黃鶯，春天時候，柳浪聞鶯，鶯啼婉轉，是一常見的景像，但如今卻是「鶯聲柳外沉」，一個「沉」字，正預示着暮春將盡之意。至於第三句所詠的「菜花」，即人們常見的油菜花。閩浙等東南沿海地區的花期在春夏之交。油菜花開時節，滿田一片金黃，叢間蝶舞蜂忙。「菜花蝴蝶舞」之句的暮春意味更進一層，春盡夏來的訊息更形明顯。結句運用擬人手法，寫各種物象告訴人們：春意已深，夏天來臨。

詩詞之作，寫初春、仲春容易，萬物欣欣向榮，令人賞心悅目；寫晚春花謝花飛，紅銷香斷，往往流於傷感，其尤甚者，莫如宋代詞人秦觀之「春去也，飛紅萬點愁如海」（《千秋歲》），當時他的友人讀之，亦為「言語悲愴如此」而驚詫。本詩題為「暮春」，但以「平常心」為之，沒流於一般的傷春格調，而帶出季節更替、春夏代序的自然物理，更顯田園詩的本色。

田園新居（二首）

其一

野曠村居靜，朝陽花木欣。
小溪彎半月①，遠岫挹清芬。

其二

冬暖西斜照，夏涼南向窗②。
親鄰閒會敘，茶溢井泉香。

【注釋】

①「小溪」句：指新居門前有一道小溪，溪流彎曲成新月形，半抱着新居。

②「冬暖」兩句：言新居座落方向與冬夏冷暖的關係：坐北（略偏西）朝南（稍偏東），冬日在門前埕後，斜陽西照，比較暖和；夏日打開窗戶，東南風徐來，可以納涼。

【品評】

近體詩中，五絕形制短小字數少，只有二十個字，故更要留意煉字煉句，以帶出言外之意，象外之境。《田園新居》二首清新自然，意境幽美，饒有田園生活的意趣。

第一首開頭兩句以宏觀的視野，描畫新居的大環境。「野曠村居靜」中的「曠」字，顯示村居立於寬廣的原野中，「靜」字帶出環境氛圍的清幽；「朝陽花木欣」，以「欣」字狀寫花木向陽、花繁葉茂的物象。接着「小溪彎半月」，從靜態角度描寫小溪依山勢，彎曲成新月形，半抱新居；「遠岫挹清芬」則以遠觀和感官描寫，營造出意境，「挹」字的運用，尤見工巧，活將遠山的蒼翠，援引入門庭。上下兩句，近水遠山，相映成趣，相得益彰。全詩「野曠」「朝陽」「花木」「小溪」「半月」「遠岫」的物象組合，構成一幅田園新居圖。而「靜」「欣」「清」字，構成詩境的主色調。

後一首詩的意境承接前一首，集中抒寫田園新居的日常生活。「冬暖西斜照，夏涼南向窗」，寫出新居坐北向南、冬暖夏涼的獨特地理和氣候特色。「親鄰閒會敘，茶溢井泉香」兩句，寫田園人家，閒話家常的情景。這兩句乍看與上兩句並不關聯，細味乃承上而來，嶺斷雲連，正因為新居冬溫夏清，左鄰右舍都樂於過從，會聚消閒。一個「閒」字，輕輕道來，營造出農家的生活氣息；一個「溢」字，茶濃意更濃，寫出溫馨怡人的茗閒情趣。詩中點出「井泉」，還有一層深意：茶香四溢，不僅是茶葉品質之淳美，更因為是農家用井中汲取的清泉沏成，暗含茶道三昧。這一首詩的「煉意」，不在於不需人間煙火，而在於平凡人家活生生的「情意」，因而讀來更覺親切。

相思

夢裏在身旁，醒來隔異鄉。
懷人心更切，斜月照西廂。

【品評】

此詩的主題是詠寫相思，懷念遠在家鄉的妻子。詩人借夢寫情，運用虛擬的夢境，表達對對方的深刻思念。心理學家認為，夢是現實生活的補充，彌合個人在現實世界所不能跨越的時空，因為現實中的不可能相聚，故只好藉夢境來排解愁緒。詩的起句「夢裏在身旁」，即寫夢中相逢，然而，待到「醒來」時候，發覺實裏相隔異鄉。虛實對比巧妙，益顯懷人之情。此時此刻，詩人輾轉反側，但見斜月當空，灑照西廂，其思心之切，不言而喻。月亮自古以來，是「千里寄相思」的信使，結句言有盡而意無盡，以景寫情，而情在言外。

山村抗旱風景線

三月山村春旱急，池邊溪畔水車①稠。
光臀兜肚②誰家稚，鼓點踩溜時吊猴。

【注釋】

①水車：一種農田灌溉用具，木質，形制不一。詩中指的是適於四人踩動的大型水車，由水箱、輪軸、車架及扶手四個部件組成。水箱約長二丈，寬八寸，高二尺，分兩層，裝有間距相等的接龍式車葉（竹製），箱尾安一個小轉輪；輪軸（俗稱「車頭」）是一根木樁，約長六尺，直徑六寸，中間裝上齒輪，齒輪兩頭分別裝上兩組腳踏，每組四個，形如小鼓，約長五寸、直徑五寸；車架兩張，狀如方櫈，約二尺高，面板約長一尺二寸，寬九寸，底板約長二尺，寬一尺五寸，面板穿窿，底板鑿有對應窿位；扶手為三根木桿，一根長約七尺，另兩根分別約六尺。四部件可隨時分合。動用時，整合安裝在溪流或池塘岸上：輪軸橫於車架；水箱末端斜伸入溪澗或池塘中，上端則套在車頭齒輪上；扶手兩根分別插在車架上，一根橫放拱住，成「同」字殼形。這樣便可開始車水了。四人（或三人、二人）登上輪軸，並排握住齊胸扶手——小童則要舉手過頭攀援——有節奏地使勁踩動，車葉便帶水上來，空葉轉下，如此往復流轉。

②兜肚：小童用品，布製作菱形，護在腹部及胸際，用帶子套在脖上，左右兩角

則釘帶子束在背後。

【品評】

此詩題為《山村抗旱風景線》，而以七絕出之，在短短的四句二十八字中，詩人就眼前景輕輕拈來，點染出一道令人眼睛一亮的景觀，質樸無華而妙趣橫生，堪稱田園詩的「妙品」。

夏曆三月的閩南農村，是春耕插秧的季節，水是不可或缺的。可偏遇上春旱，從溪底池中汲水注入農田便成為春耕的首要一環。池塘邊、小溪畔，分佈着一架架水車。詩的開頭兩句「三月山村春旱急，池邊溪畔水車稠」，正是從總體上概括描述這道「抗旱風景線」的景象。一個「急」字、一個「稠」字，亦將人們視線吸引到池邊、溪畔的水車上。

接着，詩人不是一般地描寫農人怎樣使勁踩車，如何汗流浹背，而是宕開一筆，突顯一個特寫的鏡頭——「光臀兜肚誰家稚，鼓點踩溜時吊猴」，帶給人們一個驚奇。但見有架水車上，一個小童，光臀赤背，只掛一隻兜肚，鼓點踩溜，腳步落空，雙手抓住扶桿，像猴子吊在樹椏上一樣。這情景帶點驚險，饒有趣致，但不是小孩玩遊戲，而是學車水頗難避免的現象。在二十世紀六十年代或之前，閩南山村，幾乎每個農人都必須參與踩水車的勞動，且通常從小就要學會這種技能。初學階段，腳步未能和上車輪轉動的節拍，會時因「踩溜」而「吊猴」；稍為熟練，就不會再發生了。詩中還側面反映一種現象：當時農村的孩童——主要是男童，不少是直到六七歲還只掛着一隻兜肚，甚或是赤身的，可見當時農村還是比較貧困的，對孩子的撫養也是比較粗放的。

此詩一如詩人的其他田園詩作，詩風清新淡雅。詩境則帶有閩南農村的地方特色，在一定程度上反映出當地在這特定時期的民俗民情，耐人尋味。

代人作

校園紅豆①芽初長，慈母長兄催定情。
雙喜②臨門天作合，終身托付一書生！

【後記】

余與黃治英為中學同學，她比我低二屆。因余學習成績一直很好，常得師長公開表揚，故她對我有點認識，有點心儀。偶爾在校園相遇，也會打打招呼，交談幾句，但僅僅是同學之情。一九六二年暑假，高考後，余在家待榜。忽一日，她到我同村同學杜麗家，托杜麗捎一封信給我，意謂：家境困難，長兄與慈母擬將她許配人家，讓男家贊助她完成高中學業，希望我通過家庭去正式訂婚。當時我正一心求學，根本沒有甚麼談婚的思想準備，便當面向她明確表示不可能。不期然就在當晚，事為家父家母所知，父母卻一致贊同這門親事，並由家兄於翌晨到杜麗家面見黃氏，預訂定聘日期。而余心中亦同情黃同學當時的處境，便順從了「父母之命」。定聘當日，恰巧余接到高考錄取通知書。

【注釋】

①紅豆：紅豆樹，一種常綠喬木；亦指紅豆樹的種子，呈鮮紅色，俗稱「相思子」。唐代王維《相思》：「紅豆生南國，春來發幾枝。願君多採擷，此物最相思。」

②雙喜：這裏指作者與黃同學訂婚當日，收到大學錄取通知書。

【品評】

此詩題為「代人作」，乃詩人當年擬其女同學黃治英的語氣寫成的。從所附《後記》，可見詩中是抒寫實事。

詩的前兩句「校園紅豆芽初長，慈母長兄催定情」，即是說，黃同學與自己雖然在校園中相識，有所心儀，但這種感情僅僅是在萌芽中，根本還不是談婚論嫁的時候；然而，因其母親及長兄欲將她許配人家，客觀環境卻促成了這段姻緣。句中「紅豆芽初長」化用王維《相思》的詩意，為這平淡的故事增添了幾許浪花。

俗語云：「無巧不成辭。」事有湊巧，就在杜家按預約的日子到黃家定聘的當天，詩人接到廈門大學中文系的錄取通知書。詩中的「雙喜臨門」，所指即此。結句「終身托付一書生」，意思是說，黃同學在「花落誰家」的人生道路關頭，由於她的主動爭取，得以如願以償；而在定情當日，自己又接到「黃榜」。黃同學這份絲蘿有托的歡愉，自然非同一般。正因為此，詩人換位思維，代為表達了她的心情。

懷人

新月彎彎掛柳枝，花香襲襲海風吹。
校園閒步晚修後，漫憶西窗夜讀時。

【品評】

本詩題為「懷人」，寫於一九六三年春，是詩人寒假回家期間，窗下夜讀的難忘生活片斷及對斯時伴讀在側的戀人的想念。

詩的首句「新月彎彎掛柳枝」，寫校園清雅怡人的夜色。當其時，月上柳梢，乍望過去，仿似掛於柳枝上，一個「掛」字，用字精當，富有幻想力。廈大校園位於東海灘頭，海風吹拂，花香撲鼻，其情其境，於月色之下，最是迷人，也最容易勾起人的思緒。詩的第二句「花香襲襲海風吹」，暗用宋人袁去華《謁金門》中「藕花香襲」，「月斜還佇立」詞意。

詩的後兩句，很自然地從眼前景過渡到情感上的思憶。詩人晚修後，獨自在校園「閒步」，新月初升，海風吹面。正是「海上生明月，天涯共此時」（唐代張九齡《望月懷遠》），「漫憶西窗夜讀時」的情意油然而生。「西窗夜讀」是一種怎樣的情景，詩中含而不露；弦外之音，讀者自可意會。

校園春曉小雨

耳畔輕雷池上蛙，校園小雨潤春華。
芙蓉樓①外披新綠，五老峰②頭籠白紗。

【注釋】

①芙蓉樓：二十世紀中葉廈門大學主體建築群之一，是為學生宿舍樓。一式四幢，樓高三層（局部四層）；每幢作一字形直排，蟬連則依五老峰山勢走向，以校園中央的菜圃為圓心而成半合圍形佈局。

②五老峰：山名，在廈門島南部，因五座山峰嵯峨，望去有如五個老翁而得名，號稱「五老凌霄」，為「廈門八景」之一。山腳有南普陀寺。廈門大學即毗鄰南普陀，背依五老峰。

【品評】

大學時代，風華正茂，正是萌發詩意的年齡，詩情畫意，往往自然流露於作品中。廈門大學的校園生活，校園的一草一木，在詩人的心目中，都是那麼的美好，那麼值得謳歌。作者的詩詞集中，關及抒寫校園情景的篇章，多有佳構。《校園春曉小雨》就是其中之一。

此詩以廈大校園的「春曉小雨」為題，運用清麗的白描手法，營造出幽美的意境，而又情在言外。首兩句「耳畔輕雷池上蛙，校園小雨潤春華」，從聽覺和視覺上着墨，應「春曉小雨」的主題，貼切傳神，唯妙唯肖：校園清曉，春雷初動，青草池塘，蛙聲和鳴，細雨如絲，潤物無聲。「小雨潤春華」五字，體物入微。春天萬象更新，物華競秀，本來就是美好的，令人振奮的；美麗的校園，一花一草一木，欣得「好雨」的滋潤，更是生機勃勃，春意盎然。這使人自然地聯想起杜甫《春夜喜雨》

「好雨知時節……潤物細無聲」的詩意。

首二句娓娓道來。隨之，詩中凸顯出兩個雨中饒有特色的景觀：「芙蓉樓外披新綠，五老峰頭籠白紗。」作為廈大主體建築群之一的芙蓉樓，美如其名。在細雨霏微中，樓前一行行、一株株的鳳凰木，柳岸桃蹊、阡陌縱橫的百畝菜園，顯得更加枝葉扶疏，青翠欲滴。校園背倚風光奇秀的五老峰。換一個角度，舉目仰望五老峰頭，但見輕雲薄霧繚繞，有如籠罩着一層白紗，增添了幾分神秘感。這兩句，一句一景，自然構對而意象逼真，用「披」「籠」兩字畫龍點睛，描繪出清新中帶朦朧的圖景。

此詩寫來，文辭約美，筆調輕清，物象動靜有致，色彩濃淡相宜。讀之，使人如臨其境，賞心悅目。

演武臺①校慶之夜

嫦娥笑舞月華開，東海歡歌逐浪來。
永夜師生同慶樂，英雄大學②練兵臺。

【注釋】

①演武臺：亦稱「演武場」。廈門大學校園內同安樓前的一片芳草地，中闢各類運動場，大型節慶活動常在此舉行。原為明清之際鄭成功演武練兵的大校場，故稱。

②英雄大學：指廈門大學。二十世紀五六十年代，廈門大學有此榮譽稱號。

【品評】

此詩詠寫廈門大學校慶，氣象宏麗，富於想像。

廈大校慶為每年的四月六日。一九六〇年代前後，位於同安樓（廈大主體建築之一群賢樓群的其中一幢）前的演武臺，每逢節慶——理所當然地包括校慶——入夜之後，各學系的師生各式其式，在此舉行慶祝活動，載歌載舞，氣氛熱烈。

詩一開首不直寫師生如何載歌載舞，而是平空落筆，以「嫦娥笑舞」「東海歡歌」烘托氣氛，這種象徵而帶有神話色彩的筆法給予讀者更多的想像空間，師生同樂、徹夜歡慶的情景如在眼前。從本詩的主題「演武臺校慶之夜」來看，這兩句具有高度表現力，與下兩句起着虛實相生的表達效果。詩的場景「演武臺」，寬廣平曠，正好承接了「月華開」——月光直瀉演武臺，自然是「永夜」燈月交輝；而演武臺瀕臨東海，「東海歡歌」正是師生歡歌的應和，則「慶樂」歌聲自然在其中了。

「演武臺」原為明清之際民族英雄鄭成功演武練兵的大校場，當時則為廈門大學大型活動及節慶的露天場地。廈大在二十世紀五六十年代，由於兩岸對峙，臺海不靖，學校位於東南海防前線，因應時勢加強戰備，在炮火下險境中堅持教學與科研，是以有「英雄大學」之稱。本詩結句「英雄大學練兵臺」，立足當下，巧用其典，當年帶有火藥味的演練場變成節慶的大舞臺，別是一種意趣。

偶題

晚涼天靜月華開，風送花香①排闥來。
映雪樓②頭燈伴月，窗前勤讀不離臺。

【注釋】

①花香：這裏特指「夜來香」的花香。夜來香在夏秋開花，夜間香氣特別濃鬱。

②映雪樓：廈門大學教學樓——群賢樓群之一。一樓教室外有夜來香數株；在此晚自修，花氣襲襲，特別怡人。

【品評】

《偶題》一絕是詩人興之所之，抒寫晚自修的學習生活情境。

詩的前兩句「晚涼天靜月華開，風送花香排闥來」，寫清秋之夜，天空澄碧，月華如水，涼風習習，夜來香的花氣穿窗過戶而來。在此怡人的夜色下，學校教學樓之一的映雪樓，燈光四射，學子們正專心夜讀；月移花影，還是在窗前用功，不想離開。詩中營造出一種靜謐的環境氛圍，和學子的專心夜讀和諧相融。

全詩從一個側面，反映出當年廈大學子勤奮讀書的風氣，當中亦有詩人自己的身影。從中可以想見，詩人在大學肄業的歲月，是如何心無旁騖、努力向學的。而在詩人筆下，校園幽美環境帶給學子的純粹，又是多麼令人欣羡嚮往！

讀《王若飛在獄中》①

英雄不怕鐵窗寒，斧鉞皮鞭橫目看。
瀉水懸河②抒正氣，獄中奮鬥起波瀾。

【注釋】

①《王若飛在獄中》：楊植霖、喬明甫合著，中國青年出版社，一九六一年版。

②瀉水懸河：唐代房玄齡等《晉書·郭象傳》：「王衍每云：『聽象話，如懸河瀉水，注而不竭。』」成語「口若懸河」典出於此。

【品評】

此詩抒寫作者讀《王若飛在獄中》一書的感想。詩中所詠讚的王若飛（一九〇六至一九四六），為早期共產黨人。

對於國共政治信仰的爭論，誰是誰非，很難一語說清。第一代共產黨人，他們在國家積弱不振、列強環侵的百年風雲下，當中有一部分人的確具有純真的救國理想，在那個時代，是可以理解的。拋開信仰問題，作為「愛國志士」，王若飛忠於自己的信仰，為中國的前途盡一己之力，或許可以「英雄」視之。

一九三一年十月，王若飛被國民黨逮捕後，囚禁了六年。在獄中，面對國民黨一輪又一輪的審訊，據理力爭，雄辯滔滔。詩的首兩句歌頌了王若飛身陷囹圄，「不怕鐵窗寒」，橫眉冷對「斧鉞皮鞭」的操持。接着的「瀉水懸河」兩句，寫其組織獄友，學習革命理論，奮鬥不斷的事跡。詩中所表現的王若飛形象，頗有譚嗣同《獄中題壁》「我自橫刀向天笑，去留肝膽兩昆侖」的氣概，視死如歸，正氣凜然。

題廈門解放烈士紀念碑①

北戰南征經歷盡，猶將碧血染沙場。
國殤②不死英靈在，魂魄歸兮鎮海疆！

【注釋】

①廈門解放烈士紀念碑：矗立於廈門市區中心植物園山腳之烈士陵園，碑高二十四米，上有陳毅（第三野戰軍司令員）題辭：「先烈雄風永鎮海疆。」

②國殤：《楚辭·九歌》有《國殤》之篇，悼念為國捐軀的戰士。南朝宋鮑照《代出自薊北門行》：「捐軀報明主，身死為國殤。」

【品評】

此詩寫於一九六三年三月，為學生時代的詩人瞻仰烈士紀念碑時的感懷之作。廈門島於一九四九年十月十七日解放——當時尚未有「高集海堤」，廈門仍是一個海島——國共內戰已接近尾聲。負責解放廈門的第三野戰軍第十兵團葉飛部，曾參加淮海、渡江等戰役，本詩起句泛詠其戰績，故曰「北戰南征」，極言烈士歷盡槍林彈雨，拋頭顱、灑熱血也在所不辭。

國共內戰，基於不同的政治信仰，無論如何，這些烈士獻出身家生命，其初衷乃是為一種主義、一種信仰而戰；他們在戰爭勝利之際「猶將碧血染沙場」，并未分享到勝利的成果，從某種意義上，稱為「國殤」或不為過。詩的後兩句擷取眼前景，化用陳毅題詞「先烈雄風永鎮海疆」之意，告慰烈士英靈，言其精神不死，讀之猶如一曲悲壯的輓歌，《九歌·國殤》中「誠既勇兮又以武，終剛強兮不可凌。身既死兮神以靈，魂魄毅兮為鬼雄」的情調躍然紙上。

全詩即事抒懷，節奏鮮明，開張揚厲，表現出一種凜然悲壯、蹈奮激揚之美，歌頌了烈士的英雄氣概。

端午

端午龍舟塞百川，離騷①一曲動心弦。

汨羅江上悲風古②，東海灘頭望楚天。

【注釋】

①離騷：《楚辭》篇名，戰國時楚國詩人屈原所作。內容主旨是自述個人身世、遭遇與心志；作法上運用香草美人的比喻，想像豐富，文辭綺麗而篇幅宏偉。

②「汨羅江」句：汨羅江為屈原自沉殉志之處，在今湖南省東北部，是湘江的支流，注入洞庭湖。詩人郭沫若《屈原》（歷史劇）云：「深思高舉潔白精忠，汨羅江上萬古悲風。」

【品評】

賽龍舟乃端午獨特的節慶活動。此詩即就此一活動興起，而着墨於緬懷愛國詩人屈原。

首句「端午龍舟塞百川」，以略帶誇張的筆法寫出千帆競渡的景觀，場面熱鬧，富有動感。龍舟競渡的緣起，本來就與屈原有關。面對這種熱鬧場景，詩人很自然地聯想起愛國詩人屈原。接着以「離騷一曲動心弦」，圍繞《離騷》這一主題，交代其寫作緣由，抒發情感。《離騷》是屈原的代表作，是中國詩歌史上影響深遠的政治抒情詩。作為青年學子，屈原在詩中所表現出的那種高風亮節，怎能不為之感動？

後兩句「汨羅江上悲風古，東海灘頭望楚天」，時空穿梭，互文見義，集中寄寓了作者對屈原的緬懷之情。汨羅江是屈原自沉殉志的地方，萬古悲情，可歌可泣。上一句化用郭沫若詠讚屈原的名句「深思高舉潔白精忠，汨羅江上萬古悲風」；下一句的「楚天」，指今湖南湖北一帶，乃戰國時楚國所在地，亦是凝結屈原的精神所在。「東海灘頭」，是作者「望」的立足點。廈大校園位於東海之濱，作者身在東海灘頭，遙望楚天，此中情思，讀者自可想見。

徒步赴郭山①初雨後晴（二首）

其一

背袱袴包青箬笠，初程霧雨浥旌旗。
路頭過客兩邊讓，笑問書生何處之。

其二

近午雨收天轉晴，彩虹乍現紫煙輕。
讚歌②一曲響村野，深谷鷓鴣相和鳴。

【注釋】

①郭山：鄉村名，在漳州地區龍海縣（今龍海市），一九六四年春夏間廈大中文系學生曾到此參加勞動。

②讚歌：指《廈大讚歌》（蔚藍的天空是南島風雲的故鄉，遼闊的海洋是海燕成長的地方），劉再復作詞、顏劍飛譜曲。二十世紀六十年代，這首歌在廈大校園頗爲風行。

【品評】

詩人生於農村，長於農村，對鄉村生活有一種真摯自然的感情。《徒步赴郭山初雨後晴》這兩首詩，抒寫當時大學生下鄉支援農業生產的一個生活片斷。兩詩一寫初雨，一寫後晴，前後相接，在寫實中見真趣。

前一首寫遇雨情境。同學們背袱衿包，頭戴箬笠，隊伍浩浩蕩蕩，雖遇濛濛細雨，但似乎對其下鄉的行程沒造成甚麼影響，雨浥校旗，步履依然。路上來往的人，看見一大隊學生冒雨行進，互相禮讓，閃在路邊。一句「笑問書生何處之」，悠然道來，村野農人從容而親切的意態，躍然紙上。

後一首寫雨歇天晴，意境的營構尤其成功。詩的首句「近午雨收天轉晴」，以記敘的筆法輕輕道來，接着一句「彩虹乍現紫煙輕」，則以描寫出之。忽爾看見雨後天上的彩虹，一個「乍」字，同學們的欣喜之情，可想而知；而山村人家升火做飯，紫煙裊裊，是活生生的生活寫照。詩人接着寫道，學子們歌聲忽起：「蔚藍的天空是南島風雲的故鄉，遼闊的海洋是海燕成長的地方。啊！親愛的廈門大學，你是我又紅又專的搖籃……」悠揚的旋律響徹村野，此時，更有「深谷鷓鴣相和鳴」，平添雅趣。這裏的擬人手法用得妙，見出山村的靈氣。此詩寫來靜中有動，動中見靜，彷彿帶人親臨其情其境，頗具田園詩的風味。

《東方紅》①觀後

舞徊萬水千山路，詩賦開基創業功。
一曲頌歌舒旭日，雲霄響徹九州②紅。

【注釋】

①《東方紅》：原是一齣集音樂、舞蹈、史詩於一體的大型舞臺劇，乃為慶祝中華人民共和國成立十五周年而創作，內容即歌頌毛澤東領導中國共產黨的建國歷程，由周恩來親自擔任總導演，於一九六四年十月二日在北京人民大會堂首次演出。一九六五年拍製成彩色寬銀幕舞臺藝術片，在全國各地反復上映，影響廣泛。

②九州：中國的一種代稱。九州是傳說中的中國上古地理區劃，州名在典籍中說法不一，其中《書·禹貢》作冀、兖、青、徐、揚、荊、豫、梁、雍，即所謂「禹貢九州」。

【品評】

《東方紅》這部彩色寬銀幕舞臺藝術片，通過歌舞頌詩表現了共產黨成立至中華人民共和國建政的歷程。當中選擇了各個階段有代表性的事件，使它成為歷史的縮影。平心而論，原頌原唱，載歌載舞，確有氣勢磅礴、恢弘壯美的一面，此亦即詩中所詠：「舞徊萬水千山路，詩賦開基創業功。」

本詩寫於一九六五年，表達了詩人在當時的氛圍下對這部電影的觀感。由於時代的關係，難免留下明顯的歷史烙印。但從文學上而言，還是有其一定表現力的，尤其是後兩句「一曲頌歌舒旭日，雲霄響徹九州紅」，不僅描狀這部影片的主旋律，而且反映《東方紅》這支頌歌風靡中華大地的情況，如實寫出其時其境，不失歷史意味。

全詩的格局，有一個顯著特色：首兩句以「萬水千山路」狀寫「舞步」，以「開基創業功」概括「詩情」；三四兩句互文見義，凸顯《東方紅》的主調。從而，構建出《東方紅》這部音樂舞蹈史詩的意象。

重逢

曾經相識明心曲，別夢茫茫歲月悠。
旅次不期遙望見，逕奔呼我忘遮羞。

【品評】

本詩原有「後記」，說明寫作背景：「一九六五年秋，在雲霄縣和平農場參加勞動期間，有一天，前往東山縣參觀「防護林帶」，在縣府大禮堂小息。適逢當地幹部在開會，會散人未散。我與老師同學們暫站在禮堂後空曠處，離講臺約有三十來米遠，無意中，一個熟悉的女孩子聲音，呼着我的名字，飛也似地向我撲來。真驚訝於她的靈感，能在距離那麼遠的地方從一大群同學中認出我來，而那種忘情的嬌憨姿態，直不理會週遭同學的眼光。」

此詩的風格有如一首愛情小詞，抒寫了當時兩人乍相遇的情景。兩個「曾經相識」的人，別離經年，不期相逢，其驚喜之情自不待言，詩中「別夢茫茫」，化用李煜《浪淘沙》「別時容易見時難」詞意，但寫得更為含蓄，用語上更具詩味。
兩人既不約而「遙望見」，對方「逕奔呼」撲來，就顯得一點也不唐突了。這裏繪影繪聲的動態描寫，女子的欣喜之情毫不掩飾。正因為不作矯飾，更顯其情真意篤。重逢之原意，恰如其分地表達了出來，引發讀者猜度其「往事前塵」。

題黃花崗①

廣州起義戰玄黃②，志士捐軀為國殤。
浩氣長存昭日月，丹心碧血黃花崗③。

【注釋】

①黃花崗：即黃花崗「七十二烈士之墓」。一九一一年（清宣統三年）四月，同盟會發動的廣州起義失敗，革命黨人犧牲頗大，有名可考者八十六人。事後收

殮得遺體七十二具，合葬於白雲山麓的黃花崗，故稱。一九一八年（民國七年），建立陵園。

②玄黃：《易經·坤卦·文言》：「夫玄黃者，天地之雜也，天玄而地黃。」玄黃，本意指天地，這裏借指清王朝。

③「浩氣」兩句：烈士墓門牌坊上鐫刻有孫中山所題「浩氣長存」鎏金大字；墓園紀功坊兩旁石柱上則鐫刻有黃興所撰的輓聯「七十二健兒，酣戰春雲湛碧血；四百兆國子，愁看秋雨濕黃花」。

【品評】

《題黃花崗》一詩作於一九六六年冬。時詩人途經廣州，前往拜謁黃花崗七十二烈士，有感而發，詠懷清末革命史事，讚頌在辛亥廣州之役中的革命黨精英為國捐軀的壯舉及其重大意義。

起句「廣州起義戰玄黃」，寫的就是辛亥廣州之役的本事。一九一一年（清宣統三年）初，同盟會在香港設立起義指揮機構。四月二十七日，黃興率領來自各省革命志士一百多人，進攻兩廣總督衙門，總督張鳴岐逃走。激戰竟夜，由於寡不敵眾，傷亡慘重，故詩云：「志士捐軀為國殤。」事後同盟會收殮得烈士遺體七十二具，合葬於黃花崗。是次起義雖告失敗，但震動全國，加速了清末革命高潮的到來，數月後爆發了武昌起義。詩的後兩句直接引用孫中山為黃花崗的題辭「浩氣長存」，和縮略黃興的輓聯「七十二健兒，酣戰春雲湛碧血；四百兆國子，愁看秋雨濕黃花」的意思，點染成佳句「浩氣長存昭日月，丹心碧血黃花崗」，文辭光輝熠熠，色彩鮮艷明麗，正是「國殤」精神永在的形象寫照。

本詩在情感上格調激昂，謳歌了在廣州起義中的革命志士。詩人以「國殤」詠之，「骨有其格」，讀之令人對先烈的崇敬之情油然而生。

參觀韶山毛澤東故居

一唱雄雞天下白①，韶山日出萬山紅。
蛟龍泛海池塘②在，老屋長留宇宙中。

【注釋】

①「一唱」句：唐代李賀《致酒行》：「我有迷魂招不得，雄雞一聲天下白。」毛澤東《浣溪沙・和柳亞子先生》：「一唱雄雞天下白，萬方奏樂有于闐。」

②池塘：毛澤東故居前面有一方池塘，少年時代的毛澤東經常在此游泳。

【品評】

毛澤東故居位於湖南省湘潭縣韶山沖，距長沙市一百零四公里。故居座落在蒼松翠竹掩映的「上屋場」，坐南朝北，土木結構，泥磚墻，灰青瓦，呈「凹」字形，一明二次二梢間，左、右廂房為輔翼，進深二間，後有天井、雜物屋，為農家住房形制。一八九三年十二月二十六日，毛澤東誕生於此。一九二九年，故居被南京國民政府沒收，遭到破壞；一九五〇年，共和國政府按原貌修復。

此詩為一九六七年春節詩人與同班幾個同學前往韶山參觀毛澤東故居時寫下的。首兩句「一唱雄雞天下白，韶山日出萬山紅」，境界開闊，氣象恢宏，而且含蘊深刻，寓意毛澤東的誕生，將對中國歷史的進程、萬里江山的面貌帶來鉅大的變化。句中「天下白」「萬山紅」，有設色對比之妙，富於形象性。後兩句「蛟龍泛海池塘在，老屋長留宇宙中」，以流水對出之，上句之「蛟龍泛海」，用的是象徵手法，其內涵與前兩句互相承接，而與下句之「老屋長留」互文見義，互為因果。「池塘」與「宇宙」則有空間大小對比的意象。

此詩在作法上有值得圈點的地方。詩人構思精巧，開拓宏深，在內容的表達上見出機杼，寫「故居」不離主人，寫主人不離「故居」，給予讀者許多聯想與想像的餘裕。在選韻上，「紅」「中」屬於洪鐘聲，故讀來殊覺運轉流暢，聲韻清揚。

古城秋聲

古城①寂寂抱書眠，冷炕②夢迴蓆草寒。
雨滴疏桐知夜永，風敲翠竹五更闌。

【注釋】

①古城：城鎮名，位於黃河北岸。原為山西省垣曲縣縣治，一九五〇年代末城池被洪水沖毀，難復舊觀，縣府他移。

②冷炕：炕，北方用土坯或磚塊砌成的牀，分熱炕與冷炕兩種。熱炕底部留有爐位，冬天可燒煤炭取暖；冷炕則不設爐位，寒冬取暖在卧室的一角另有煤炭爐。

【品評】

此詩寫於一九六八年深秋。其時，詩人剛從廈門大學分配到山西省黃河岸邊的垣曲古城不久。詩中，抽離了畢業分配違背心意的前提，而藉寂寥的古城、寒秋的雨夜，來抒寫自己的感受。

開首兩句「古城寂寂抱書眠，冷炕夢迴蓆草寒」，訴說荒城靜夜，覩書慰寂寥，倦了，和衣抱書而眠；一覺醒來，但感土炕草蓆，冷透肌膚，身寒心更寒。加之，窗外「雨滴疏桐」，點點在心頭；深更「風敲翠竹」，聲聲入耳中。夜正長，但詩人輾轉反側，再也難以入睡。更深夜永，風雨淒淒，正映襯出詩人失意孤清的心境。

此詩的意境，未免傷於淒清。然其用語雅麗工巧，貼切傳神，詩人的處境與心情，可見可感。

詩筆塵封

憶在鷺鄉詩興多，書生氣概海舒波。
可堪屈志荒城隅，折筆埋塵奈若何?!

【品評】

《詩筆塵封》寫於一九六九年秋，可視為《古城秋聲》的姊妹篇。上一首抒寫初來乍到孤清的心境，這一首則感慨年來之詩興闌珊。

作者因何對「詩筆塵封」感慨殊深呢?原來他在大學時代曾有專攻詩詞的意向，詩作亦頗豐。開首二句「憶在鷺鄉詩興多，書生氣概海舒波」，正是實事實情實寫，而以詩的語言表達出來。大學時代，鷺鄉的美麗風光，特別是廈大校園的濱海景觀，激發了作者的詩興，增添了作者的豪情。句中「海舒波」三字，用語尤見巧妙，形象地表達出「書生氣概」有如大海波濤，洶湧澎湃，同時切合廈大校園瀕臨東海的天籟。

接下兩句，筆鋒一轉，「屈志荒城隅」與「氣概海舒波」、「折筆」與「詩興」成了強烈對比。「可堪」二字，用得恰到好處，既起承轉的作用，又表達詩人內心的憤懣與掙紮。故此，結尾「折筆埋塵奈若何?!」以自問加感歎的語氣出之，留下解讀的空間。

綜觀全詩四句，字裏行間蘊含感情，起承轉合運思自如，而且時空穿插，對比鮮明，篇末則猶有餘音。

閒話「九一三」

高舉緊跟稱副帥，接班立冊①世風靡。
溫多爾汗②身名滅③，警醒國人同省思。

【注釋】

①接班立冊：一九六九年四月新修訂的《中國共產黨章程》規定：林彪是毛澤東的接班人。

②溫多爾汗：地名，蒙古人民共和國東部克魯倫河上游的一座小城。一九七一年九月十三日林彪所乘的三叉戟專機在溫多爾汗墜落，機毀人亡。

③身名滅：杜甫《戲為六絕句》之二：「爾曹身與名俱滅，不廢江河萬古流。」

【品評】

此詩詠寫「文化大革命」中一起震撼人心的事件，即一九七一年九月十三日發生的林彪事件。

詩的前兩句，詩人平空落筆，數出林彪頭上一道又一道華麗的光圈，包括：「林彪是『高舉』毛澤東思想偉大紅旗的旗手」；「林彪一貫『緊跟』偉大領袖毛主席的革命路線」；「林彪是中國人民解放軍的『副統帥』（統帥為毛澤東）」；「林彪是毛澤東親自選定的接班人」，等等。其頭上的光圈當然還不止這些。句中的「立冊」，意即冊封，指一九六九年四月的中共第九次全國代表大會通過的新修訂的《中國共產黨章程》明確規定：「林彪同志是毛澤東同志的親密戰友和接班人。」也就是在中共「九大」，林彪成為中共中央唯一的副主席——歷屆中共中央副主席都不止一名。至此，林彪似乎已是中共當然的第二代領袖，穩坐釣魚臺，世人亦作如是觀。

接着，詩人繞過許多風風雨雨，筆鋒一轉——「溫多爾汗身名滅」，林彪從「天堂」跌入「地獄」，形成極大的落差，令人驚愕。溫多爾汗，為林彪外逃墜機喪身的地點。「身名滅」，化用杜甫「爾曹身與名俱滅，不廢江河萬古流」詩意，此指林彪作為一代名將，私心自用，為了「搶班奪權」，落得「折戟沉沙」，身敗名裂。

作為一首詠寫政治時事的七絕小詩，詩人以「閒話」為題眼，前三句說的都是事實，並不多置評，而落墨於結句：「警醒國人同省思。」詩人的着眼點在於，「九一三」事件如何警醒國人，引起國人的思考與反省：毛澤東親自發動和領導的「文化大革命」究竟是怎麼回事？「文革」是對的還是錯的？林彪作為「文革」的最大受益者，其身上為甚麼竟然發生如此戲劇性的事件？……這正是「九一三」事件的客觀意義所在，亦正是當時詩人對「九一三」的關注點，從中反映出詩人的見識。

廬山反右傾一歎

一書上奏①達民情，觸怒天聽反右傾②。

彭大將軍③成箭靶，有誰敢作不平鳴？

【注釋】

①一書上奏：在一九五九年夏天的中共廬山會議期間，彭德懷（時為中共中央政治局委員、國防部長）致毛澤東一封長信，表達對「三面紅旗」（總路線、大躍進、人民公社）的看法和意見，毛澤東為之加上「彭德懷同志的意見書」的題目，後來被稱為「萬言書」。

②反右傾：廬山會議的宗旨原為糾正「三面紅旗」的「左」傾失誤。毛澤東收悉彭德懷的上書後，認為是彭向他本人和中共中央「下戰書」，是反對「三面紅旗」，是右傾的表現，於是轉移會議方向，把矯「左」變為反右。

③彭大將軍：毛澤東對彭德懷的稱譽：「誰敢橫刀立馬？唯我彭大將軍！（《六言詩・給彭德懷同志》，一九三五年十月）」

【品評】

此詩寫於「廬山會議」二十年後，即一九七九年。時彭德懷已在「文化大革命」中被迫害致死，而其人則於一九七八年平反，恢復名譽。

詩的開首兩句，詩人秉筆直書：「一書上奏達民情，觸怒天聽反右傾。」重新切入二十年前那場風雲突變的黨內鬥爭。但廬山反右傾已成歷史，斯人云逝，已有「定評」；詩人着眼點並不在此，而是藉詠懷史事，提出疑問：「彭大將軍成箭靶，有誰敢作不平鳴？」當曾得毛澤東激賞的開國元勳「彭大將軍」被指為反對「三面紅旗」的右傾機會主義分子，加上「反黨集團」（包括解放軍總參謀長黃克成大將、中共中央書記處書記張聞天與湖南省委第一書記周小舟）頭子的罪名而被批判鬥爭時，滿座同僚誰敢維護正義，仗義執言，站出來替彭德懷說句公道話呢？更不用說敢於逆龍鱗進行諫諍了。這就給予讀者許多思考的空間。

別意

從來僑廈①分飛處，楊柳依依②車馬嘶。
為慰離人含淚笑，車行掩面不勝悲。

【注釋】

①僑廈：即泉州華僑大廈，位於福建省泉州市百源路一號（今屬鯉城區），泉州市華僑旅行社所在地，一九八〇年代前後為海外華僑、港澳同胞住宿、落腳與當地親戚朋友送迎的唯一地點。

②楊柳依依：《詩經·小雅·採薇》：「昔我往矣，楊柳依依；今我來兮，雨雪霏霏。」

【品評】

此詩作於一九八〇年代初。詩人於一九七〇年代末旅港定居，妻兒尚留在家鄉。當時，家屬申請來港團聚既不容易，交通亦還不甚方便。起句「從來僑廈分飛處」，既點出華僑大廈雖然豪華堂皇，卻是送别的傷心地，又表明自己與親人在此分手已非一番回；對句以「楊柳依依」的眼前景借喻親人的惜别依依，而「車馬嘶」則與「楊柳依依」構成反差，汽笛嘶鳴，催促行人，把送别的氛圍張緊。

前兩句隨着送别的腳步道來，而落墨則在後兩句：「為慰離人含淚笑，車行掩面不勝悲。」丈夫已在送别的人潮中上車了，妻子站在車窗外，情深款款地望着離人，想丈夫此去有兩天的車程勞頓，應讓他放心離開，於是強忍眼淚，佯裝笑臉；但車子開出後，卻再也忍不住錐心的離愁，掩面而哭，成了淚人兒。二語平白如話而確切傳神，表現妻子處處為丈夫着想，愛惜丈夫，把安心給予丈夫，將落寞自己承受，凸顯妻子賢良淑德的形象。

國共三大戰役①感賦

兩軍對決三連捷，定鼎②中原指顧中。
堪歎蔣軍亡陣將，曾為抗日活英雄。

【注釋】

①三大戰役：國共內戰後期主力決戰的重大戰役，即遼瀋戰役（歷時五十二天，一九四八年九月十二日至十一月二日）、淮海戰役（又稱「徐蚌會戰」，歷時六十五天，一九四八年十一月六日至一九四九年一月十日）與平津戰役（歷時六十四天，一九四八年十一月廿九日至一九四九年一月三十一日）。

②定鼎：鼎為古代傳國之重器，因用以比喻王業、政權。定鼎，建立政權。南朝宋顏延之《三月三日曲水詩序》：「高祖以聖武定鼎。」

【品評】

此詩前兩句簡括國共內戰的一段史實：一九四八年九月十二日至一九四九年一月三十一日的三大戰役——遼瀋戰役、淮海戰役、平津戰役——雙方均傾全力對決，共產黨三戰連捷，掩有東北、華北及中原廣大地區，堪稱「定鼎之戰」，而國民黨三戰皆北，喪師一百五十多萬，大勢盡去。後兩句筆鋒折回，回望歷史場景，想想那失敗的一方，許多陣亡將領，乃是八年抗日戰爭中九死一生而倖活下來的民族英雄，不因外戰死，卻為內戰亡，成為「蔣家王朝」的殉葬者。這就是歷史。怎能不令人發一浩歎？

詩中「兩軍對決三連捷，定鼎中原指顧中」兩句，出語利落，氣勢十足，以凝練的概括力，寫出激戰連場，時局急轉直下，似天風海雨，無可掩抑。「對決」「三連捷」「定鼎」「指顧中」，用詞恰到好處，極之傳神。接着「堪歎蔣軍亡陣將，曾為抗日活英雄」句，「堪歎」兩字承轉得當，轉向對歷史的思索。

詩人自一九七〇年代從內地移居香港後，三十多年來，一直從事歷史教科書的編著工作，對以往所接受的史學觀點多有反思。其所著《國史述要》在二十世紀八九十年代即廣受香港學界的好評；及後主編的《新理念中國歷史》《新視野中國歷史》課本等，獲得學校廣泛採用。此詩表現其以詩筆寫史的才力，其中所寓的春秋筆法，微妙地表達作者的見解，引發人們對國共內戰的嶄新思考。

讀史戲題

齠齡童女憑妝扮，敗寇成王任貶褒。
玄武門①中如失手，秦王奪嫡②罪難逃。

【注釋】

①玄武門：唐都長安太極宮（又名西內）北面正門，故址在今陝西省西安市舊城北。唐初宮廷政變——「玄武門之變」即發生於此。

②秦王奪嫡：指「玄武門之變」。李世民為唐高祖李淵次子，原受封為秦王，領尚書令；其長兄李建成則立為皇太子。兩人在協助其父建國統一方面各有功

勞，世民聲名尤顯赫。建成擔心世民奪嫡，聯合四弟齊王元吉對付之；世民亦恃功倚名，窺伺帝座，以致兄弟鬩墻，同室操戈。武德九年（六二六）六月，世民乘高祖早朝召見之機，搶先在玄武門設下伏兵，親手射殺建成，元吉亦為伏兵所殺。史稱「玄武門之變」。高祖只好立世民為太子，並於是年八月禪位，自稱太上皇。世民即位，改元「貞觀」，是為唐太宗。

【品評】

此詩題為「讀史戲題」，但並不是遊戲文字，而是讀史的體悟與反思。詩的首兩句「齠齡童女憑妝扮，敗寇成王任貶褒」，以七八歲的女孩子任人打扮這一日常生活中司空見慣的現象，來比擬史書是由成功者編寫並按其意志加以褒貶的。一個「任」字，用得精當，有力地說明了「成王敗寇」這一千古不易的現象。緊接着兩句「玄武門中若失手，秦王奪嫡罪難逃」，以「玄武門之變」的典型事例，形象地詮釋何謂「成王敗寇」。雖然歷史是不能假設的，但「玄武門之變」結果的另一種可能性是可以想見的。假若秦王李世民在玄武門中失手，被擊殺的不是太子李建成而是他自己，那麼，李建成以世民「企圖奪嫡」之罪書之正史不是順理成章的嗎？較諸李世民聲稱建成欲加害於己，可信度不是更強嗎？

千百年來，唐太宗李世民被捧為獨步龍廷的明君英主典範。不過，他的皇帝寶座乃是通過發動「玄武門之變」奪嫡而來的。按照傳統禮制，得來並不光彩。惟李世民奪嫡成功，對於「玄武門之變」自可依其主觀意志大書特書，而當朝史官亦不能不「為成功者諱」，李建成便命定為歷史的反角了。正史如是。在野史及戲劇舞臺上，李建成更是作為花花公子的形象出現的。當中真相如何，後人只能是「隔霧看花」了。此詩立意並不在否定唐太宗作為明君英主的形象，而是在對「成王敗寇」這一古今不易的歷史現象寄予感慨。

西湖秋遊偶得

四時有序風光異，鷗鷺流連伴綠汀。
一簇雲霞輕蕩漾，平分秋色與湖亭。

【品評】

本詩以畫筆點染西湖秋景，富有圖像美，兼具動態美。西湖之美，詩情畫意，集天地靈氣之最。春夏秋冬四時，蘇堤春曉、曲院風荷、平湖秋月、斷橋殘雪，各有佳境。詩的首句「四時有序風光異」，當中一個「異」字，正是這種景象的寫照。緊接着選取秋冬之交的季候鳥——海鷗和白鷺——賦詠。「鷗鷺流連伴綠汀」，意指人在綠汀流連，而鷗鷺停下，相伴相親。宋人陳與義有詩云：「知公已忘機，鷗鷺宛停峙。」（《蒙示涉汝詩次韻》）本詩化用其意，借鷗鷺以寫「忘機」，寄寓淡泊名利，不以世事為懷之意。在詩人眼中，人與鷗鷺相得，萬物靈性相通。

西湖秋色，以泛紅的丹楓最具代表性，每逢八九月，沙洲上，涼亭邊，燦若雲霞，枝葉横斜，倒映湖中，碧波蕩漾，别有一種意趣。第三句云「一簇雲霞輕蕩漾」，以白描手法勾畫，把靜景寫活；結句「平分秋色與湖亭」寫丹楓倒影，把秋色「平分」與湖水亭臺，更見巧思。

西湖雪景

（次韻楊萬里《曉出淨慈寺送林子方》）

堪羡西湖數九①中，銀妝不與綠妝同。
誰家玉女臨風立，標格紅妝②分外紅。

附：《曉出淨慈寺送林子方》

畢竟西湖六月中，風光不與四時同。
接天蓮葉無窮碧，映日荷花別樣紅。

【注釋】

①數九：南朝蕭梁宗懔《荊楚歲時記》：「俗用冬至日數及九九八十一日，為寒盡。」數九，就是從冬至算起，每九天算「一九」，一直數到「九九」八十一天，「九盡桃花開」，天氣就暖和了。

②紅妝：這裏專指上句中「玉女」的衣着色澤。

【品評】

此篇運用顏色對比的映襯手法，勾勒出西湖雪景的獨特鏡頭，唯美唯肖。

在詩人眼中，西湖的四時景觀，最堪羨慕的是數九隆冬時節的雪景。因為西湖位處天候和暖的東南沿海，與北方數九期間每有大雪飄揚不同，這是可遇而不可求的。偶爾一場飛雪，把綠水青山掩藏，銀妝素裹，分外妖嬈，與春天夏日常有的「綠妝」恰成一鮮明對比。

當此之時，詩人眺望湖上那彎彎曲曲的小石徑，發現一位青春玉女，臨風婷婷而立，雪花點點，如夢似幻。隨後一句，「標格紅妝分外紅」，以點睛之筆，烘雲托月，凸顯這女子撐一把小洋傘，服飾艷麗，在銀色世界中現出一點紅，登時讓人眼前一亮。全詩有點有面，色彩鮮明，一幅「紅衣玉女立雪圖」（現場實照存留於杜若鴻《西湖之夢》攝影集中）躍然讀者眼前。

宋人楊萬里《曉出淨慈寺送林子方》一詩，選取蓮葉和荷花賦詠西湖夏日，成為傳誦的名篇。本詩步其韻，所詠西湖冬日雪景，頗有異曲同工之妙，讀者當可比較品賞之。

讀詩十絕句（外四首）

其一　春江花月夜①

天章雲錦空靈美，理趣相生意識流。
一曲春江花月夜，唐詩五萬孰能儔！

其二　李太白詩集

萬里黃河天上來②，生花妙筆謫仙③才。
盛唐氣象生顏色，錦繡河山畫卷開。

其三　杜工部集

文章子美春秋筆，道德光輝日月明④。
憂世傷時關國運，身家不念念蒼生⑤。

其四　劉夢得文集

少年科第經綸手⑥，豪氣干雲意縱橫。
酬唱抒懷多哲思，竹枝楊柳譜新聲⑦。

外一首

宦海浮沉才負累，巴山楚水不勝情。
花開花謝玄都觀⑧，二十三年⑨白髮生。

其五　白香山詩集

為事而詩⑩文近俗，蒙童老嫗亦能吟⑪。
歌成長恨跨三界，一曲琵琶響至今。

其六　李後主詞全集

神秀⑫天生傾國色，亂頭粗服⑬更清純。
為誰垂淚去雕飾⑭，赤子之心在本真。

外一首

問君能有幾多愁⑮？南面帝王違命侯⑯。
國祚已移新姓氏，豈容舊主再回眸⑰！

其七　樂章集

妾身累世不分明，扶正登堂賴柳卿⑱。
長調慢詞開妙境，雅言俚語賦新聲⑲。

外一首

殘月曉風楊柳岸⑳，大江東去浪悠悠㉑。
詩壇李杜雙峰並，詞苑柳蘇分作猷㉒。

其八　東坡樂府

詞壇萬古一坡翁，參透人生真可風。
最是仕途多蹭蹬㉓，一蓑煙雨任西東㉔。

外一首

腹有文章氣自華㉕，坡翁才調最堪誇。
琴棋書畫皆奇絕，賦散詩詞盡大家。

其九　稼軒長短句

北定中原思擊楫㉖，挑燈看劍意難平㉗。
詞中一股英雄氣，豈是新亭空淚傾㉘！

其十　劍南詩稿

夢繞九州思大同，浩歌萬首氣如虹。
散關淮水終橫斷㉙，弔祭憑何告放翁㉚！

【注釋】

①《春江花月夜》：張若虛傳世名篇。張氏為初唐詩人，《全唐詩》僅存其詩兩首。晚清王闓運曰：「張若虛《春江花月夜》用《西洲》格調，孤篇橫絕，竟為大家。（《論唐詩諸家源流——答陳完夫問》）」

②「黃河」句：語源李白《將進酒》：「君不見黃河之水天上來，奔流到海不復回。」

③謫仙：《新唐書·李白傳》：「（李白）往見賀知章，知章見其文，歎曰：『子，謫仙人也！』」

④光輝日月明：中唐韓愈《調張籍》：「李杜文章在，光焰萬丈長。」

⑤「身家」句：杜甫《茅屋為秋風所破歌》：「安得廣廈千萬間，大庇天下寒士俱歡顏，風雨不動安如山。嗚呼！何時眼前突兀見此屋，吾廬獨破受凍死亦足！」

⑥「少年」句：劉禹錫二十一歲舉進士，登博學宏辭科，授監察御史，王叔文以宰相器待之。唐順宗繼位後，參與王叔文的改革（「永貞革新」），欲除宦官亂政與藩鎮驕恣，事敗被貶。

⑦「竹枝」句：「竹枝」，即「竹枝詞」，是巴渝（今重慶市一帶）民歌的一種。劉禹錫任夔州（治今重慶奉節）刺史時，依調填新詞十多首，在當地廣為流傳。「楊柳枝」為樂府「近代曲」名。劉禹錫的樂府組詩《楊柳枝詞》一共九首，其第一首有句「請君莫奏前朝曲，聽唱新翻楊柳枝」，正是其文學創新的寫照。

⑧「花開」句：劉禹錫《元和十年自朗州至京，戲贈看花諸君子》有句「玄都觀

裏桃千樹，盡是劉郎去後栽」；《再遊玄都觀》則有句「百畝庭中半是苔，桃花淨盡菜花開」。

⑨二十三年：劉禹錫於唐順宗永貞元年（八〇五）被貶出京，至敬宗寶曆二年（八二六）回京，前後約二十三年。白居易《醉贈劉二十八使君》尾聯曰：「亦知合被才名折，二十三年折太多。」劉禹錫《酬樂天揚州初逢席上見贈》首聯承白詩話題云：「巴山楚水淒涼地，二十三年棄置身。」

⑩為事而詩：白居易《與元九書》：「文章合為時而著，詩歌合為事而作。」

⑪老嫗亦能吟：北宋僧惠洪《冷齋夜話》卷一：「白樂天每作詩，令一老嫗解之，問曰：『解否？』嫗曰『解』則錄之，『不解』則易之。」

⑫神秀：近代王國維《人間詞話·卷上》：「溫飛卿之詞，句秀也」；「韋端己之詞，骨秀也」；「李重光之詞，神秀也」。

⑬亂頭粗服：清代周濟《介存齋論詞雜著》：「王嬙、西施，天下美婦人也，嚴妝佳，淡妝亦佳，粗服亂頭，不掩國色。飛卿，嚴妝也；端己，淡妝也；後主則粗服亂頭矣。」

⑭「為誰」句：李後主《破陣子》：「最是倉皇辭廟日，教坊猶奏別離歌，垂淚

對宮娥。」

⑮「問君」句：語出李後主《虞美人》：「問君能有幾多愁，恰似一江春水向東流。」

⑯違命侯：宋太祖開寶八年（九七五），宋將曹彬下金陵（南唐都城，今江蘇南京），後主出降；翌年被押至開封（北宋首都，稱東京開封府），得了個難堪的封號——「違命侯」。

⑰舊主再回眸：李後主《虞美人》：「小樓昨夜又春風，故國不堪回首月明中。」

⑱「妾身」二句：詞萌芽於隋唐之際，形成於唐末五代，但一直被視為「詩餘」，地位有如妾侍；其「扶正」，可說有賴北宋柳永（耆卿）之全力經營，創新體制，始升格成「別是一家」，終為一代文學，在文學史上唐詩宋詞連稱而前後輝映。

⑲「雅言」句：清代夏敬觀《手評〈樂章集〉》：「耆卿詞，當分雅、俚二類。雅詞用六朝小品文賦作法，層層鋪敘，情景兼融，一筆到底，始終不懈；俚詞襲五代淫詖之風氣，開金、元曲子之先聲，比諸里巷歌謠，亦復自成一格。」

⑳「殘月」句：柳永《雨霖鈴》：「今宵酒醒何處？楊柳岸，曉風殘月。」

㉑「大江」句：蘇軾《念奴嬌·赤壁懷古》：「大江東去，浪淘盡、千古風流人物。」

㉒「詞苑」句：清代劉熙載曰：「柳耆卿詞，昔人比之杜詩，為其實說，無表德也。」又曰：「東坡詞……豪放之致，則時與太白為近。（《藝概》卷四）」

㉓「最是」句：蘇軾二十一歲登進士第，時為宋仁宗嘉祐二年（一〇五七）。在宋哲宗年幼時，高太后攝政，曾擢為翰林學士，一度官至禮部尚書。但綜其一生仕途，歷仁、英、神、哲、徽五朝，極為坎坷，宦海浮沉不定。神宗時，蘇軾因對王安石變法持不同見解，牽涉「新舊黨爭」，自求外放，輾轉任地方官；後因「烏臺詩案」，以作詩諷刺新法、「謗訕朝廷」之罪貶為黃州（今屬湖北）團練副使，形同放逐。哲宗親政後，蘇軾又一再被貶，甚至遠謫儋州（在今海南省）。終在北返翌年，病逝於常州。

㉔「一蓑」句：蘇軾《定風波》：「一蓑煙雨任平生。」蘇軾一生「仕途多蹭蹬」，惟他為人灑脫曠達，不以進退為意，處之泰然。蘇詞此語，可說是其氣度的化境。

㉕「腹有」句：語源蘇軾《和董傳留別》：「粗繒大布裹生涯，腹有詩書氣自華。」

㉖「北定」句：「永嘉之亂」後，晉室衣冠南渡，祖逖流寓江南，矢志收復中原。晉愍帝建興元年（三一三），祖逖率部曲百餘家渡江北上，「中流擊楫誓曰：『祖逖不能清中原而復濟者，有如大江！』」（《晉書·祖逖傳》）。

㉗「挑燈」句：辛棄疾《破陣子·為陳同甫賦壯語以寄》：「醉裏挑燈看劍，夢回吹角連營。」

㉘新亭空淚傾：新亭，古地名，原址在今江蘇省南京市西面。南朝宋劉義慶《世說新語·言語》載：「（東晉）過江諸人，每至美日，輒相邀新亭，藉卉飲宴。周侯中坐而歎曰：『風景不殊，正自有山河之異。』皆相視流淚。」

㉙「散關」句：南宋紹興十一年（一一四一），宋廷以高宗及宰相秦檜為首的主和派，與金人訂立「紹興和議」，規定宋金東起淮水，迤西至大散關（今陝西寶雞境）為界。其後，終南宋之世，或確切地說，至端平元年（一二三四）南宋聯合蒙古滅金，雖有隆興、開禧之北伐，終無法打破這一界限。

㉚「弔祭」句：陸游《示兒》：「王師北定中原日，家祭毋忘告乃翁。」

【品評】

《讀詩十絕句》是吟詠中國文學史上十位傑出詩家詞人的系列作品，包括張若虛、李白、杜甫、劉禹錫、白居易、李煜、柳永、蘇軾、陸游、辛棄疾。這組詩是筆者所見最完整的以詩歌寫文學人物的作品，其中有敘事、有縱論、有品評，有抒情，可看出作者的文學觀。詩分為正詠十首和外篇四首，共十四首，每一篇或兩篇作品對一位詩人進行品評，知人論文，到點到位，可見其宏觀的「文識」。以下擷取其中數首略加評說，以窺全豹。

（一）

其二《李太白詩集》，高屋建瓴，從總貌上詠讚李詩的豪情高格及時代特色、藝術價值。

詩的起句「黃河之水天上來」，擷自《將進酒》開首兩句之第一句，隱去李詩原作中以河水一去不回比喻生命易逝的原意，而以黃河之水有如從天而降、一瀉萬里，洶湧澎湃，來象徵李白不可掩抑的詩情、豪放飄逸的詩風。下一句「生花妙筆謫仙才」，緊承上句。「生花妙筆」與「謫仙」典出有自，一為李白兒時的美夢，一為識別天才的賀知章的讚語。這兩句虛實相生，互文見義，表現李白作為曠古天才詩人的特質，天賦靈性，妙思泉湧，下筆成章。

接下第三句「盛唐氣象生顏色」，把李詩與時代連結起來。大唐盛世的恢宏氣象，孕育了李白這樣的偉大詩人；偉大詩人的生花妙筆，使盛唐氣象流光煥彩，更形風騷。結句進一步突出李詩的顯著特色——描繪了祖國大好河山的壯麗風光。李白筆下，有「難於上青天」的蜀道（《蜀道難》），有「雲霓明滅」的天姥峰（《夢遊天姥吟留別》），有「飛流直下三千尺」的廬山瀑布（《望廬山瀑布》），有「兩岸猿聲啼不住」的長江三峽（《下江陵》），不勝枚舉，留下了「錦綉河山」的「畫卷」。

本篇以昂揚雄放的格調謳歌李白其人其詩，開闔有度，盛唐氣象下的謫仙人形象，使人想見其風華。

（二）

其五《白香山詩集》是筆者最欣賞的一首。詩首句云「為事而詩文近俗」，點出白居易「文章合為時而著，詩歌合為事而作」的現實主義精神，這種創作思想乃白居易最受世人推崇的地方。白居易為詩，不故作高深，力求做到老嫗能解，因而讀者極為廣泛；下句「蒙童老嫗亦能吟」，正點出白居易的為文之法及其績效。此兩句一

「道」——「文」，綜合概括了白居易的思想和文學成就。

後兩句構思獨特。「歌成長恨跨三界」，音韻鏗鏗有力，詩意含蘊豐富。此句拈出白居易代表作《長恨歌》，指出其「跨三界」（人間、天上、地府）的敘事主線，用白居易的原詩來說，也就是從「後宮佳麗三千人，三千寵愛在一身」而「馬嵬坡下泥土中，不見玉顏空死處」而「上窮碧落下黃泉，兩處茫茫皆不見」到「忽聞海上有仙山，山在虛無縹緲間」三度空間的變化。《長恨歌》——關鍵在「長恨」兩字，「天長地久有時盡，此恨綿綿無絕期」，叫人不勝唏噓，而其穿越天地人三界，正是說明這篇作品的藝術魅力所在。

「一曲琵琶響至今」承接上句，語出自然，有如白雲出岫，流水下灘。《琵琶行》是白居易的另一首代表作，雖然斯人已歿，然而斯曲流行，直至於今，「大珠小珠落玉盤」的遺響猶在。「我聞琵琶已歎息，又聞此語重唧唧」「同是天涯淪落人，相逢何必曾相識」的深意，早已引發讀者共鳴，跨越古今。此結句，運思巧妙，語帶雙關，既盛讚《琵琶行》詩篇之千古流傳，亦兼指「水上琵琶聲」之曠世迴旋。

綜觀全詩四句，各句有點，各點有論，合而成篇，而且時空交錯，餘音裊裊，寫出人人「心中所有，筆下所無」的意象。

（三）

外篇方面，其四《劉夢得文集》（外一首）極具韻味。

夢得是「詩豪」劉禹錫的字。劉禹錫才華出眾，是中唐詩壇的佼佼者。德宗貞元九年（七九三），登進士榜，又舉博學宏辭科，授監察御史。貞元二十一年（八〇五）順宗繼位，改元永貞；王叔文在皇帝支持下，發動「永貞革新」，欲圖裁抑宦官權力。劉禹錫深受王叔文的器重，參與其事，表現出卓越的才幹。由於宦官聯合藩鎮勢力反撲，改革迅即失敗。順宗被迫禪位，王叔文被貶殺，劉禹錫亦被貶為連州刺史，行至荊南，又降為朗州司馬。從永貞元年[illegible]）到敬宗寶曆二年（八二六），前後約略二十三年，是其仕途上的貶謫時期[illegible]

本詩首句寫劉禹錫「宦海浮沉」多[illegible]沉」兩字，對劉氏政治生涯的起伏蘊含感歎和無奈之情。接下一句的「[illegible]泛指今湖南、湖北、四川等省及重慶市之地，劉禹錫的貶所，皆在這一帶。劉禹[illegible]於《酬樂天揚州初逢席上見贈》一詩也云：「巴山楚水淒涼地，二十三年棄置身。」仕途的辛酸，也許只有當事人才能深切感受到。本詩檃括劉氏詩句，擷用「巴山楚水」一詞，加上「不勝情」三字，益顯「才負累」；「二十三年」則用於末句，復加上「白髮生」的感喟，詩意別具滄桑感。

憲宗元和十年（八一五），劉禹錫奉召進京，曾於玄都觀賞花，寫下《自朗州至京戲贈看花諸君子》，詩中云：「玄都觀裏桃千樹，盡是劉郎去後栽。」由於刺痛了權貴，旋又被貶出京，十四年後才重新被召回長安，授為主客郎中，重遊故地，寫下《再遊玄都觀》，詩云：「百畝庭中半是苔，桃花淨盡菜花開。種桃道士歸何處？前度劉郎今又來。」從表面上看，詩只是寫玄都觀中桃花之盛衰，實際上正是以花事的代謝，寓意人事的變遷：「桃花」喻指「新貴」，「種桃道士」則指炙手可熱的當道者；從「桃千樹」到「花淨盡」，連「種桃道士」亦不知何處去，正是對曾煊赫一時的政敵投以輕蔑的嘲諷。本詩第三句的「花開花謝」，以凝練的筆觸，擷取其意，既實寫其事，而又暗含對中唐政局混沌的感慨，並賦予對劉氏遭遇的不平之鳴，字面上看似不言情，而實質上情自在其中。

櫽括詩句，如若能「青出於藍」，正不以有藍本為嫌。本詩就是一典型的例子。全詩運轉流暢，了無痕跡，而且含蓄雋永，寓意深沉，值得細細品讀。作者於唐人中酷愛劉詩，以此詩的筆法探之，可見一斑。

（四）

《南唐李後主集》（外一首）是一首富有史識與藝術特色的佳作。

李後主《虞美人》一詞之「問君能有幾多愁？恰似一江春水向東流」，是讀者耳熟能詳的名句。本詩另立新意，劈空一句，引用原詞入詩，跟着以「南面帝王違命侯」作答，甚是耐人玩味。「違命侯」是後主歸宋後太祖所「賜」的封號。對於本是尊貴無比的「南面帝王」來說，當然是莫大的諷刺，莫大的難堪！可自古以來，成王敗寇，一旦成為階下囚，也只能任人虜虐。李煜之所以愁似一江春水，由這一句詩正可坐實答案。這一答案以史實出之，用語直白而運思巧妙，「南面帝王」與「違命侯」組句，中間不用動詞，同句構成意義對，形成極大的反差，寫出後主由南唐入宋的鉅變，而留下「天上人間」的解讀空間，言近旨遠。

後主歸宋後，過着近乎囚徒的生活，「此中日夕，只以眼淚洗面」（南宋陸遊《避暑漫抄》）。史載宋太宗有一天派南唐降臣徐鉉往見後主，言談之中，後主歎息道：「當時悔殺了諍臣潘佑、李平。」徐鉉歸，太宗召問，鉉不敢隱，太宗忌之。又聞「小樓昨夜又東風」及「一江春水」之句，一併坐之，遂有七月七夕後主四十二歲生日賜牽機藥之事。「國祚已移」，當然不容許後主「再回眸」，一代詞聖於是飲恨而逝。

後二句議論兼抒情，以史入詩，一方面為後主結局感到惋惜，另一方面，以反問語氣指出這似乎是歷史的必然，別出機杼。

（五）

《樂章集》外一首，從中可見作者的文學史觀。俞文豹《吹劍續錄》中載：東坡在玉堂，有幕士善歌。因問：「我詞比柳詞何如？」幕士答道：「柳郎中詞，只好十七八女孩兒，執紅牙拍板，唱『楊柳岸、曉風殘月』；學士詞，須關西大漢，執鐵綽板，唱『大江東去』。」從幕士的評論，可知柳永詞纏綿悱惻，適宜少女歌喉，方能顯其婉約；蘇軾的詞豪邁不可羈勒，格調高逸，須由關西大漢，執鐵綽板，引吭高歌，方能顯其豪放。本詩「殘月曉風楊柳岸，大江東去浪悠悠」兩句，以畫龍點睛的筆觸，巧妙地化用《雨霖鈴》「今宵酒醒何處？楊柳岸、曉風殘月」和《念奴嬌·赤壁懷古》「大江東去，浪淘盡、千古風流人物」詞意，從柳詞與蘇詞的名篇名句，帶出兩人一婉約、一豪放的風格。

後兩句「詩壇李杜雙峰並，詞苑柳蘇分作猷」，則從文學史的宏觀角度，以李白杜甫在詩壇上的雙峰並立比擬柳永蘇軾兩人在詞壇上的地位，饒有新意。在詞的發展史上，柳永在格律體制方面的開拓是最突出的，對於柳永所取得的重要成就，應該予以充分肯定。從整個詞學的發展史觀照，柳永、蘇軾分別代表詞學發展的兩個高峰，柳永是首要的一環，毫不誇張地說，他為詞體的生命奠定了基調，儘管他當時未必有意作為「奠基者」出現，事實上，卻扮演着這樣一個重要的角色。正詠其七「妾身累世不分明，扶正登堂賴柳卿」，便是以生動形象的比喻，肯定柳永在詞史上的地位。然而詞風的全面革新，詞境的全面擴大，詞品的進一步提升，其變革之功，卻要待至詞學史上的又一個開拓者——蘇軾來完成。蘇詞「任情逍遙，隨緣放曠」，柳詞「哀婉淒涼，愁緒無垠」，各擅勝場，各顯風華。論革新詞風，柳永詞已然開其端，從較傾向於內斂型的情感達到一個高度，蘇詞雖有婉約之風，乃以豪放、雄健、曠淡為基調，在詞學史上既有相承，又有新拓，相互輝映。

綜觀全詩，有點有面，有史有評，於形象中有概論，於概論中見形象。

（六）

其十《劍南詩稿》是一首論詩兼詠史的佳作，不蹈前人而饒有新意。

陸游為南宋詩人之冠，向以「愛國詩人」著稱。其一生力主北伐驅除金人，恢復中原，雖然屢受主和派排擠，但愛國之情至死不渝。臨終所作詩《示兒》：「死去原知萬事空，但悲不見九州同。王師北定中原日，家祭毋忘告乃翁。」堪稱表現其愛國精神的代表作。本詩起句「夢繞九州思大同」，即化用《示兒》原詩第二句，當中「夢繞」兩字，概括陸游一生魂牽夢繞的愛國思想主線。

陸游是現存作品最多的古代詩人，數量將近萬首，風格雄渾豪放，素有「小太白」之美譽。由於宦海浮沉、飽經憂患，因而更兼有慷慨蒼涼的氣概。所謂「浩氣如虹」，是對其作品主體藝術特徵恰如其分的形容。

陸游一生希望北定中原，國家統一，但是，終其一生，天不從人願。史載南宋紹興十一年（一一四一），宋廷與金人訂立「紹興和議」，規定宋金東起淮水，西至大散關為界。其後雖有隆興、開禧北伐，終無法打破這一界限。詩的第三句「散關淮水終橫斷」，筆意凝重，訴述南宋與金對峙的歷史；句中的「終」字，一字千鈞，用得極為精當，既寫史實，又有徒歎奈何之概。末句「弔祭憑何告放翁」，由上句無法改易的史實生發出來，語帶感傷，跨越時空對陸游「家祭毋忘告乃翁」的囑咐叮嚀作了無可奈何的解答。

此詩彷彿是千年後對陸游的回應，慷慨而猶有餘哀。

詞

減字木蘭花

接榜

艱難時日，調整高招唯百一。初涉閩江，校運生途兩渺茫。　風傳喜報，晉北三鄉相轉告。乍返桃園，師長爭呼看狀元。

【品評】

《減字木蘭花》詞牌，因較《木蘭花》減少十二字而名之，格律亦從而變化。《木蘭花》定格五十六字，上下片各三仄韻，不同部換叶；《減字木蘭花》為四十四字，上下片第一及第三句各減三字，改為平仄韻互換格，每片兩仄韻、兩平韻。

這首小詞，是作者寫當年參加高考的經歷和感受。上片反映一九六二年大學招生的特殊背景。這一年，國家正處於三年（一九五九至一九六一）經濟困難後的調整期，高等院校收生比率大幅調低。首兩句「艱難時世，調整高招唯百一」所詠即此。

接下兩句，「初涉閩江，校運生途兩渺茫」，言母校（今泉州市馬甲中學，時為晉江縣第四中學）屬於新辦，首屆參加高考，缺乏經驗，會否「全軍皆墨」，不單關及應屆生個人前途，更關及校譽甚或辦學前景。上片營造出一種重壓的氛圍。據作者回憶，雖然自己在校學業優異，成績全級第一，但亦在近乎無望中徬徨。

下片抒寫高考放榜，作者等獲得錄取，學校乃至鄉里為之慶幸。柳暗花明，雲破月來。首句「風傳喜報」指的是，作者尚未接到「錄取通知書」，在家風聞自己獲廈門大學中文系錄取，同時獲錄取的有理科班兩位同學，一為廈門大學物理系，一為福州大學電子系。原來，當母校接到「黃榜」時，即向馬甲鄉政府報告；鄉政府在會上特地宣布此訊息，隨即於馬甲及羅溪、河市等晉北三鄉傳開。當作者在翌日返校探究虛實時，劉榮基副校長（負責收發「黃榜」）與暑假留校的老師互相招呼：「快來看看我們的狀元學生！」團團圍了上來。結句「乍返桃園，師長爭呼看狀元」，即為當時情境的真實寫照。此結語與上片「初涉閩江，校運生途兩渺茫」互相映襯，師長的慶幸之意，作者的喜悅之情，溢於言表。

此詞純為寫實。但作者並非平鋪直敘，而是有開有闔，承轉得當，有張有弛，見出機杼。讀之，使人心潮隨詞境而起伏。

夢江南（五首）

厦門素描

其一

閒望遠，鷺島正清秋。氣爽天高舒麗日，潮平岸闊漾輕舟。陣陣起沙鷗。

其二

風致别，鼓浪①綠芳洲。曲巷彎街塵不染，翠遮紅映小洋樓。琴韻幾聲悠。

其三

佳麗地，集美②盡風流。碧瓦紅磚群校舍，天空海宇一方疇。僑領③喜回眸。

其四

天籟也，廈大④獨清幽。面海背山連古寺⑤，荷塘菜圃芙蓉樓⑥。樓外鳳凰遊。

其五

沙灘⑦好，夕照落霞⑧浮。同學課餘閒信步，亦陪童稚壘沙丘。拾貝樂連留。

【注釋】

①鼓浪：即鼓浪嶼，小島名，位於廈門島西面之廈門港內，面積約兩平方公里，宋元時名圓沙州，明代始改今名。以風景秀麗著稱，有「海上花園」的美譽。島上名勝有日光巖、菽莊花園等。

②集美：地名，位於廈門島西北面，瀕臨廈門灣，一九五〇年代高集海堤（廈門高崎至集美）建成後與廈門島相連。在二十世紀中葉，有「集美學村」與鰲園等人文景觀。

③僑領：指愛國華橋領袖陳嘉庚（一八七四至一九六一）。福建同安（今廈門市同安區）人。陳先生長期僑居新加坡，經營橡膠業。先後捐資營造「集美學村」，創辦廈門大學；並倡立「南僑總會」，領導南洋華僑支持祖國的抗日戰爭。一九四九年後歷任全國人大常委、中國僑聯主席等要職。

④廈大：廈門大學，位於廈門島南端。一九二一年由陳嘉庚先生捐資創辦。學校背依五老峰，面對東海，毗鄰南普陀寺。二十世紀中葉，校舍主體有三大建築群，即群賢樓群（教學樓）、建南樓群（禮堂與研究所）與芙蓉樓群（宿舍樓）；校園寬敞，布局疏朗，中央還有一片逾百畝的菜園。

⑤古寺：指南普陀寺，在廈門島南部五老峰腳，毗鄰廈門大學南校門。始建於唐代，原名「普照寺」；清初重修，始改今名。南普陀寺規模宏大，美侖美奐；五老峰松竹蒼翠，巖壑幽美：古刹名山，向為閩南佛教勝地。

⑥芙蓉樓：廈門大學主體建築群之一，於一九五〇年代初落成。共有四幢，每幢

作一字形直排，蟬連則以校園中央的菜圃為圓心而成半合圍形布局。樓高三層（局部四層），平面呈雙角樓前廊式。牆體以花崗巖條石砌築，紅磚配合。樓蓋為雙坡式，鋪橙色瓦，角樓則鋪碧琉璃瓦，屋脊作燕尾形。是為「嘉庚建築風格」的傑構。

⑦沙灘：指廈門大學建南大禮堂前一片半月形的海灘，即白城沙灘，因這一帶原有一道蜿蜒逶迤的灰白色海防城牆而得名。海灘水清沙幼，是廈大學子課餘休閒、觀賞夕陽晚霞的好去處。

⑧落霞：唐代王勃《滕王閣序》：「落霞與孤鶩齊飛，秋水共長天一色。」

【品評】

《夢江南·廈門素描》這一組詞作，寫於一九六〇年代初，為詞人學生時代的作品。這組詞是當日廈門的最佳寫照，讀之令人對鷺島產生「秀美甲東南」的印象。詞作在擇調方面，選取了輕靈約美的《夢江南》，而重點則轉向描寫詞壇上罕有涉及的「夢東南」，填補了當代詞人描寫鷺鄉景觀的從缺。詞作五首，全用十二部「尤」韻，一韻到底。「尤」韻柔和的獨特效果，彷彿輕曲五疊，反復詠唱。藝術上做到「形散神凝」，句有其秀，神有其美。

（一）

廈門市，地處中國東南沿海——福建省東南部、九龍江入海處，背靠漳州、泉州平原，瀕臨臺灣海峽。二十世紀六十年代前後，廈門市區主要由廈門島、鼓浪嶼與集美等區片組成，是一個海港風景城市。相傳遠古時為白鷺棲息之地，故又有「鷺島」或「鷺鄉」之美稱。而廈門港，是一個地理條件優越的海峽性天然良港，其海岸線蜿蜒曲折，全長二百三十四公里，港區外島嶼星羅棋佈，內則群山環抱。一九八〇年代「改革開放」前，這個沿海小城更多了幾分純樸美。

首闋詞從大處着墨，環顧鷺島。起句「閒望遠」，縱目遠眺，一個「閒」字，一個「遠」字，意態悠閒，意境開闊。清秋時節的鷺島，天朗氣清，雲淡風輕。詞人寫道「氣爽天高舒麗日」，當中一個「舒」字，呼應前面的「閒」字，寫出鷺島的大自然氛圍。接着寫「潮平岸闊」，突出「遠眺」所見。於此之時，輕舟無聲漾過，只載遊興，不載功名，是多麼的寫意！一個「漾」字，閒情雅態盡顯無遺。風帆過處，更伴着沙鷗陣陣，海闊天空，自由地飛翔。

這一闋詞，格調輕盈，節奏清通明快，其情景寫來賞心悅目，觀之令人心曠神怡，一幅清新淡然的「鷺島清秋圖」躍然讀者眼前。

（二）

第二闋詞鏡頭聚焦於鼓浪嶼。鼓浪嶼，位於廈門島西面之廈門港內，是全國著名的風景名勝區，素有「海上花園」之美稱。島嶼原名圓沙洲，因西南海蝕洞受浪潮沖擊，聲如擂鼓，明朝始而雅化為今名，獨具一格的自然與人文景觀使其成為鷺鄉最富魅力的遊覽勝地。島上巖石嶙峋，挺拔奇秀，因長年受海浪撲打，形成許多幽谷和峭崖。島中則樹木蒼翠，繁花似錦，海風吹來，但感綠意飄飄，分外青蔥。詞中所云「綠芳洲」，即是對這個小島的貼切描畫。

小島上「曲巷彎街」，縱橫交錯，清潔幽靜，特別是一幢幢小樓，風格各別，紅磚與綠樹相映，顯得格外醒目。由於歷史的原因，鴉片戰爭後，廈門是首批對外通商的五個口岸之一，晚清以來，很多洋人都集中聚居在這個風景秀麗的「綠芳洲」上。詞中「翠遮紅映小洋樓」，是小島這道獨特風景線的真實寫照，訴說着歷史留下的印記。

小島還是音樂的沃土，人才輩出，有「鋼琴之鄉」的美名，是一個富浪漫情調的地方。在明淨的小島上閒逛，經常可聽到悅耳的鋼琴和小提琴聲，音樂和上海浪的節拍，特別迷人。詞的結句「琴韻幾聲悠」，美妙之音，彷彿就在人們的耳畔迴旋。

（三）

接着第三闋詞，鏡頭聚焦於集美區。集美，位於鷺島西北面，瀕臨廈門灣，由高集海堤連接廈門島。「集美」，地如其名，是集美麗於一區的著名僑鄉和風景名勝區。這裏環境幽雅，風光旖旎，尤以「中國第一學村」的美譽與鼇園的「博物大觀」，聞名遐邇。詞的起句「佳麗地，集美盡風流」，即對這獨特的人文風景線，作了唯美式的詠讚。

隨之，詞中即以「碧瓦紅磚群校舍，天空海宇一方疇」凸顯這一道獨特的人文風景線。集美學村校舍林立，是由著名華僑領袖陳嘉庚先生捐資建造的現代建築群。陳先生於一個世紀前，即一九一三年，在集美首辦小學，後續辦中學、師範、幼稚園與水產、農林、商科、航海等各種專業學校。校園櫛比鱗次，習慣上統稱「集美學校」。其一式的「碧瓦紅磚」，林木掩映，蔚為奇觀。鼇園，位於集美學村東南角海濱，原為一個小島，形似海龜，故名。鼇園於一九五〇年，由陳嘉庚先生捐資興建並親自督造，歷時四年始竣工，由長廊（門廊）、碑亭和塋墓等組成。鼇園的最顯著特色，除地貌妙合天然外，就是以門廊兩廂為主而遍佈全園的青石雕刻，有浮雕、沉雕、鏤雕、影雕等類別，內容包括歷史人物故事與各界名流的題辭、楹聯，融匯了飲譽中外的閩南石刻藝術精華，有「石刻博物館」之稱。此兩句既形象地突出集美這顆璀璨的明珠光芒四射，也從側面詠讚了陳嘉庚先生對集美的貢獻。

結句「僑領喜回眸」，點明陳嘉庚先生對集美情有獨鍾。陳先生的故居即位於集美一幢古老而簡樸的兩層小樓，而鼇園中的塋墓則為先生落葉歸根、永遠安息的地宮。斯人云逝，而其傾心興學、赤誠報國的生命光輝，則與集美長在。

（四）

第四闋詞，詞人把鏡頭聚焦其正在就讀的校園——廈門大學，表現出一位「校園詩人」獨特的審美觀。廈大是全國的重點大學，由陳嘉庚先生繼集美學校之後，於一九二一年創辦，是中國近代教育史上第一所由華僑創辦的大學。校園位於鷺島南端，背山面海。二十世紀六十年代，被譽為中國最美的大學校園。此詞首句以「天籟也，廈大獨清幽」，詠讚了校園的獨特天然環境及其花園式的幽美氣象。

接下「面海背山連古寺」之句，即展示出廈門大學獨得「天籟」的大環境。校園瀕臨東海之濱，建南大禮堂前即為浪漫的海濱長廊與美麗的沙灘，而背依鷺島名山五老峰。五老峰因五個山峰嵯峨，望去有如五位老翁而得名，號稱「五老凌霄」。峰巔雲霧繚繞，山巒林木蒼鬱。半山有太虛亭，登臨送目，廈大風貌、東海波濤，極為壯麗。五老峰腳更有南普陀寺，與廈大南校門毗鄰，自古為閩南佛教聖地。寺內大雄寶殿、大悲殿與藏經閣等，建築精美，金碧輝煌，所供奉的三寶、千手觀音等造像，妙相莊嚴，栩栩如生。

天賦麗質的廈大校園，其可詠寫的風物眾多，詞人匠心獨運，擷取了菜圃、荷塘與芙蓉樓三個別具風韻的意象，勾勒出校園之幽美。那一片逾百畝的菜圃，柳掩荷塘，阡陌縱橫，四時蔬菓繁茂，恰如一方碧玉鑲嵌在校園正中央，使校園平添了幾分田園風味。而芙蓉樓是廈大最具特色的建築群，樓如其名，富有美感。樓群一式四幢，依五老峰山勢的走向而建，並以百畝菜圃為圓心而形成新月形的佈局。其凸顯閩南僑鄉建築風格的樓宇，碧瓦紅磚的鮮艷色澤，雙邊角樓動感的燕尾脊，無不令人歎為觀止。芙蓉樓群用作學生宿舍，學子們朝夕對着這嬌青嫩綠的園池，增添了幾許生活情趣。

芙蓉樓前均種植有一行鳳凰樹，春來花開，艷紅似火，與富麗堂皇的芙蓉樓相映成趣，傳說鳳凰常棲於此。詞人以「樓外鳳凰遊」作結，豐富的聯想力使芙蓉樓披上一層神奇的色彩。

最後的一闋，詞人擷取學子們課餘在海灘漫步的一個場景，抒寫大學時代天真純樸的生活情趣。

（五）

廈門大學瀕臨海濱長廊。建南大禮堂前的「白城沙灘」，水清沙幼，是學子們課餘休閒散步的好去處。詞的起句，即以引人注目的文辭，盛讚「沙灘好」；緊接着，以「夕照落霞浮」的麗語，寫出黃昏時分，夕陽西下，晚霞落水，金光四射的迷人景色。想詞人得此雋句時，腦海中定然同時浮現出「落霞與孤鶩齊飛，秋水共長天一色」的美妙意象。

此時此刻，同學們三五結伴，神情悠閒，漫步沙灘，看到「童稚壘沙丘」的情景，也湊上熱鬧，參與其中，突出一班大學生童心未泯的可愛。結句「拾貝樂連留」，進一步描狀出同學們興致正濃、樂而忘返的情態。

此詞寫來筆調輕鬆，似不經意，卻字字珠璣，環扣主題，形似散，而神實不散。詞人以沙灘拾貝的課餘逸致，有意無意間帶出「沉醉不知歸路」的詞意，從而，白城沙灘作為又一景，和前四闋綴成一串閃爍的珠鏈。

今日的廈門，隨着改革開放的浪潮，兩岸交往早着先機，已經發展成一個繁華的海港都市。二十世紀六十年代前後的廈門風物，或許只能在美麗的詞境中才能完全尋覓得到了。所謂「一時一地一境」，這一組文學素描，繪下了廈門的時代圖像，這也正是其歷史價值與文化底蘊之所在。

水調歌頭

登日光巖

登上晃巖①頂，極目海天寬。鷺江帆影來去，風動水雲閒。錦繡芳洲鼓浪，旖旎花園綠島，集美霧輕漫。陣陣起靈鴿，不覺在前沿。

天涯路，古巴②事，動心弦。可堪凶鰐爭鬥，倒海攪狂瀾。熱化東西冷戰③，驚爆千鈞一髮，寰宇忽如懸。兩霸一丘貉，敵愾髮衝冠。

【注釋】

①晃巖：即日光巖。日光巖原名晃巖，相傳明清之際鄭成功登上巖頂，把「晃」字拆開，稱之為「日光巖」。日光巖聳峙於鼓浪嶼中部偏南，海拔九十三米，為鼓浪嶼最高峰。在日光巖上，可縱觀鷺江波濤與廈鼓（廈門與鼓浪嶼）全景。

②古巴：即古巴共和國，是美洲加勒比海（南美大陸、安的列斯群島與中美地峽之間的陸間海，為大西洋的附屬海）北部的一個群島國家。一九五九年，卡斯特羅領導的武裝力量起事成功，建立新政府；旋於一九六一年四月宣佈實行社會主義制度。古巴共和國為現存少數維持共產黨政權的社會主義國家之一。

③冷戰：第二次世界大戰後，世界形勢一變，國際關係形成新的格局：以蘇聯為首的社會主義陣營同以美國為首的資本主義陣營互相對立，卻不訴諸戰爭，謂之「冷戰」。

【品評】

此詞上闋寫景，下闋抒情，借登臨送目抒發對時事的感喟。

上闋開頭兩句，寫詞人聊發清興，遊覽鼓浪嶼，登上日光巖。其時，詞人剛入讀廈門大學；此次登臨，應是首次，縱目遠眺，倍覺海闊天空。「鷺江」兩句，寫海上高帆遠影，往來穿梭；秋風清勁，白雲輕飄。一個「閒」字，既突出眼前景的清悠，亦顯見作者神色的悠閒。接下三句，由近及遠，次第寫出腳下的鼓浪嶼、面前的廈門島及遠處的集美學村。「錦繡芳洲鼓浪」的「鼓浪」，既是指鼓浪嶼，又是寫鼓浪嶼這顆東海明珠好像在水上浮動；廈門島素以疊翠堆綠見稱，別名「綠島」，風光旖旎，有如花園一樣；眺望遠處的集美，這方佳麗地則披上一層輕紗，若隱若現。加上飛鴿陣陣，構成一幅賞心悅目的廈鼓美景圖。

詞的上片，處處表現出詞人的閒雅意態。上片尾句，「不覺在前沿」的「不覺」，不等如「不是」，儘管海峽兩岸的局勢比起是年春夏間有所緩和，但廈門市仍然處於大陸前沿備戰的狀態，只不過詞人就眼前景宕開一筆，以渡入下片，帶動詞意的轉折。

下闋詞鋒一轉，由閒適而憤激，即事抒情。過片「天涯路，古巴事，動心弦」三句，點出心境轉向的關鍵。第二次世界大戰後，美國和蘇聯分別代表兩個截然不同的經濟體系和思想陣營，世界歷史進入了冷戰時期。一九五九年五月蘇聯與古巴新政府建交。古巴領袖卡斯特羅於一九六一年四月宣布實行社會主義制度，古巴成為拉丁美洲唯一的社會主義國家，最接近美國本土。美國將古巴看作共產主義向南美洲和中美洲滲透的一顆棋子，從一九五九年開始，美國乘機在意大利和土耳其部署對準蘇聯的核導彈，這是後來古巴危機的導火線。一九六二年五月，蘇聯也開始秘密在古巴部署導彈。由是，美國與蘇聯之間於是年十月爆發了一場嚴重的軍事危機，是為「古巴導彈危機」，亦稱「加勒比海危機」，詞中「可堪凶鰐爭鬥，倒海攪狂瀾」所詠即此。「凶鰐」，指美蘇兩個霸國。古巴導彈危機被看作冷戰的頂峰，一場核戰爭一觸即發。「寰宇忽如懸」，世界被拖入「驚爆」的噩夢中。詞人對美蘇兩個超級大國用世界命運作賭注的爭霸行為深惡痛絕，結句「兩霸一丘貉，敵愾髮衝冠」，抒發了詞人的這種憤激之情。

詞的上下闋在節奏上一鬆一緊，用筆上一輕一重，情感上一閒一怒，恰成强烈的對比。

浪淘沙

與溪水同學①豪飲於鼓浪嶼

翹首望蒼穹，把酒臨風。書生氣概化長虹。理想馳騁窮八極，南北西東。　暢飲一千盅，袒露襟胸。春風得意②物華濃。學級三升人共羡，李白桃紅。

【注釋】

①溪水同學：作者中學的同班同學，與作者同時考上廈門大學。

②春風得意：唐代孟郊《登第》：「春風得意馬蹄疾，一日看盡長安花。」

【品評】

《浪淘沙》一詞，抒寫了詞人與一起考上廈門大學的中學同學豪飲於鼓浪嶼的情景，表現出詞人意氣風發、豪情滿懷的神態。

詞的首句「翹首望蒼穹，把酒臨風」，寫學子臨風而立，舉樽對飲。詞人仰望天際的意態，豪氣干雲，流露出欣然得意的神情。其中「翹首」一詞，用得活潑生動，帶有幾許傲氣。接着「書生氣概化長虹」一句，以彩虹作比喻，寓意理想的絢爛多彩。「理想馳騁窮八極，南北西東」，則緊承前句而來，「海闊憑魚躍，天空任鳥飛」，氣勢磅礴，從中更可見詞人是一位富有理想的青年。讀至此，詞人豪邁的形象躍然紙上。

轉片首句「暢飲一千盅，袒露襟胸」，極寫兩人開懷暢飲的情狀，是誇張的筆法。當中「袒露襟胸」一語，更形象地寫出其率真的性情，無拘無束。接着「春風得意」一句，借用唐人孟郊《登第》的詩意，寫出當時考上廈門大學的快樂心境。在詞人的眼中，此時此刻，萬物欣欣向榮，苒苒物華，春意正濃。「學級三升」指的是小學—中學—大學的三個求學階段。在那個年代，高中升大學固須經「高考」的大比數篩選，小學升初中，初中升高中，亦有「初考」及「中考」，順利升讀大學，殊不容易，是一件羨煞旁人的美事。「李白桃紅」四字，回應「物華濃」，暗含「桃李報春芳」之意；又上承「學級三升」，表現他們兩人學業標青，能有機會進入高等學府的自豪感。

本詞乃豪放一格，全詞上下片各四平韻：「穹」「風」「虹」「東」；「盅」「胸」「濃」「紅」。由於韻腳都屬於洪鐘聲，加之文辭爽朗，故讀來鏗鏘悅耳，快意疏放。全詞一氣貫之，行文如行雲流水，不着痕跡，亦凸顯豪放詞應有的特色。

破陣子（二首）

其一　站海防哨

萬籟夜分時節，月沉星隱雲多。金馬臺澎①迷海霧，隔岸觀風劍暗磨。洶洶湧浪波。　屹立白城②前哨，身擔萬里山河。草動風吹知警覺，冷看鰲魚入網羅。有人喚奈何。

其二　前沿砲聲

翹首海濱綠島，卻緣兩岸相沖。課室防空通地道，應變隨如不誤功。風情孰與同？　享譽英雄大學③，如斯歲月崢嶸。炮響時聞當禮贊，焰火驚雲譬彩虹，校園覓彈蹤。

【注釋】

①金馬臺澎：即臺澎金馬，是臺灣、澎湖、金門、馬祖的簡稱。澎湖、金門、媽祖乃國民黨遷臺後以臺灣為中心所控制的主要島嶼。其中，金門離大陸最近，與廈門相對。

②白城：明時廈門島重要的海岸線段，建有土石城牆，以固海防，因其用石灰粉抹呈白色而得名「白城」。白城今已不存，但其名長留，廈門大學建南大禮堂前一帶的海濱長廊，即其遺址之一。

③英雄大學：廈門大學的榮譽稱號。二十世紀五六十年代，海峽兩岸關係緊張，

炮火持續不斷。廈大位處東南沿海前線，在炮火中堅持辦學；同時加强戰備，構建包括地下教室在內的防空防砲工事，並成立「民兵師」，師生進行真槍實彈的演練。學校經受戰火的洗禮，故稱。

【品評】

《破陣子》二首是在二十世紀六十年代初海峽兩岸關係緊張、廈門市首當其沖的大背景下，廈門大學校園生活的一個側面寫照。時詞人正就讀於廈大中文系，身處其境，感受真切，而形之於此二闋。

（一）

廈門市位於福建東南部的東海之濱，面對臺灣前哨金門，當時，是為大陸的「前線城市」。而在一九六〇年代初，臺灣國民黨蔣介石窺窬大陸內經三年經濟困難（一九五九至一九六一），元氣未復，外則中蘇交惡、中美敵對，認為有機可乘，意圖反攻；大陸方面則加緊備戰，兩岸劍拔弩張。廈門成為雙方攻防的戰略要地，情況尤為吃緊，廈門大學一度作內遷之計。《站海防哨》一闋，上片即渲染出戰雲瀰漫的氛圍。詞中「月沉」「星隱」「雲多」「霧迷」，處處緊扣時代背景，顯示有人「隔岸觀風劍暗磨」的吊詭，反映出臺海波濤洶湧的時局。

下片抒寫學子參與站海防哨的情態，顯現題旨。其時，廈門大學附近有軍隊駐防，建南大禮堂前的海濱長廊，即白城遺址一帶，分佈着多個哨卡；廈大學生均曾接受嚴格的軍事訓練，夜晚必須輪流配合駐軍站崗巡邏。「屹立白城前哨，身擔萬里山河」二句，所詠的正是學生荷槍實彈，屹立於前線哨位，自覺肩負着海防安全的重任。接下來的「草動風吹知警覺，冷看鰲魚入網羅」，形象地描摹學子作為一個「哨兵」的本色：在月黑之夜，警惕性強，耳聽八方，觀察對方是否有異動；而又橫眉冷眼以對，堅信來敵必定是自投羅網，有來無回。結句「有人嗅奈何」照應全篇，而言外之意，則又預示對方雖然暗中磨劍，躍躍欲試，但終是不敢玩火。

（二）

《前沿砲聲》一闋，抒寫了校園學習生活「風情孰與同？」的不尋常一面；而在表現手法上，格調轉為輕鬆。與上闋相較，「一張一弛」。

廈門大學位處廈門島南部海濱，地理環境妙合天然，校舍佈局疏落有致，原是花園式的幽美校園；但在「兩岸相沖」的二十世紀五六十年代，廈門島既首當其沖，廈大亦就處於漩渦之中，必須保持高度警惕，面對戰事的考驗。詞的首二句所詠即此。

在這種情勢下，學校是如應對的呢？緊接着，詞人寫道：「課室防空通地道，應變隨如不誤功。」其時，在校園及其後山五老峰地下，構建有一套完整的防禦工事，包括地下課室及防空防砲壕溝，以備戰事突如其來，作為臨時課室及掩蔽設施。在那個年代，新生一入學，必須先接受戰備培訓，參觀地下課室與防空通道，以了解並儘快適應帶火藥味的校園生活環境。

由於時代的折光，廈門大學作為海防前線的高等學府，在特殊環境中堅持辦學，師生允文允武，無畏無懼，經受臺海持續不斷的炮火的洗禮，受到全國人民與社會各界的關切與讚美，譽之為「英雄大學」。詩人田漢在《獻給廈門大學》詩中云：「廈大屹立在東南海防前線，英雄學府誰能摧?!」英雄大學造就了師生的豪邁情懷與英雄氣概。白日上課時，夜晚睡夢中，不時聽聞砲聲連串響起，焰火當空掠過，但師生卻是「砲火紛飛仍從容」。故而，反映在作為當時學子詞作中的是：「炮響時聞當禮贊，焰火驚雲譬彩虹。」詞人的樂觀主義精神，生發妙想，化砲火為新詞。結句「校園覓彈踪」，實景實情實寫。廈大校園，留有多處砲坑彈洞的痕跡。校園「彈踪」處處，正是英雄大學歲月的崢嶸印記；而學子「覓彈踪」，更為那不尋常的歲月平添了幾許豪情。

這一闋詞，開合有度，上下片一氣流轉。作為一曲「英雄大學」讚歌，詞中沒有虛聲溢美，而是字字落到實處。詞人剪取具有時代特徵、典型意義的素材，以樂觀的情緒、豪邁的筆調，勾勒出「英雄大學」的非凡形象，既真實又豐滿，讀之使人想見當年廈大校園生活的風華。

柳梢青

別情

園苑芭花，陌頭嫩綠①，細雨如麻。古道涼亭，依肩撐傘，淚眼難遮。　別來人隔天涯，漫思憶，同窗韶華。獨上高樓②，碧闌干側，盡日依斜。

【注釋】

①陌頭嫩綠：唐代王昌齡《閨怨》：「忽見陌頭楊柳色，悔教夫婿覓封侯。」

②獨上高樓：北宋晏殊《蝶戀花》：「昨夜西風凋碧樹，獨上高樓，望盡天涯路。」

【品評】

《柳梢青·別情》有如一篇形制短小的「別賦」，寫來情意真切，文辭清麗蘊藉，詞風婉約。

上闋描畫詞人與戀人依依惜別的情境。時正值春日，百花含苞待放，陌間新綠初發，更兼細雨如絲，增添了離情別緒。古道上，詞人和戀人合撑一把傘，依肩細步而行；涼亭內，少駐歇息，別語叮嚀，儘管是送人求學去，但戀人總是依依難捨，「淚眼難遮」。

過片「別來人隔天涯」，着力抒寫別夢遙遙，懷念中學時代與戀人的「同窗韶華」。結句「獨上高樓，碧闌干側，盡日依斜」，化用晏殊《蝶戀花》名句「獨上高樓，望盡天涯路」，益顯詞人的懷戀之深，尤其是「盡」字的運用，極言倚闌時間之長，道出對戀人的默默思念難以化解。

滿江紅

擊落美製u—2型偵探機

萬里長空，光閃處，一聲霹靂。煙霧裏，鷂鷹栽落，了無魂魄。一二再三①堪笑止，自投羅網嗟何及。看那廂，向隅有人愁，悄悄泣。

形勢別，今勝昔，玩火者，埋灰礫。我邊墻三匝，固如磐石。霸國②撐腰成底事？潮流浩蕩誰能敵。倚長城，指顧靖烽煙，雲天碧。

【注釋】

①一二再三：大陸空軍第一次擊落臺灣美製u—2型偵探機，為一九六二年九月九日於江西南昌上空；第二次為一九六三年十一月一日於江西上饒；第三次為

一九六四年七月七日於福建漳州。

②霸國：這裏指美國。

【品評】

二十世紀五十至七十年代，臺灣海峽兩岸一直處於敵對狀態：大陸高呼「一定要解放臺灣」，臺灣則力圖反攻大陸。尤其是在一九六二年春夏間，雙方一度劍拔弩張。當其時，美國插手臺海事務，臺灣的美製u—2型偵探機，不斷進入大陸領空，刺探虛實，散發反共傳單。此詞正是在這種背景下寫成的。

上片開首，詞人以生動的詞采，對擊落偵探機的情景繪聲繪影。起句不凡，「萬里長空，光閃處，一聲霹靂」，仿如平地一聲雷，令人眼前一亮，心中一震。接着的「煙霧裏，鷂鷹栽落，了無魂魄」，以「鷂鷹」喻敵機，描畫出煙霧瀰漫中，敵機墜落，碎片四散的情境，極具現場感。自一九六二年秋以來，大陸空軍擊落美製u—2型偵探機已有三次，故曰「一二再三」「自投羅網」。上片尾句「看那廂，向隅有人愁，悄悄泣」，緊承上兩句，寫出海峽彼岸，乃至環球西面，有人暗暗地傷心流淚，語含輕蔑。

下片「形勢別」數語，寫時移勢易，中國逐漸强大，不再是任人宰割的羔羊。詞人認為，如果他國別有用心，利用國共關係製造紛亂，只會引火焚身。二十世紀中期，東西方正處於冷戰時期，詞人以對美國干涉中國內政、插手臺海事務的立場寫下此詞，在當時的大環境下，可以說是普羅大眾普遍的情緒。「邊墻三匝，固如磐石」兩句，寫出中國國防固若金湯，不可逾越。詞人認為美國從中製造事端，臺灣國民黨在强弱分明的客觀情勢下，背潮流而行，終歸是不能成功的。結句「倚長城，指顧靖烽煙，雲天碧」，饒有深意。長城自古乃抵禦外敵的邊牆，亦是國家軍力的象徵，展望未來，詞人深信海峽兩岸終有一日會平息紛爭，烽煙俱靖，重見麗日碧空，亦使美帝國主義無機可乘。

這首詞從文學上來說是成功的。詞章的主調激越高亢，與《滿江紅》詞牌的旋律深相契合。尤其是，開頭對擊落敵機的描述，生動傳神，具有將人帶回歷史現場的藝術力量；而最後以景語收結，猶有餘音，將詞的境界更推高一層。主題上，主要針對當時兩岸對峙與美國插手的局勢，烙下較深的時代印記。站在那個時代的座標下閱讀此詞，我們是比較容易明白詞人作為一個青年學生的立場的。

漁歌子

題與丕詩、高山同學五老峰合照

黃榜蟬聯意氣驕，同宗同學①領風騷。登五老②，立雲霄。天空海闊見高標。

【注釋】

①同宗同學：作者與丕詩、高山為同一宗族，即同姓「杜」，並就讀於同一小學、同一中學乃至於同一大學同一學系。

②五老：即五老峰。半山有太虛亭，登臨可俯瞰廈門大學及南普陀寺全景，遠眺則東海碧波瀲灩，風光壯闊。

【品評】

本詞是一闋抒發學子情懷的浩歌。如「副題」所言，乃作者與杜丕詩、杜高山同學於登廈門大學後山五老峰時，有感而題之。詞中展現出三個青年學生並肩立於五老峰巔，理想馳騁、自豪自信的氣概。

起首所云「黃榜蟬聯」，指三人相繼於一九六二、一九六三、一九六四年考上廈門大學中文系。三人在淵源上屬於同一宗族，就讀於同一小學、同一中學，在當時三屆全國高考中，是母校泉州市馬甲中學唯一考取全國重點大學中文系者。二十世紀六十年代的大學生，謂之「天之驕子」，誠不為過，「一登龍門」，社會上企羨的眼光從四面八方而來，頭上彷彿有一道閃爍的光環。所謂「意氣驕」「領風騷」，既抒寫三人從小學到大學的不尋常情緣，也是當時大學生心態的真實寫照，大有「春風得意馬蹄疾」（唐代孟郊《登科後》）之概。

想像具少年英氣的三文士，一旦登上五老峰，傲立雲霄，會是怎般情景?!杜甫詩句「會當凌絕頂，一覽眾山小」（《望嶽》）的氣概似乎在這三位青年學子身上流露了幾分。詞結句云「天空海闊見高標」，豪情萬丈有之，而少了一點自負，多了一份積極向上之心。

此詞短小清通，情感瀟脫，小令中見豪放氣格，別有一種風致。

採桑子

踩水車

柳風蘭露晨方好，山色清奇，村野含暉。欸乃①歌聲溪畔飛。　攀登千級人原在，腳步頻移，汗滴淋灕。日上青苗②水滿畦。

【注釋】

①欸乃：擬聲詞，形容水車轉動時車頭齒輪與車葉摩擦的聲音。

②青苗：這裏指麥苗。詞中寫的是早春物象，正是麥子旺盛生長的季節。

【品評】

《採桑子》詞牌，又名《羅敷媚》《丑奴兒令》。唐教坊大曲有《楊下採桑》，南卓《羯鼓樂》作《涼下採桑》，屬「太簇角」。此雙調小令，就大曲中截取一段為之。《尊前集》注「羽調」。《唐音癸籤》歸入「清商西曲」。西曲多寫人婦的相思離別，或為勞作者民歌。本詞詠農事，副題「踩水車」，相調選題合宜，是一首具本色的小令佳作。詞作四十四字，上下闕各四句三平韻，分別為第三部之「奇」「暉」「飛」與「移」「灕」「畦」。

閩南丘陵地帶的農田作物，即使是「好雨知時節」，亦經常要用水車從小溪或池塘汲水灌溉，而遇上天旱不雨，更不待言。故「踩水車」（俗稱「車水」）為農事的常規作業。據作者憶述，他七八歲就學會踩水車並參加這種勞動。這首詞，蘊含着作者親身的經歷。

詞的上闋，寫的是大清早踩水車的氛圍。人在水車上，迎面晨曦初照，柳風輕拂，入眼「山色清奇，村野含暉」。末句「欸乃歌聲溪畔飛」，直接點出「踩水車」的主題。腳下水車轉動，發出「欸欸……乃乃……」的聲響，有如歌聲悠揚，從小溪畔飛起，在田野上迴旋。上闋藉踩水車時觸覺、視覺、聽覺等的美好感受，把這種強度甚大、好比登山的體力勞動，寫得輕鬆愉快，富有詩情畫意。

下闋承接「欸乃歌聲」，形象地展現踩水車的真實情景：人在水車上，握着扶手，腳板使勁踩踏，卻是「攀登千級人原在」，腳步移、水車轉而人則原位不變。這正是水車這種灌溉農具設計巧妙、富有特色的地方，亦正是踩水車辛苦、人人「汗滴淋灕」的因由。然而，辛勞沒有白費，「日上青苗水滿畦」，朝陽冉冉升高，水流源源不絕地輸送到田間，滋潤着青苗。

全詞純用白描手法寫出，語言洗練，意境清新，不染一點塵埃，自然流露出獨特的田園風味，仿如詩經中的「國風」，「可以興，可以觀」（《論語·陽貨》）。

沁園春

國慶十五周年

十月金秋，萬里神州，麗日碧霄。看江南塞北，彩旗似畫；五湖四海，喜報如濤。各族人民，不分畛域①，仰望京華氣自豪。齊歡暢，慶輝煌節日，樂也陶陶。　歌聲舞步笙簫，頌祖國新生前路昭。正韶光三五，青春煥發；欣榮物理，無限風騷。古老文明，英華再現，昂首東方國格標。依原則②，為和諧世界，架設虹橋。

【注釋】

①畛域：《莊子·秋水》：「泛泛乎，其若四方之無窮，其無所畛域。」

②原則：這裏專指「和平共處五項原則」：一、互相尊重主權和領土完整；二、互不侵犯；三、互不干涉內政；四、平等互利；五、和平共處。此乃中國政府於一九五四年倡導的外交準則。

【品評】

《沁園春》是詠寫國慶的節日賀詞。此詞作於二十世紀六十年代，難免帶有那個時期的烙印。然而，就文學而言，其寫作「鋪敘展衍，備足無餘」，五十年後讀之，猶有「如逢當日」之感。

《沁園春》屬於長調，一百一十四字，前闋四平韻，後闋五平韻，一韻到底。其格局開張，尤適於抒寫壯闊豪邁情感。本詞選調合適，成功表現出鋪張揚厲的歡慶主題。

上闋起首三句，「十月金秋，萬里神州，麗日碧霄」，基調昂揚，眼界宏闊，點出了金秋時節，天高氣爽，一輪麗日，普照萬里河山。接着以「看」字領格，「江南塞北，彩旗似畫；五湖四海，喜報如濤」，繪影繪聲，可謂當時「調整」政策切實貫徹、取得較佳效果的大背景的寫照。五十六個民族，「仰望京華」，不分你我，滿懷豪情慶祝節日，把節慶的歡騰氣氛推向高潮。走筆至此，歡暢的場景如在眼前，一句「齊歡暢」，直抒胸臆，再加上以「慶」字領下兩句，以及「輝煌」「陶陶」等詞語的運用，濃墨重彩，極盡氣氛渲染之致。

下闋承上闋的喜慶場面，轉而抒發豪情壯志。中國自鴉片戰爭後，外交百年屈辱；建國之初，知識份子普遍對國家前途抱有熱切的期望，青年學子更不待言。詞中「頌祖國新生前路昭」，點出詞人的「愛國情懷」。接着以「正」字領「韶光三五，青春煥發；欣榮物理，無限風騷」四句，詠讚新中國的朝氣勃勃，欣欣物華的青葱繁盛。「古老文明，英華再現，昂首東方國格標」，進一步表現出大國的氣派。詞人寄望泱泱文明古國，發揚中華文化的優秀傳統，重振雄風，昂首屹立於世界强國之林。詞的思想隨着感情一層層深入，結句「依原則，為和諧世界，架設虹橋」，饒有深思，寄望中國政府依照所倡導的五項邦交原則，互相尊重主權和領土完整，互不侵犯，互不干涉內政，平等互利，和平共處，為國際社會「穿針引線」，做出一個大國應有的貢獻。詞以「虹橋」兩字作結，文辭華麗，富於文學想像，留下一道美麗的彩虹。

綜觀全詞，起承轉合，運轉流暢，且境界闊大，色彩明朗，感情層層深入，而以詞體為歡樂之言，尤為不易。

蝶戀花

重陽節寄菲國胞兄

鷺島清秋多爽氣，五老峰巔，極目南天際。鴻雁飛迴人字裏，弟兄異域生遐思。長憶當年離別意，小手牽衣，不識愁滋味①。十八年②來雲海滯，望中隱隱慈親淚。

【注釋】

①「不識」句：南宋辛棄疾《採桑子》：「少年不識愁滋味……為賦新詞強說愁。」

②「十八年」句：詞人的長兄金綱於一九四八年旅菲僑居，距此詞之作已有十八年，而未曾歸省過。

【品評】

《蝶戀花》又名《鵲踏枝》《鳳棲梧》，多用於寫愛情，此詞卻用以寫親情，別具雅意。

此詞作於一九六五年重陽節。上闋寫因登臨而引發對僑居菲律賓的長兄的想念之情。「鷺島清秋」三句，點明登臨的季候、地點。重陽佳節，天清氣爽，登高望遠，最容易萌生對遠方親人的想念。詞人登臨五老峰，極目南天，仰望長空，鴻雁南飛，對僑居異國他鄉的長兄的想望之情油然而生。雁行雁聲，是最能勾起離情別緒的。接着「鴻雁飛迴」兩句，就人字形雁陣的眼前景，興起對「弟兄異域」的離思，更加可見可感。

詞的下闋，以「長憶」過片，緊承上闋末句的「遐思」，思緒穿越時空，抒發深切的感情。「小手牽衣」，再現當年送別場景的一個鏡頭，其時詞人只有七歲，兩隻小手牽着大哥衣角那天真幼稚的形象，躍然紙上。平平一語，卻見煉句功夫之深。斯時年幼無知，只想大哥要「過番」（閩南方言，出國到南洋）了，哪懂得甚麼離愁的滋味？當年「不諳愁滋味」，正是如今「已諳愁滋味」。結句把詞筆宕開，不直寫自己如何如何思念長兄，而轉換角度，訴說家鄉的慈母如何年復一年地盼望兒子歸省，今逢佳節定然又是涕淚縱橫，把詞意推向更深廣的境界，而自己對長兄的想望亦昇華到一個更高的層面，其孝悌之義，正宜牽繫長兄的歸省之心。

王維曾有名作《九月九日憶山東兄弟》：「獨在異鄉為異客，每逢佳節倍思親。遙知兄弟登高處，遍插茱萸少一人。」此詞與其詩有異曲同工之妙，尤其是帶有詩化的結句——「十八年來雲海滯，望中隱隱慈親淚」，思深意切，動人心腑，兼有時間和空間維度，達致情景交融的詞境，掩卷之後，使人久久難息其情。

採桑子
韶山行

大年除夕征途上，雨雪霏霏，雨雪霏霏。一路風光一路詩。　泥濘百里難行走，相互扶持，相互扶持。遙望韶山壯思飛。

【品評】

此詞寫於一九六六年大除夕，當時，正處於「文化大革命」初期，學校停課。作者與同班幾個同學，離開廈門到廣州，再由廣州北上長沙，前往韶山參觀毛澤東故居。詞的首句，點明時間，作者一行正是在大除夕之日，迎着雨雪，徒步前往。作為閩南人，難得一見下雪。一路細雨綿綿、雪花紛紛，平添旅途情趣。詞中「雨雪霏霏，雨雪霏霏」疊句，形象再現了路途情景，亦抒寫出同學的雀躍興致。「一路風光一路詩」，甚是愜意，詩興大發。

沿途參觀韶山的學子，熙來攘往，絡繹不絕，路面踩成泥濘，一不留神即滑倒。據作者回憶，當時衣衫鞋襪皆濕透，有人乾脆打赤腳，雖步履艱難，但同學談笑風生，途中還收容了幾個掉隊的中小學生，一同前行。詞中「相互扶持，相互扶持」所詠寫的就是這樣的情景。結句「遙望韶山壯思飛」，表達了作者對韶山的嚮往，亦刻下作者那個時期的思想印記。

此詞猶如旅行日記，以平實的方式，留下了「這一路走來」的足跡。

沁園春

橘子洲[1]春望

縱目風光，雨雪初霽，橘子俏春。看湘江森森，沙鷗數點；東風得意，萬物歡欣。綠染芳洲，紅分繡岸，日麗風和景象新。問梅子：孰為春使者？一代才人[2]。　輕掀金字詩文，把開卷沁園[3]重品珍。想當年身影，寒秋獨立④，胸襟磊落，豪氣干雲。指點江山，激揚文字，要為神州救陸淪⑤。施雄略，建千秋大業，足跡長存。

【注釋】

①橘子洲：在湖南省長沙市西面湘江中，為一狹長的沙洲，以盛產佳橘得名。中華人民共和國成立後闢為公園，在毛澤東當年到湘江游泳的經常上落處建有紀念亭，又有毛澤東書《沁園春·長沙》詞的碑刻等。

②才人：清代趙翼《論詩·其二》：「江山代有才人出，各領風騷數百年。」

③開卷沁園：早期刊行的《毛主席詩詞》，有一種版本，封面書名用鎏金字，開卷第一首即為《沁園春·長沙》。

④寒秋獨立：毛澤東《沁園春·長沙》：「獨立寒秋，湘江北去，橘子洲頭。」

⑤「指點」等三句：《沁園春·長沙》：「指點江山，激揚文字，糞土當年萬戶侯。」又，「問蒼茫大地，誰主沉浮？」

【品評】

橘子洲是長沙西面湘江中的一個綠芳洲。青年時代的毛澤東，曾在長沙讀書和工作，閒餘經常與同學結伴到洲上遊玩，縱論國是；毛澤東喜歡游泳，多在此上落。一九二五年，毛澤東重遊橘子洲，寫下著名的詞章《沁園春·長沙》。

這首詞寫於一九六七年春節。時詩人前往韶山參觀毛澤東故居，回程中在長沙少駐數日，遊覽了橘子洲。橘子洲頭，留下毛澤東年輕時代的足跡；湘江浪峰，迴旋着毛澤東年輕時代的心聲。

詞的上闋，通過優美的文字，描繪橘子洲春滿江天的氣象。開首「雨雪初霽，橘子俏春」，為物候的真實寫照，使人眼前一亮。但見「沙鷗數點」，「綠染芳洲」，「紅分繡岸」，一派「東風得意，萬物歡欣」的氛圍。繼而以問答的形式帶出「一代才人」的評説，寓含「江山代有才人出，各領風騷數百年」的哲思，自然過渡到下闋，謳歌毛澤東當年的豪氣干雲及其所建立的開國大業。

下闋稱頌毛澤東的胸襟抱負及建國功業，其最突出的特色是巧妙地引用及化用毛澤東《沁園春·長沙》的名句「獨立寒秋」「指點江山，激揚文字」「問蒼茫大地，誰主沉浮」，有如行雲流水，不着痕跡。

毛澤東「建國有功，治國有過」。本詞主題方面容或有所爭議。二十世紀五六十年代，由於大陸的政治氣候，知識份子及青年學生很難客觀全面地認識毛澤東。本詞之意，側重於對建國前毛澤東形象的描畫。

從文學上而言，此詞筆法純熟，上闋第四句領格字「看」及下闋第三句「想」的運用，皆很好地起到提綱挈領的作用，使詞意由眼前景而緬懷往事，從而使詞脈的運轉自然，一氣呵成。加之上、下闋結句用「問」「施」承前啟後，更富有動感。整首詞，收到境界開闊、格調雄渾的藝術效果。

浪淘沙

畢業分配

弔影改朱顏，黃土高原①，書生意忤古城偏。入眼風光秋瑟瑟，搖落生寒。

不忍憶從前，桃李芳妍，豪情壯志共華年！到了黃河心已死，天上人間②。

【注釋】

①黃土高原：位於中國北部偏西地區，因有深厚的黃土層覆蓋，故稱。海拔在八百米至二千五百米之間，總面積達五十萬平方公里，跨度甚大，山西省屬黃土高原地帶。

②天上人間：南唐李後主《浪淘沙令》：「流水落花春去也，天上人間。」

【品評】

《浪淘沙·畢業分配》作於一九六八年秋，是詞人理想受挫的心理寫照。

一九六八年秋，正處於文化大革命之中。其時，「文革」新進姚文元在「一刊二報」（《紅旗》雜誌／《人民日報》／《解放軍報》）上發表《工人階級必須領導一切》的文章，鋒芒直指文化教育界，知識分子包括大學生受到全面衝擊。

在這種氣氛下，一九六六和一九六七兩屆大學生接受畢業分配，狀如「趕鴨子下水」。詞人「心願與身違」，被分配到北國山西，來到黃河岸邊的一座半荒廢的古城。上闋開首「弔影改朱顏，黃土高原，書生意忤古城偏」三句，所詠即此。「意忤」二字，為全詞的題眼。據作者的憶述，他在大學肄業期間，是希望畢業後留校或到其他高等院校任教，一面從事教學，一面繼續深造（按：一九五〇至一九六〇年代中，應屆大學畢業生是可以直接分配到高等院校擔任「助教」的）。可時不我與，如今違背心願，初到貴境，置身荒城，怎能不容顏失色？接下兩句，抒寫高原寒秋，滿眼落葉紛飛，但感秋意蕭瑟。一個「寒」字，語帶雙關，既點明時序，更突出心境之淒清。

下闋前三句，「不忍憶從前，桃李芳妍，豪情壯志共華年」，「從前」與眼前，構成極大的反差。「不忍憶」，其實是不能不「憶」。作為一個從小學到大學學業成績一直標青的高材生，理想馳騁，豪情滿懷，可畢業分配卻形如放逐，怎能不心寒。末句「到了黃河心已死」，運用重筆抒發感慨，其鬱結的心境、失望的情緒可想而知；「天上人間」則進一步運用對比的手法，表達詞人前後處境和心境的天壤之別。

這首詞是詞人畢業分配不如意的真實反映，亦帶出那個特殊年代大學畢業分配普遍存在的問題。讀此詞，聯繫上一輯之七絕《古城秋聲》《詩筆塵封》詩意，可了解詞人從廈大校園初步踏入社會的心路歷程。作者後來申請出境，移居香港，或可從此中尋繹。

女冠子

鶯艷

臘月廿一，正是當年今日，捲簾時。鶯艷回波眼①，鍾情一見迷。不知流曆換，課讀②屆歸期。目送佳人去，兩依依。

【注釋】

①回波眼：北宋歐陽修《醉蓬萊》：「強整羅裙，偷回波眼，佯行佯坐。」

②課讀：指為詞中的女子（知識青年）作應試輔導。

【品評】

「女冠子」即女道士，此調最初是詠寫女道士的。唐教坊曲用作詞調名。小令始於五代韋莊《女冠子》（四月十七），寫惜別情緒，是歷來廣為傳誦的名篇。本詞格調上仿似韋詞，而突出「鶯艷」的主題。

上闋追憶「當年今日」與情人初相見相識的印象。「臘月廿二」，「捲簾時」，點明時日、情景以示永誌不忘及思念之情切。「驚艷回波眼，鍾情一見迷」，寫雙方互相一瞥的印記。剎那間的目光交會，一見鍾情，令人為之神魂牽繫。

下闋承上，繼續追憶初次相聚相識的情意。「不知」三句，意指相聚時日苦短，歲月忽忽，轉眼對方已屆歸期，暗歎美好時光不因人而留，「恨相見得遲，怨歸去得疾」（元代王實甫《西廂記·第四本第三折》）。結尾兩句「目送佳人去，兩依依」，惜別依依，順理成章，把兩人初次相聚的情意，含蓄地表達出來，韻味雋永。

全詞語言流麗，格調婉媚，幾近五代詞的風格。

荷葉杯（三首）

其一

萍水乍逢驚覺，真確，人裏數凝眸。一春同事過從稠，關愛感溫柔。　衷曲幾番傾訴，期許，情共柳絲長。玉容憔悴黯神傷，空負淚千行①。

其二

二八妙齡珠潤，風韻，春上柳眉梢。桃花如面泛紅潮②，含態復含嬌。　初見似曾相識，親的，從學結情緣。三年傾慕在心間，臨別意綿綿。

其三

長憶那年春夜，燈下，初課間停時。寫人名姓百千回，羞澀半低眉。　心有靈犀一點③，深斂，相對總攔遮。一朝離別隔天涯，流水歎年華。

【注釋】

①「空負」句：北宋柳永《憶帝京》：「繫我一生心，負妳千行淚。」

②「桃花」句：唐代崔護《題都城南莊》：「去年今日此門中，人面桃花相映紅。」

③「心有」句：唐代李商隱《無題》：「身無彩鳳雙飛翅，心有靈犀一點通。」

【品評】

「荷葉杯」是唐教坊曲名，雙調，為平仄韻錯叶格，上下片各三平韻為主，錯叶兩仄韻。

《荷葉杯》三首，題材相類，可合為一組「言情詞」。按其寫作年份，依次為一九六四、一九七八、一九八八年。詞中情意真切，遣詞用字含英咀華，有字、有句、有篇，詞風婉媚綺麗，是不可多得的「麗詞」。

（一）

首闋是一段「負情」的寫真。那是發生於詞人大學肄業期間到農村參加「四清運動」的事。上片頭三句「萍水乍逢驚覺，真確，人裏數凝眸」，寫詞人一行甫欲進村時，在村頭與從地方縣市來的工作人員會合；不期然那人群中有一個女子，秋波暗轉，數度凝神望着自己。因為是「萍水乍逢」，素不相識，所以詞人殊覺驚奇。句中「驚覺」一詞，貼切地反映出詞人當時的心理。隨後，因為是「同事」，從萍水相逢到一春的相處，接觸頻繁，詞人從中深深感受到這女子對自己的關愛，明白對方的愛意。

換頭緊承上片而情意昇華。「衷曲幾番傾訴，期許」，這女子並不掩飾她的愛意，幾番向自己表白，期待回應。接着一句「情共柳絲長」，既寫出對方用情之深，又表明對方的耐心等待。這段戀情並沒有開花結果，對方「玉容憔悴黯神傷」，而詞人則負疚自責，一句「空負淚千行」，寫出無奈的結局。「負情」的原因究竟為何，詞人並不明白交代，而是留給讀者猜度的空間；對方的「淚千行」，則益顯這女子用情的凝重。這樣收結，令這闋小詞蒙上一層感傷的情調。

（二）

第二闋是一段愛情的插曲。上片描繪出一位妙齡少女的天生麗質：丰姿綽約，珠圓玉潤；眉梢眼角，別有一種風韻；面泛桃花，意態嬌俏可人。詞人對女子的外貌和神態細意描摹，帶有花間筆法。「春上柳眉梢」「桃花如面」「含態含嬌」，造語艷麗，形象鮮活。詞中的妙齡女郎，春風桃李，灼灼其華，使人想見風采。

下片寫與這位女子的情緣。在「愛情王國」裏常有那種「一見鍾情」的無法躲避的魅力，這就是所謂「緣份」。詞人與這女子，「初見似曾相識，親的」，那種一見如故的真切感覺，加以隨後是要「從學」的關係，這段情緣的深結亦就無可迴避了。然而，相互「傾慕」只能是相互傾慕，雷池不可跨越。這段情緣在表白衷曲方面與前闋不同，雙方都沒敢向對方直白，而是「三年傾慕在心間」，深藏心底。詞人也沒有言明「三年」的相互「傾慕」因何不可直白、不能直白，而是含蓄一句「臨別意綿綿」，以惜別依依作結，留待讀者自行尋思。

（三）

第三闋詞作，抒發回首前塵往事、唯剩一個「惜」字的悵惘。起句「長憶」兩字，領起全篇，點明這段戀情是長蘊在心底的。上片，詞人着意憶述了這樣一個情境：春夜燈下，在應試輔導的起初階段，間中小息，對方低眉信筆，嬌羞答答地把自己的姓名寫了一遍又一遍，反反覆覆，鋪滿了筆記頁。「書人名姓百千回，羞澀半低眉」兩句，形象地再現了少女芳心萌動、情不自禁的意態。

過片「心有靈犀一點，深斂，相對總攔遮」三句，收斂感情，思緒徨徊。詞人從對方的舉止神情，敏銳地覺察到對方傾戀於己。兩人心靈相通，情意款曲，卻又深明客觀現實有太多的不允許、太多的不可能，只可將「愛」字收藏在心底；儘管接下來還有不少「相對」的機會，但雙方總是將真情苦苦遮掩。「深斂」一語用得精湛，既呼應開頭的「長憶」，又為結句別後歎惋伏筆。正因為兩心暗許，這段戀情銘刻於心，一朝遠別，才會有年華似水、歲月流金的深沉歎惋——這歎惋既是詞人自己的，亦是對方的。詞至此，如同第一闋，又蒙上一層感傷的情調。

唐宋以來有「詩莊詞媚」之說，從本色派的角度來說，是有一定道理的。此三首言情詞，不仿以本色觀之。

蝶戀花

懷　人

獨在異鄉①無意緒，佳節團年，客里空辜負。寂寂寥寥書作侶，春來秋去相隨渡。　萬水千山唯尺素②，聚少離多，無那人生路。為減閨中懷遠苦，思心翻作平安語。

【注釋】

①獨在異鄉：唐代王維《九月九日憶山東兄弟》：「獨在異鄉為異客，每逢佳節倍思親。」

②「萬水」句：北宋晏殊《蝶戀花》：「欲寄彩箋兼尺素，山長水闊知何處。」

【品評】

本詞副題為「懷人」，娓娓道來，如道家常。

上闋起句點出一個「獨」字，接着一個「客」字，表現出詞人「獨在異鄉為異客」的落寞情緒。常言道，「人逢佳節倍思親」，況為一年最重要的年宵佳節，怎能不倍加思念家鄉的妻子兒女呢？「寂寂」兩句，抒寫佳節團圓歡樂是別人家的，自己卻孤寂冷清，只有那牀頭案上的詩書，相伴過日。讀此，使人想見一個異鄉孤客的身影。「春去秋來」，既是寫春秋代序，循環往復，也是說這種寂寥的生活是恆常的，有如春去秋來那樣。

過片一句，言相隔千山萬水，望盡天涯路，唯有以書信寄相思。接着「聚少離多」一句，是實情實事實說，與上闋「春來秋去」一語前後互相照應。此詞作於一九八〇年春節。詞人成婚至此已十年有奇，但與妻子兒女長期分居兩地。這年春節，是詞人居港的第二個春節，但所持手續，依當時港英政府的規定，尚不准回鄉探親。「無那人生路」，為了生活，無可奈何，隱含着詞人對人生道路的深深慨歎。但詞人並未把自己在外的寂寥生活的辛酸告訴妻子，亦沒有華麗的詩句，沒有卿卿我我、情情愛愛的呢噥，為了減輕閨中妻子的思念之苦，唯有「思心翻作平安語」，道一聲「平安」。而這一聲「平安語」，對妻子而言，又是多麼的情重呢！

此詞不以奇句出之，讀來平白如話，於平夷處見真情，具有直入人心之功。本集中，舉凡涉及抒寫親情的篇章，大都顯現出這種特色。親情貴在「真」，正是這類作品生命之所在。

夢江南（五首）

瓊崖遊踪

其一

瓊崖好，挈婦逐遊團。時值初冬生爽氣，風輕日軟淡雲天。季候好銷閒。

其二

瓊崖好，簇秀興隆園①。熱帶物華風韻別，萬千生態顯奇觀。妙趣出天然。

其三

瓊崖好，逗樂有黎闌②。黎女拉郎花弄蝶，虛凰假鳳戲姻緣。滿寨笑聲喧。

其四

瓊崖好，聚美亞龍灣③。森森三江④來滙合，熙熙四海盛空前。時代譜新篇。

其五

瓊崖好，瑞氣蔚南山⑤。幽徑流連推物理，古松輕撫數華年。對景惜朱顏。

【注釋】

①興隆園：興隆熱帶植物園。位於興隆溫泉旅遊區內的北緯十八度、東經一百一十度，屬典型熱帶季風氣候，適宜於熱帶及亞熱帶植物的生長，於一九五七年建園，面積六百多畝，收集保存有二千三百多種熱帶及亞熱帶花卉樹木。

②黎闌：黎族寨柵。黎族是中國少數民族之一，為海南島中南部的主要族類。

③亞龍灣：海南島南端濱海旅遊城市——三亞市的旅遊渡假區。三亞市號稱「東方夏威夷」，亞龍灣則有「天下第一灣」的美譽。自二十世紀末以來，每年有數以千萬計的中外商旅來遊賞渡假。

④三江：指六羅水、水蛟溪、半嶺河等三條河流。「三江」以六羅水為主流，組成三亞河，發源於三亞市和保亭黎族自治縣交界的中間嶺南麓，自北向南流，經三亞市區注入三亞港出海。

⑤南山：三亞市西南二十公里處的文化旅遊區，為海南島最南端的山。南山歷來被譽為福壽瑞祥之地，中國傳誦千古的吉祥語「福如東海，壽比南山」道出南山與福壽文化的悠久淵源。山中學名「龍血樹」的不老松，樹齡最長者已逾六千年。南山不老松，是海南一道展現傳統福壽文化的生態奇觀。

【品評】

《夢江南·瓊崖遊踪》五首，是一組海南島的紀遊詞，作於新世紀之初。這組詞寫來清新爽朗，帶出一種怡人的熱帶風情，詞意悠閒。

海南島是中國最南部海南省的主島，又稱「瓊崖」，取其「美麗的天涯海角」之意。島嶼浮游在碧波萬頃的南海之上，屬於海洋性熱帶季候風天氣，終年陽光充足，夏熱冬暖，是中國具有魅力的旅遊觀光勝地之一。首闋詞從大處着筆，帶出「初冬生爽氣，日軟淡雲天」的物候。「日軟」兩字用得精妙。初冬時候的海南，天高氣爽，陽光柔和，正是「消閒」的好時光。詞人携眷出遊，悠閒自在，來到這個具熱帶風情的海島。

接着，詞人着墨點染具有熱帶風物特色的興隆植物園。這個植物園位於海南省風景區興隆溫泉旅遊區內，傍依黛綠群山，環繞澄碧湖水，空氣清新，陽光充足，雨量充沛，最適宜各種植物的生長，處處散發着鮮活的生氣。走進植物園，「物華風韻別」，大自然的種種名花異卉，古木蒼藤，七彩紛呈，「萬千生態」，盡「顯奇觀」。奇特的熱帶植物，隨步換形，歎為觀止。「妙趣出天然」，正道出這顆綠色明珠的魅力。

第三闋詠寫黎寨風情，表現出遊客耍樂的趣致。詞中寫的是真情實景。走進黎寨，數十位黎家姑娘分列道路兩邊迎迓拉客，一與你對上眼，就會綰起你的手臂，踱進黎柵，教你按黎族的風俗，與她舉行成婚儀式。所謂自古只有蝴蝶飛向花兒，沒有花兒飛向蝴蝶，「黎女拉郎花弄蝶，虛凰假鳳戲姻緣」，唯妙唯肖地再現了當時的情景，「黎女拉郎」，花兒弄蝶，富有戲劇性。當此之時，在一旁「觀禮」的女遊客，包括自己的妻子，笑得前俯後仰，滿寨充滿歡樂氣氛。這是旅遊中活生生的一幕，和瓊崖的陽光色調很是合拍。

第四闋凸顯著名旅遊景點亞龍灣。亞龍灣是位於海南島最南端的濱海旅遊城市——三亞市東南的一個半月形海灣。海灣全長約十五里，其沙灘綿延達十四里，平緩寬闊，沙粒潔白細軟，海水晶瑩蔚藍，水溫適度，終年可供游泳。三亞市乃因地處三條河流（六羅水、水蛟溪、半嶺河）滙集的入海口而得名，有「東方夏威夷」的稱號；亞龍灣是三亞市最為浪漫的景點，所謂「三亞歸來不看海，除卻亞龍不是灣」，有「天下第一灣」的美譽。詞中「淼淼三江來會合，熙熙四海盛空前」，以凝練的筆觸，描狀出三亞市三江滙合的滔滔氣派與獨特地貌，暗寓其作為旅遊城市「財源廣進」的佳兆，表現亞龍灣海內外遊客雲集、熙熙攘攘的盛況，二語語意相生，相得益彰。結句「時代譜新篇」，則帶出今日亞龍灣有此盛況，乃托賴於二十世紀八十年代中國改革開放的大氣候，海南島闢為經濟特區並升格為省，因而地處天涯海角，古稱崖州的三亞，亦得以迅速崛起，成為新興的旅遊城市，聞名遐邇。

詞的最後一闋，內容集中在南山不老松這一道獨特的人文風景線。學名「龍血樹」的不老松，被稱為植物中的活化石。這一珍稀植物在地球上已瀕臨絕種，但在三亞市南山一帶卻生長着六萬株之多，鬱鬱蔥蔥，蔚為壯觀，樹齡最長的達六千年以上。「福澤之地，養育千年古樹；神足之山，氤氛萬古精靈。」（無名氏）詞中所云「瑞氣蔚南山」，誠非虛言。詞人「幽徑流連推物理，古松輕撫數華年」，推究此中真諦，感慨「壽比南山」不易得，相反，年華總是易逝，人的生命何其短暫。詞的結句，「對景惜朱顏」，流露出愛惜生命之意。

全組詞風格明快，和紀遊適興的主題相契合，彷彿一位導遊帶着遊客，漫遊瓊崖而不負帶任何「情累」。

念奴嬌

從事教科書編著三十春秋感賦

驀然回首，算秋來春往，流年三十。鏡裏不辭霜鬢染①，從業敬誠如一。作者班頭、主編名下，百部凝心力。孜孜矻矻，學生經典②增益。

行裏爭競流風，或求花巧，我但求平實。一字一詞明句讀，握緊墨繩班尺。正識弘文，培基固本，厚積輕輕發。春風時雨，滿園桃李生色。

【注釋】

①「鏡裏」句：唐代李商隱《無題》：「對鏡但愁雲鬢改，夜吟應覺月光寒。」詞

中化用其意。

②學生經典：此指教科書，即學生課本。「教科書是學生的經典」，乃作者在培訓編輯時經常說的一句話。

【品評】

本詞作於二〇一一年，是詞人從事學校教科書編著三十年的心路歷程寫照。

詞人於二十世紀七十年代末由內地到香港定居。從一九八一年起，受聘於教科書出版社，一手當作者、一手當編輯。歷任香港課室教材出版有限公司與長河出版社總編輯，商務印書館香港教育圖書公司總編輯顧問及編審，兼任香港大學中文學院中華文化研究顧問。三十多年來，專注於香港學校中國歷史和中國語文教科書及中華文化讀物編纂工作，從未間歇。上片開首云：「驀然回首，算秋來春往，流年三十。鏡裏不辭霜鬢染，從業敬誠如一。」即是對此人生行履的概括寫照。詞中「敬誠」兩字，顯示其敬業樂業的精神。

接着，「作者班頭，主編名下，百部凝心血」，指詞人在處理編輯行政事務的同時，或親自執筆，或帶同一班又一班作者及編輯，編纂了數十種逾百冊的課本及教學參考書。其中主要有：《中國語文》課本（全十冊）、《新理念中國語文》課本（全六冊）、《中國語文新編》課本（全四冊）、《新理念中國歷史》課本（全六冊）、《新視野中國歷史》課本（全十冊，包括「必修」與「選修」）、《國史述要》（全四冊）、《中國史綱》（全三冊）、《國史問題析論》（全一冊）、《成語典故解讀》（全一冊），與及《中華文化擷英》／《中華文化承傳》／《中華經典導讀》／《中華經典啟蒙》等「中華文化世紀工程」（全十冊）。

上片尾句「孜孜矻矻，學生經典增益」，反映了詞人對教科書的高度重視及其從業態度。詞人認為，教科書是「學生經典」，其所負載的知識是否精準，價值觀是否正確，關及青少年學生的心智發展，影響及於終身。基於這樣的識見，詞人視教科書的編纂為聖潔的事業，長年來，每編纂一部教科書，都是「心隨書走」，全情投入，勤勉不懈，精益求精。

過片「行裏爭競流風，或求花巧，我但求平實」，帶出在「一綱多本」的教科書市場的競爭。流風所及，有人以「花巧」媚俗；詞人作為中國語文與中國歷史課本的主編及編審，從不隨波逐流，而以「平實」為質，建立在出版界的形象。詞中「一字一詞明句讀，握緊墨繩班尺。正識弘文，培基固本，厚積輕輕發」，是為這種平實風貌的寫照。詞人對每一部教科書的編纂出版，力求做到字斟句酌，一個標點都不輕易放過，而觀點持平，內容紮實，是其準繩尺度，深入淺出，注重基礎知識的闡述，以資課堂教學訓練學生的基本功，是其一貫宗旨。

二十世紀八十年代以來，香港中學文史等各科課程數度轉換。詞人與時俱進，竭心盡力編纂更新課程的教科書。一次，詞人與一班曾受過他培訓督導的教科書編輯俊彥聚會，慨然談論編輯生涯，諸生對詞人欽佩之情溢於言表。詞人自謂：「自家長短自家知，我的長處不過是善於表述，文字簡明，要言不煩，條理清晰，學生易讀易解易記。」諸生應聲道：「豈止於此！先生最難能可貴，令吾儕欽佩的是，三十年來，教育不斷改革，課程幾番更新，先生卻能不囿於固有經驗，與時俱進，常編常新，而且對教育當局制訂的『課程綱要』與『編纂指引』偏頗之處，有真知灼見，能加以調適。」其中有位女生更即席賦一絕，曰：「三十年來書百部，開編國史見才鴻。豈唯表述青爐火，匡正潮流尤可風。」詩中的「國史」指上文提及的《國史述要》，為詞人的處女作，亦為成名作，獲得學校廣泛採用，奠定了詞人在香港教育出版界的地位。此詞的結句：「春風時雨，滿園桃李生色」，即表達了詞人對自己所編著的教科書能得學校喜見樂用、有益學子身心的欣慰之情。

此詞帶有自傳色彩，特收於這部個人文集，讀者可據此進一步了解作者，對其作品的把握當有幫助。

夢江南（二首）

其一　西湖煙雨

西湖美，煙雨籠平明。萬物斂妝生靜謐，一帆穿霧載歌行。人在紫霄廷。

其二　西湖初晴

西湖好，難得是新晴。山氣輕清凝翠黛，湖光瀲灩浴金星。心鏡似波澄。

【品評】

《夢江南》二首，一寫「西湖煙雨」，一寫「西湖初晴」，詞句優美，妙語連珠，盡顯詩情畫意，是具有意境的小令佳作。

起句「西湖美，煙雨籠平明」，詞人詠讚西湖，碧波如鏡，清曉時分，濛濛細雨，狀似輕紗覆蓋。一個「籠」字，用得精巧。接着的「萬物斂妝生靜謐」，「斂」字也用得傳神，以「靜謐」的意境帶出西湖的煙雨天。大自然的一切，在朦朧迷離之中，似乎早已渾然未可知。當此之時，一葉輕舟無聲划過，只載遊興，不載功名，遊人彷彿就在水晶宮中漫行。一幅煙雨西湖的畫卷，躍然就在眼前。

西湖新晴，湖光山色，如同換上翠綠的新妝，別是一番景象。詞中寫「山氣輕清凝翠黛」，一個「凝」，帶出花草樹木於霧氣似散未散之際，含着晶瑩的水珠，更顯翠綠。「湖光瀲灧」則活用蘇東坡「水光瀲灧晴方好」詩句，而其「方好」的地方，詞人以獨特的比喻指出，在於「浴金星」：陽光灑照，沐浴於波光粼粼之中。結句「心鏡似波澄」，寫雨後初晴，心境仿如波鏡般明淨，澄澈通透，更是意在言外。

詞中「明」「行」「廷」與「晴」「星」「澄」韻腳的運用，清揚輕快，和詞境相契，讀來使人對西子湖產生一種更為明淨的感覺。坡翁有詩《飲湖上初晴後雨》，詞人這裏則別詠「初雨後晴」，各有妙境，相映成趣。

憶秦娥（六首）

中日關係回眸

其一　甲午戰爭①

彤雲結，倭軍凶悍清軍蹶。清軍蹶，北洋檣櫓，慘遭摧折②。　自強禦侮③空思切，馬關訂約④山河咽。山河咽，堂堂大國，任人分割。

其二　「五九」國耻

西風烈，歐洲戰火忙傾奪。忙傾奪，倭人算計，野心難捺。　苛條疊疊蠻要挾，急圖稱帝和盤接⑤。和盤接，鑄成國恥⑥，北洋軍閥。

其三　「五四」愛國運動

雲雁泣，巴黎和會⑦傳消息。傳消息，强權挺倭⑧，不平難抑。　古城怒號風雷疾，伸張公理群情激。群情激，內懲國賊⑨，外爭權益。

其四　「九一八」事變⑩

戎機失，砲聲一響丟東北。丟東北，將軍不戰，倭人輕得⑪。　中樞攘外無長策，欲先安內空貽敵⑫。空貽敵，中華民族，陸沉峩岌。

其五　「一二·九」學生運動⑬

東瀛逼，鯨吞東北侵華北⑭。侵華北，敵侵我讓，國人悲抑。書生投筆齊揮斥，要求抗日呼聲急。呼聲急，存亡一髮，只爭朝夕。

其六　「七七」抗戰

形勢厄，國軍奮起飛鳴鏑⑮。飛鳴鏑，醒獅怒吼，古橋⑯馳檄。地無南北連方域，人無老幼同心力。同心力，堅持抗戰，攘除强敵。

【注釋】

①甲午戰爭：清光緒二十年（一八九四）七月，日軍在朝鮮牙山口外豐島附近擊沉清廷的運兵船「高陞號」（該船原是英國商船，為清廷所僱傭），中日戰爭爆發。八月一日，中日同時互相宣戰。是年歲次甲午，史稱「甲午戰爭」。

②「北洋」兩句：北洋，指北洋艦隊，乃清廷在洋務運動中由李鴻章主導建立的新式海軍。甲午戰起，北洋艦隊在黃海大東溝與日本艦隊遭遇激戰後，退守威海衞（在山東半島海灣）港內。一八九五年一月，被日軍海陸兩面包抄夾攻，

威海衞失陷，北洋艦隊全軍覆沒，提督丁汝昌等自殺殉國。

③自強禦侮：清廷內部洋務派官員推展洋務運動（一八六一至一八九五）的宗旨，即學習西方先進技術，開創近代化的國防武備及新式工業，以強兵富國，抵禦外侮。

④馬關訂約：一八九五年三月，清廷派出李鴻章到日本馬關求和。日方擬定了極為苛刻的條款，逼迫李鴻章在「允」與「不允」兩點上表態取捨。是年四月，李忍辱負重，在和約上簽字，是為《馬關條約》。其主要內容包括割讓遼東半島（旋因俄、德、法三國聯手干涉，清廷以銀三千萬兩贖回）、臺灣與澎湖列島給日本，賠償日本軍費二億兩白銀等。

⑤「苛條」兩句：一九一五年（民國四年）一月，日本向袁世凱政府提出「二十一條」要求，分為五號，所涉及內容極為廣泛，其中第一號四條即是要求承認日本從德國手中奪走的山東特殊權益。是年五月七日，日本發出最後通牒，對袁世凱進行威脅利誘；袁氏為爭取日本支持他稱帝，於五月九日作出答覆：「二十一條」除第五號「容日後協商」外，其餘「即行應諾」。隨後又正式簽訂條約，稱為《中日新約》。

⑥國恥：袁世凱政府不顧國家民族的權益而接受日本的「二十一條」要求，是中國的奇恥大辱，國人乃以五月九日為國恥日，是為「五九」國恥。

⑦巴黎和會：一九一九年一月，第一次世界大戰結束後，各戰勝國在巴黎凡爾賽宮舉行會議，商討善後事宜。中國與日本均以戰勝國的資格派代表出席。

⑧強權挺倭：在巴黎和會上，中國代表顧維鈞發言，要求撤除日本誘逼袁世凱政府承認的「二十一條」，收回日本在山東攫取的權益，取消列強在華特權。日本代表橫加反對。英、法偏袒日本，美國態度曖昧。終於，在對德和約上規定由日本接管德國在山東的全部特權。

⑨國賊：指曹汝霖、陸宗輿、章宗祥等三人。三人均為北京政府的在任官員，曹、陸曾參與簽訂承認「二十一條」的《中日新約》、章為「中日換文」的簽署者。

⑩「九一八」事變：一九三一年（民國二十年）九月十八日晚上，日本關東軍自行炸燬了南滿鐵路瀋陽附近柳條溝一段路軌，然後誣稱中國軍隊所為，並以此為藉詞，襲擊東北軍駐地北大營，炮轟瀋陽，是為「九一八」事變。

⑪「將軍」兩句：事變甫起，正在北平的東北軍主帥張學良錯估日本的野心，企求避免與日軍正面衝突，下令不予抵抗。翌日，日軍進佔瀋陽。十幾萬東北軍

奉命撤入關內。日軍分兵進侵遼寧、吉林、黑龍江，三數月中，輕取東三省。

⑫「中樞」兩句：「九一八」後，直至一九三六年「西安事變」，國民政府軍事委員會委員長蔣介石主張「攘外必先安內」，加緊圍攻共產黨的江西乃至陝北根據地，面對日軍染指華東、覬覦華北則採取忍讓政策，以致日軍步步入侵。

⑬「一二·九」學生運動：一九三五年十二月九日，北平各大中學校學生六千多人舉行示威遊行，提出「停止內戰，一致對外」「反對華北自治」等口號，是為「一二·九」學生運動。

⑭侵華北：一九三三年三月，日軍侵佔熱河，進攻長城要塞，威脅北平、天津，逼迫國民政府訂立《塘沽協定》，把河北省東部劃為非武裝區。由是，日本侵略勢力伸入華北。隨後，日本又策動華北五省（河北、山東、山西、察哈爾與綏遠）自治，於一九三五年十一月嗾使漢奸殷汝耕成立「冀東防共自治政府」，企圖把華北從中國分離出去。

⑮「形勢厄」兩句：一九三七年（民國二十六年）七月七日，日軍在北平西南盧溝橋附近進行演習，藉口一名士兵失踪，要求進入宛平城（今屬北京市豐臺區）搜尋被拒。當晚，日軍突襲宛平城，砲轟盧溝橋，是為「七七事變」，亦稱

「盧溝橋事變」。面對日軍的挑釁，駐防當地的中國軍隊第二十九軍一部奮起還擊，拉開了全民族抗日戰爭的序幕。

⑯古橋：即盧溝橋，位於北平西南的永定河上；永定河舊稱盧溝河，故名。始建於一一八九年（金大定二十九年），幾經興廢，現存乃清康熙年間重建，為石構聯拱橋，長二百六十六米半，寬七米半。橋身兩側護欄的石柱柱頭，均雕有卧伏的石獅，大小凡五百零一隻。橋東有清高宗御題的「盧溝曉月」漢白玉碑。

【品評】

《憶秦娥》是膾炙人口的詞牌之一。這個詞牌的格式，共四十六字，有仄韻、平韻兩體。聲調激越者，例用仄韻格，且多用入聲韻。此調上下片各三仄韻之餘，還有一特別之處，即第二句與第三句須用一疊韻，且第二句末三字和第三句例用連珠辭格，反復吟詠，方能達致聲情上的層層推進。

本組詞作立題選調合宜，見出本色。詞分別用入聲韻第十七部（後四闋）及十八部（前二闋），格調激越高亢，風格一致。詠寫的主線貫穿甲午風雲至抗日戰爭歷半個世紀中日關係的變幻，題材別開生面。詞作乃有感而發，筆鋒勁峭，蘊涵感情，具有強烈的愛國精神；而且運用春秋筆法，針砭時事，托興深遠。作者以史入詞，以詩入詞，從中表現出豐富的史識。

詩有詩史，詞亦可以有「詞史」，以這樣一個嶄新的視角來細味這組具有「史家之言」韻味的詞作，當會別有所得。

（一）

首闋詞寫清光緒二十年（一八九四）爆發的中日甲午戰爭，拉開近世中日關係史的帷幕。起句「彤雲結」，挺拔有力，指日人暗中準備摧毀中國海陸軍備的圖謀，陰霾密布，戰雲密結。作戰雙方，「倭軍凶悍清軍蹶」，日軍凶狠，清兵則初戰敗績，從朝鮮戰場撤入中國境內。「清軍蹶」三字的反復詠歎，更顯戰況堪憂，輸贏之局已預示其中。接下筆鋒一拓，「北洋檣櫓，慘遭摧折」，戰局勝敗似乎只是轉眼間的事。北洋艦隊乃清廷在洋務運動中建立的新式海軍，甲午戰起，經黃海大東溝之役的激戰，退守威海衛港內，失去制海態勢，處於被動挨打的不利地位。一八九五年一月，北洋艦隊被日軍海陸兩面包抄夾攻，全軍覆沒。海戰在甲午之戰中具有決定全局勝負的意義，北洋艦隊的「慘遭摧折」，說明清軍大勢已去，敗局遂成。

下片「自強禦侮空思切」句，極具張力，涵蓋晚清洋務運動三十五年（一八六一至一八九五）的改革史與挫敗史。當時洋務派官員思深念切的是，以「强兵富國」實現「抵禦外侮」的理想，可是換來的卻是極為苛刻的《馬關條約》，割地賠款、喪權辱國的程度，比《南京條約》和《北京條約》猶有過之。一個「空」字，標誌着洋務運動的失敗，也隱含詞人的無限感慨。「泱泱大國」被「小日本」打敗，這是國人很難接受的，可事實就是事實，竟是如此殘酷。「山河咽」的反復詠唱，淒動莽莽神州四萬萬人。「堂堂大國，任人分割」八字，寓意深遠，一言遼東半島、臺灣、澎湖大片國土的淪喪；一言由此而引發近代史上列强瓜分中國的浪潮，各國爭相在華劃分勢力範圍和租借港灣。詞人的扼腕之痛形諸筆端。

（二）

第二闋詞寫「五九」國耻。時在《馬關條約》簽訂二十年後的民國四年（一九一五）。起句「西風烈，歐洲戰火忙傾奪」，指第一次世界大戰爆發，戰況慘烈。「忙傾奪」三字的反復詠歎，既强調國際風雲變幻，亦抨擊列强爾虞我詐的鬥爭。當此之際，日本乘西方列强無暇東顧之機，向袁世凱政府提出「二十一條」要求，包括要求中國政府承認日本從德國手中奪走的山東特殊權益。片末「倭人算計，野心難捺」兩句，凸顯日本軍國主義者機關算盡的亡我之心。

下片具體寫事，夾敘夾議兼抒情。是年五月七日，日本發出最後通牒，對袁世凱威迫利誘。「苛條疊疊蠻要挾」，既痛陳條款之苛細，亦形象地揭示日人迫不及待、加緊勒索的情狀。然而，袁氏為爭取日本支持他稱帝，於五月九日作出答覆：「二十一條」除第五號「容日後協商」外，其餘「即行應諾」，幾乎可以說是「和盤接」，照單全收。日本的「蠻」，固然令人痛恨，袁氏的「順」，更令人切齒。一句「和盤接」的反復詠歎，對其賣國行徑予以强烈譴責。袁世凱政府不顧國家民族的權益而接受日本的無理要求，可謂中國的奇恥大辱，國人視五月九日為國恥日，這就是詞中所詠的本事——「五九國恥」。結句「鑄成國恥，北洋軍閥」，音韻鏗鏘有力，議論斬釘截鐵，對軍閥誤國的切膚之痛溢於言表。

（三）

第三闋詞寫一九一九年（民國八年）的五四運動。這場牽動國人心脈的愛國行動，其直接動因，乃國際巴黎和會「公理不敵强權」。第一次世界大戰結束後，各戰勝國在巴黎舉行會議，商討善後事宜。中日兩國均以戰勝國的資格出席。會上，中國代表要求撤銷列强在華的特權，其中特別提到日本必須放棄「二十一條」，撤除在山東攫奪的權益。但日本代表以中日《山東問題換文》中段祺瑞政府的「欣然同意」字樣，砌辭反對。其時英法代表偏袒日本，美國則態度曖昧。終於，在對德和約上，規定讓日本接管德國在山東的全部特權。這正是「雲雁泣」的由來。詞人以擬人的筆法，寫鴻雁為之泣血哀鳴，穿越雲天，將消息傳到中國。「强權挺倭，不平難抑」兩句，既寫出群情的憤不可抑，亦對國際强權進行鞭撻，為下片鋪墊。

下片健筆聚焦，直書五四本事。「古城怒號風雷疾，伸張公理群情激」兩句，指古都北京群情洶湧，於五月四日，北京大學及其他大中學校的學生三千多人在天安門前集會並舉行示威遊行，提出「外爭國權，內除國賊」的口號，要求政府拒絕接受巴黎和會的決定，懲辦與接受「二十一條」及簽署「中日換文」有關的曹汝霖、陸宗輿、章宗祥等三人，以彰顯公理正義。「群情激」三字的反復詠歎，表達出國人政治覺醒、力爭權益的精神面貌。

（四）

接着的第四闋詞寫一九三一年的「九一八」事變。起句「戎機失，砲聲一響丟東北」，指出軍機失誤是東北淪陷的主因。「砲聲」才「一響」，東北瞬間即淪於日軍鐵蹄之下，這樣的寫法仿如影視藝術中的「蒙太奇」手法，避免對「事變」過程細碎的刻畫。「九一八」事變甫起，正在北平的東北軍主帥張學良不明日軍的戰志，錯估日本的野心，下令不予抵抗。翌日，日軍隨即進佔瀋陽城，並乘勢進侵遼寧、吉林、黑龍江，三數月中，輕易取得東三省。「丟東北」三字的反復詠歎，語帶惋惜之情。推究其源，皆因「將軍不戰」，致使「倭人輕得」，斷送了大好河山。這個「丟」字，具有切責之意，用詞直白而不失其歷史意蘊。

「九一八」後，直至一九三六年西安事變發生，當時國民政府中蔣介石主張「攘外必先安內」，加緊圍攻共產黨的根據地，而對日本入侵則採取忍讓的政策。詞的下片「中樞攘外無長策，欲先安內空貽敵」兩句，揭示日軍之所以步步進迫華北的深層原因。「空貽敵」三字，意謂國共內爭給予日本的可乘之機。此三個字的反復詠歎，益顯民族危機四伏。結句「中華民族，陸沉𡾟岌」，從大局出發，筆法凝重，發人深省，在民族危急存亡之秋，猶如對當權者的當頭棒喝。

（五）

第五闋詞寫「一二·九」學生運動。一九三三年三月，日軍進佔熱河，威脅華北，逼迫國民政府把河北省東部劃為非武裝區。隨後，日本又策動華北五省自治，於一九三五年嗾使漢奸殷汝耕成立「冀東防共自治政府」，企圖把華北也從中國分離出去。詞起句「東瀛逼，鯨吞東北侵華北」，一個「逼」字，加上前有「鯨吞」後續

「侵」，對日本的侵華野心揭露無遺，昭示日本軍國主義的「中國企圖」——先東北而華北而全中國。當時國民政府對日本採取的忍讓政策，導致北平各大中學校師生大規模的遊行，所謂「國人悲抑」，即指民心的悲憤難抑，一方面固然是對日本的侵略痛恨入骨，另一方面也是對國民政府先安內後攘外政策的不滿。

過片「書生投筆齊揮斥」句，下筆傳神，抒寫學生棄筆走上街頭，揮斥方遒，一個「齊」字，突出學生的步調一致。「一二・九」學生愛國運動喊出「打倒日本軍國主義」「反對華北自治」的口號，要求國共兩黨於國難當頭，停止內戰，一致抗日。「呼聲急」三字的反復詠歎，益顯群情的洶湧。從當日的時局看，再追蹤甲午戰爭以來日本的軍國主義行徑，國人的擔憂顯然並非過慮，國家命運，「存亡一髮」，已到了危急的關頭。當此之際，國共兩黨，捐棄前嫌，共禦外侮，「只爭朝夕」。

（六）

這組詞的最後一闋，寫「七七」抗戰，詞意沉雄，氣概豪邁。一九三七年七月七日，日軍藉口一名士兵失踪，要求進入宛平城搜尋被拒，當晚隨即突襲宛平城，砲轟盧溝橋，挑起「七七」事變。詞的起句突出一個「厄」字，表明形勢已到萬分緊急的狀態；於此形勢下，駐防當地的中國軍隊奮起還擊，拉開了全民族抗日戰爭的序幕。

「醒獅怒吼，古橋馳檄」，猶言中華民族有如甦醒的雄獅，被逼發出最後的吼聲，以盧溝橋事變為始點，正式向日「馳檄」，曉諭國人，抗擊日本帝國的不義侵略。此兩語即景取意，繪影繪聲地展現了這場血與火的民族保衛戰序幕。

「地無南北連方域，人無老幼同心力」兩句，是對蔣介石「廬山談話」內容的高度概括。事變後十日，即七月十七日，國民政府軍事委員會委員長蔣介石在廬山發表談話，向國人宣示：「如果戰端一開，那就是地無分南北，年無分老幼，無論何人，皆有守土抗戰之責任，皆應抱定犧牲一切之決心。」詞中「同心力」三字的反復詠歎，有加强呼籲的效果，更顯示炎黃子孫同氣連枝、矢志不移的決心。結尾兩句「堅持抗戰，攘除强敵」，斬釘截鐵，擲地有聲。

由中日甲午戰爭到中日全面戰爭前後五十年的歷史，說明國與國關係並非「我不犯人、人不犯我」，一個民族要立足於世界，固然應該具有「化干戈為玉帛」之心，但必要時也應該有「以其人之道還治其人之身」的準備。正是在這前提下，這六闋詞其情激亢，其思深邃，主題具有民族色調而又衝破了狹隘的民族主義，足以引發我們考察中日以至其他國際關係的後續問題。

新詩

如果

如果
　我是
　　初春的和風，
我要
　用那
　　溫柔的力量，
輕叩妳
　天國的芳扉……
如果

我是
　清秋的月華，
我要
　用那
　澄澈的光輝，
長映妳
　聖潔的嬌姿……
我要
　春日的風神，
載將
　我的一曲心聲，
去解讀
　心上人兒的情意。

我要
　秋節的月魂，
奉上
　我的一瓣心香，
去慰藉
　心上人兒的相思。

【品評】

《如果》是一首具有建築美和音樂美的愛情詩，句法勻稱，韻律流轉，讀來給人情思美、文辭美、聲韻美的感受。

詩分四節，字數相若。前二節為同一句式，各八行二十六字；後兩節同一句式，為六行各二十五字。詩歌在韻律上，具有輕柔跳躍的動感，而沒有「豆腐乾式」的呆板。如第一節「如果／我是／初春的和風」，在原作中分成三行，音節上更形分明，不應作一句式的語體文讀法，而應以跳躍式而帶停頓的語氣朗讀；又如「我要／用那／溫柔的力量／輕叩妳／天國的芳菲」，此五句分兩層意思，節奏上也要掌握得宜，才能讀出溫柔的詩意。同樣，第三節「我要／春日的風神／載將／我的一曲心聲／去解讀／心上人兒的情意」，句式亦似斷還連，其輕重緩疾的節奏處理，讀者需留意關鍵處，才能感受到詩意的傳神效果。

此詩在用字方面，具有文華逸麗的特色。詩中的「和風」「芳菲」「風神」「月魂」「心香」，引人遐思，故詩意雋永，用以寫「相思」主題，更具溫柔的力量。「月華」「澄澈」「光輝」「聖潔」的設色，亦為詩作增添幾許清逸之氣。詩題《如果》，本身就有一種不能確定的隱約美，語言圍繞「可能性」的猜度式想像，體現出用字遣詞的本色。

作者酷愛古典詩詞，側重古典詩詞的創作，所寫新詩明顯帶有五代詞——尤其是小令——的韻味，讀者當可以看出其「以古詞為新詩」的自覺追求。

在船頭

自從
　與伊
　　在船頭相逢，
伊人花容倩影，
長在夢中迴縈。
自從
　與伊
　　在船頭相識，
我只是盼望着，

明朝再見伊人。

自從
　與伊
　　在船頭相會，
天南地北傾談，
兩心似在貼近。

自從
　與伊
　　在船頭相期，
我只是思量着，
如何贏取芳心……

【品評】

《在船頭》是一首浪漫戀曲，寫詩中的「我」與一個女子在船頭邂逅，痴心暗許之情。

此詩和《如果》有異曲同工之妙。形式上具有建築美，共分四節，每節字數相同，句數相等，各五行二十一字，整齊勻美。在韻律上，具有輕柔跳躍的特色，讀來娓娓動人。

四個詩節雖然形式相若，卻巧用層遞手法，詩意步步深入。第一節以「相逢」興起，寫「我」對這位女子一見鍾情，為「伊人花容倩影」所動，從此魂牽夢繞，長留心中。第二節以「相識」為線，寫兩人交往，漸次深入，「我」望穿秋水，盼能「再見伊人」。接着以「相會」為線，漸入佳境，「天南地北」，無所不談。最後一節，以「相期」煞尾，感情昇華，女子心中亦泛起漣漪，雙方都以船行的週期為意，而「我」苦苦思量着「如何贏取芳心」。詩作至此，嘎然而止，其結果如何，則留予讀者想像的空間。

「船頭」這個場景，古往今來，本就意味着「相逢—相識—相會—相期」這短暫而淒美的主題，作者在此詩的立意上，應該是有所掂量的。

一句話

有一句話，
是我青春的花朵與詩。
從那年，
從那月，
深蘊在我心底。
在今日，
在今時，
我要向妳說出：
小蘋妹，
我愛妳！

妳那白雪般的清純，
妳那紅梅般的健美，
永生，
永世，
永遠是我生命的花朵與詩。

【品評】

《一句話》這首小詩，是一篇質樸的愛情心理告白，帶有一種年輕人初步接觸愛情的純粹、坦率。此詩不事任何雕琢、掩飾，直入人心。這一句話，是「青春的花朵與詩」，是「從那年，從那月」就萌發在心底的花朵、「深蘊在心底」的詩。藏在心中的這團火，「在今日，在今時」，不吐不快，對於一個青春煥發的年輕人來說，這股「蠻勁」無所懼怕，這種激情無法遮掩，這份真誠無所避忌。於是，衝口一句：「小蘋妹，我愛妳！」在兩個年輕兒女的愛情世界裏，詩人的直白，反而顯得純真。末句「永生，永世，永遠是我生命的花朵與詩」，海枯石爛，海誓山盟，告白式的語言，讀來有幾分肖似漢樂府民歌「我欲與君相知，長命無絕衰。山無棱……天地合，乃敢與君絕」（《上邪》）的堅貞。

傳統的文人愛情詩，講求柔情似水，含蓄委婉，而此詩換一種表現手法，用饒有民歌風的直言告白，別是一格，亦別有一種感染力，能深深叩動讀者的心弦，引發共鳴。

旅　思

花朝月夕，
我獨憑綺窗凝望……
啊——
心中的人兒，
妳在何方？
在故里，
在夢鄉。

請案上的彩箋啊，
將天涯孤客的心意載上！

【品評】

《旅思》是一紮富有真情實感的遊子書信。詩的起句「花朝月夕，我獨憑綺窗凝望」，即直接傾訴對閨中戀人的想念之情。一個「凝」字，形象地表現出作者這種想念的深沉。接下一句「心中的人兒，妳在何方？」的設問——明知故問——把心中的牽念直接鑄於筆下。然後自問自答，「在故里」三字為實寫，「在夢鄉」則為虛寫，因為對戀人的思念可望而不可即，難以排解，所以唯能在夢裏相會。這兩句虛實相生，深化了「旅思」的主旨。最後兩句，運用呼告的辭格，寄意「案上的彩箋」，「將天涯孤旅的心意載上！」聊解自己思念之苦，亦期能慰藉戀人的盼望之殷。

就表現手法而言，這首小詩除了運用設問、借喻、呼告等修辭格外，還有一個顯著的特色，就是句法之靈活轉換。全詩短短數句，而且多為短語，卻四種基本句式齊備紛呈：開首「花朝月夕」句，是為直述；「啊——」以下數語，乃問句與感歎交融；最後「請案上」句，則是祈使。藉着這種句法的流轉，使得詩的內在旋律婉曲有致，從中亦可見出作者語言技巧之純熟。

緣

我跟妳，初相見，
心中驚覺：
疑是，
「天上掉下林妹妹」①！
妳與我，初相問，
朱唇輕啟：
嬌滴，
「琵琶弦上黃鶯語」②。

我共妳，初相約，
柳徑桃蹊——
後園，
「花明月暗飛輕霧」③……

【注釋】

①「天上」句：電影《紅樓夢》（徐進編劇，徐玉蘭、王文娟分飾寶玉、黛玉。一九六二年上映）唱詞：「天上掉下個林妹妹，似一朵青雲剛出岫。」

②「琵琶」句：五代韋莊《菩薩蠻》：「琵琶金翠羽，弦上黃鶯語。」

③「花明」句：五代李煜《菩薩蠻》：「花明月暗飛輕霧，今宵好向郎邊去。」

【品評】

《緣》是一曲優美的戀歌，其建築美、情思美、語言美，是詩人典雅文華的風格在新詩創作中的展現。

全詩分為三節。每節結構勻稱，各節句式相若，句數字數等同，而詩意則逐層遞進，不斷昇華。第一節寫「初相見」。詩人的「驚覺」，道明這只是偶然的相逢，而「疑是」「天上掉下林妹妹」，藉「林妹妹（黛玉）」這一人所熟知的文學形象，凸顯這女子的嬌姿絕色。第二節寫「初相問」。相見不等如相識。詩中巧妙地換一個主詞，將「我跟妳」變成「妳與我」，因女子的主動問候，互相交談而使相見的偶然具有相識的必然。「琵琶弦上黃鶯語」，則進一步狀寫這女子的嬌哆可人。第三節寫「初相約」。相識不等如相知。「我共妳」，雙方的約會，是由相識到相知，是詩境的轉進，是感情的昇華。雙雙相約來到「花明月暗」的「後園」，環境氛圍是如此的迷人，辭章卻嘎然而止，讓餘音漫隨「輕霧」飛迴，留給讀者遐思的空間。

此詩寫來情美語麗，情緣的漣漪隨着詩語的旋律泛起，仿似宋詞的自度曲，饒有古典韻味，是可以吟唱的。而詩中「點睛」之處，嵌入前人佳句而妙合天然，貼切傳神，別是一種格調。第一節「天上」句，藉電影《紅樓夢》賈寶玉初見林黛玉時的驚喜之狀，不僅是「驚艷」，而且隱含着「似曾相識」的情緣。第二節「琵琶」之句，縮略韋莊《菩薩蠻》一詞中的名句，喻指女子聲音的甜美，語言的動人。第三節「花明月暗」之句，引用李後主《菩薩蠻》的開首語，營造氣氛，使約會的場景帶有一種朦朧美，引人浮想聯翩。

對聯

廟宇靈氣

雙髻寺聯（八副）

九仙天門①

其一

九仙在上，登門心脱俗；
雙髻騰空，臨境性通靈。

其二

三教同光傳北晉②；
千秋靈顯溯南齊③。

白水巖寺④

其一

白水如煙連南海；
青峰似髻接西天。

其二

居幽佔勝，八閩⑤一寺；
近道傍儒⑥，三教同山。

其三

寶刹重光由造化；
金身再現乃因緣。

其四

西天正果傳香火；
東土名山蔚佛光。

其五

彌陀一聲心自在；
釋迦三拜氣和平。

其六

禪門清靜，皈依能養性；
佛理精微，參悟可修心。

【注釋】

①九仙天門：九仙，即何氏九仙，亦稱九鯉仙。相傳何氏九仙為九兄弟，西漢時人，生於官家；後離家修行得道，於九鯉湖乘湖中九尾鯉魚羽化登仙。九仙降靈於泉州府北郊之雙髻山；南朝蕭齊時於「絕頂雲霄」的巖崖上建造巖觀供奉，是為「雙髻寺」之由來。因其主祀何氏九仙，故亦名「仙公寺」，而雙髻山又別稱「仙公山」。九仙天門，即山門，在寺之西面；山門原簡陋無名，一九九〇年代初新建牌坊式門面時，因作者所題楹聯並加上「九天仙門」橫額而得名。

②北晉：晉江縣北部，亦稱晉北、泉晉北。雙髻山原屬晉江縣地域，晉江縣則隸泉州府。

③南齊：南北朝之南朝蕭氏政權（四七八至五〇二）。

④白水巖寺：始建於五代十國時期的閩（九〇九至九四五），是一座佛教巖寺，主祀釋迦、藥師、彌陀三世尊佛像，供奉觀音、彌勒、文殊、普賢菩薩。年代久遠，幾經修繕，一九九〇年代初加以擴建。

⑤八閩：福建省的別稱。福建古為閩地，宋時分為八州（南宋稱「府」），元代分

為八路，故有八閩的稱號。

⑥近道傍儒：雙髻寺初始性屬道觀（編按：道教廟宇通稱「觀」而不稱「寺」，唯雙髻寺稱「寺」而不稱「觀」），五代時儒家與佛家又相繼在此興建儒教巖廟「朝天閣」與佛教巖寺「白水巖」。唯道教為本土宗教，儒教屬傳統信仰，而佛教為外來宗教，與道教、儒教和光，故曰「近道傍儒」。

【品評】

這一組《雙髻寺聯》凡八副，作於一九九〇年代初。時泉州市馬甲鎮政府重新修整及擴建雙髻寺，主要工程為新建牌坊式山門與擴建白水巖寺，特通過華僑大學副校長杜成金邀請作者題撰，由書家王乃欽法書，巧匠勒石。八副可分為兩部分，前兩副鐫刻於山門牌坊，包覽全寺，後六副則專用於白水巖寺楹柱。

（一）

雙髻寺座落於歷史文化名城泉州北門外六十里的雙髻山上——雙髻，狀其山勢雄奇靈秀，雙峰並峙，遠望猶如古典美人之雙髻——因山為名；又因山寺源自道教，奉祀何氏九仙，故亦名「仙公寺」。雙髻寺歷史悠久，香火鼎盛，素有「八閩名勝無雙境，絕頂蓬萊顯九仙」之美譽。

「九仙在上，登門心脫俗；雙髻騰空，臨境性通靈」一聯，在聯格中可視為「逸品」。此聯鐫於山門正門柱石，極為傳神。從構句上，九字格的聯語比五字或七字都要容易寫出氣格；從思想上，此聯充份表現出宗教的折光；從語感上，此聯實中帶華，對仗工整，運轉流暢，渾然天成；從藝術境界上，此聯配上匾額「九仙天門」，能帶人跨越凡塵，意念上超脫幾度空間。

「三教同光傳北晉，千秋靈顯溯南齊」作為拱門邊柱聯，具有豐富的歷史文化內涵。道、釋、儒「三教同光」，為中華文化有容乃大的特色之一，上聯立意正體現雙髻寺這一特色；「千秋靈顯」，則是直溯南朝蕭齊，謂其源遠流長，同時凸顯寺之本源是道教。兩副聯語涵蘊豐富，相輔相成，相得益彰。

（二）

白水巖寺是雙髻寺的「寺中寺」，乃一個著名的佛教寺。這六副對聯中，以思想性和聯想力獨擅勝場。

其一「白水如煙連南海；青峰似髻接西天」，寫白水巖寺之佛性，毗連南海觀音；雙髻山之靈氣，遠接西天佛國。其所營造的佛境寬廣無邊，構思奇妙。（此聯出句第六音位本應是仄聲，此為平聲。因「南海」乃專名詞，又「南」為陽平聲，對句第六字西天的「西」為陰平聲，陰平與陽平相對，聲韻效果仍佳，故予以寬鬆處理。）

其二「居幽佔勝，八閩一寺；近道傍儒，三教同山」，音步為四四，讀來鏗鏘有力，且語意高度概括，為「八閩一寺」定音。此聯一出，「寺因聯而名」，前來朝拜者更加絡繹不絕。特別值得一提的是，此聯體現了作者運思之嚴密：上聯中「八閩一寺」，將雙髻寺的靈光昇華至新的亮點；下聯中「近道傍儒」則擺正了白水巖寺的位置，表明它是「寺中寺」，恰如其分。

其三「寶剎重光由造化；金身再現乃因緣」，點出白水巖寺擴建的本事，且富有哲思，「造化」與「因緣」，均為佛家語，深合佛意三昧。

其四「西天正果傳香火；東土名山蔚佛光」，可稱工對，且空間的跨度為此聯的「大器」奠下基調。

其五「彌陀一聲心自在；釋迦三拜氣和平」，娓娓道來，饒有佛味。（此聯出句和對句第二字皆為平聲，本應避免，但因「彌陀」和「釋迦」專有的詞義，故予保留，可視為「黏字格」的特例處理。）接着第六聯自然而然地寫到「禪門清靜，皈依能養性；佛理精微，參悟可修心」的涅槃，恰切地表達出善信朝佛的真諦。

此組對聯可視為「神品」。筆者以為，聯語雖然只有兩句，佳作就是要超乎文字之外，即使是一般以實用功能為主的作品，也是應儘量拓展美學意境和思想境界的。

天壇大佛①開光

寶嶼②降靈光，祥雲紫氣垂寰宇；
香江浮法相，慧性慈心渡眾生。

【注釋】

①天壇大佛：釋迦牟尼佛像，座落於香港大嶼山寶蓮寺山門前的木魚峰。佛像高二十六點四米，連同蓮花座及基座總高三十四米。一九九〇年動工興造，歷三年始成，為當時世界上最高大的戶外青銅座佛。因其基座設計參考北京天壇祈年殿的地基形貌，故名「天壇大佛」。

②寶嶼：指大嶼山島。大嶼山島位於香港島西南面，為香港地區最大的島嶼，約比香港島大一倍。

【品評】

此聯題於一九九三年十二月二十九日天壇大佛正式開光之時，「佛味」濃鬱，境界開闊，具有「佛海無邊、慈航遠濟」的深意。天壇大佛矗立於香港地區大嶼山寶蓮寺山門前的木魚峰，為當時全球最大的釋迦牟尼塑像。上聯從大處着墨，「祥雲紫氣垂寰宇」，虛寫而實不虛，筆力凝練，其覆蓋面廣漠而邈遠。下聯「慧性慈心渡眾生」，擷取佛學的精粹，大而化之，指出其一切皆為普渡眾生而來。此聯以「大手筆」寫「大思想」，遣詞構對上本身就靈光閃閃，讀者需以心讀之悟之。

鳳棲宗祠（二副）

其一　龍飛鳳舞

龍駐①龍飛龍獻瑞；

鳳棲②鳳舞鳳呈祥。

其二　將相一脈

瀛洲③浩氣，蔚千秋譜牒；

武庫④雄風，開萬世宗支。

【注釋】

①龍駐：龍，指宗祠的後靠山龍雲寨。龍駐，意即龍雲寨內有蛟龍居止的佳兆。

②鳳棲：地名，即鳳棲坑，為作者故里傳統的稱謂。

③瀛洲：原為神話傳說中的海上仙山，此指唐初太宗李世民為秦王時在其府第所設置的文學館。文學館乃世民延攬人才之所，時人稱入館任學士為「登瀛洲」，有如登上仙境，尊榮無比，是以文學館有「小瀛洲」之譽。貞觀名相杜如晦居文學館十八學士之首。杜氏宗譜追溯宗支繁衍，稱為「瀛洲衍派」。

④武庫：指杜預。杜預為西晉名將，軍事家、兵器學家，時號「杜武庫」。因而杜氏族望從杜如晦再溯至杜預，則以「武庫居源」。

【品評】

宗祠聯一般以追溯宗族淵源、光耀門楣為主線。此兩聯循此創作思路而來，而有其特色。

首聯「龍駐龍飛龍獻瑞；鳳棲鳳舞鳳呈祥」，因宗社本名「鳳棲坑」及祠堂背依「龍雲寨」的啟思，寫法上別出心裁，以橫額「龍飛鳳舞」興起全聯，而以「鳳」和「龍」兩兩對舉，貫穿上下聯一、三、五音位，間以動詞「駐」與「棲」，「飛」與「舞」，「獻」與「呈」的精工配搭，故特具迴環往復之美、靈動之感。聯格屬於巧對，可稱「妙品」。

次聯寫來甚具氣勢，追源溯流，兼具史識。初唐小瀛洲十八學士中的貞觀名相杜如晦，與號稱「武庫」的晉朝一代名將杜預，皆是赫赫有名的歷史人物，青史流芳，其「浩氣」「雄風」，「蔚千秋譜牒」，「開萬世宗支」，誠不為虛。「蔚」與「開」兩個單字動詞，語義昂揚，如同領字，使全句承接有度。橫額「將相一脈」則如小標題，凝練地表現出聯語的意思——「源居武庫，派衍瀛洲」。

第宅人文

宏興大廈（七副）

其一　大門門框

宏業生輝光甲第；
興龍①鍾秀毓英才。

其二　大門邊牆方柱

門前山水耀文彩；
園內②芝蘭增物華。

其三　上廳圓柱

華廈朝陽金煥彩；

高堂映月玉生光。

其四　後軒圓柱③

道德光輝昌杜府④；

文章浩氣壯瀛洲。

其五　下廳方柱

忠厚人家榮久遠；

書香門第品清高。

其六　東西廂方柱（一）

門含新月溪形秀；

背靠盤龍⑤山象奇。

其七　東西廂方柱（二）

觀音⑥瑞氣鍾南圃；

霞口⑦祥光蔚北堂。

【注釋】

①興龍：指龍雲寨，為大廈面堂南望的遠山。所謂「龍從雲，虎從風」，故稱「興龍」。

②園內：一指園苑之內，一指「園內家族」——作者五服內宗親的祖居稱「園內大廈」，而由此開枝散葉。

③後軒圓柱：閩南地區傳統家居大廈的結構，兼有「家祠」，大廳後軒前上方加

橫匾，橫匾下居中設置神主龕，供奉先人牌位（俗稱「公婆龕」），神主龕兩邊豎有圓柱。因其地位特殊，故此聯語立意以弘揚祖德宗光為宜。

④杜府：與下聯的「瀛洲」合為「杜府瀛洲」，乃杜氏宗譜中的熟語。源於唐代杜氏望族世居長安東南樊川與御宿川流經的區域，名為「杜曲」；又，貞觀名相杜如晦居唐初秦王府設置的文學館——「小瀛洲」——十八學士之首（參見「鳳棲宗祠」聯注③）。故有此稱號。

⑤盤龍：作者鄉里有一條大道，東西走向，貫穿兩邊諸多村落，稱為「龍脊」，而經過大廈背後，有小丘隆起，狀如玉龍盤踞，故稱。

⑥觀音：山名，為大廈東南方向的遠山。

⑦霞口：水名，兩邊青山對夾，為作者鄉里溪流出口的稱謂；出了霞口，則為另一鄉里。

【品評】

作者之梓里故居「宏興大厦」，座落於福建省泉州市北郊鳳棲坑，於一九七〇年代落成，為閩南僑鄉獨具風格的「皇宮式」建築。規模宏偉，美侖美奐；紅磚綠瓦，燕尾屋脊；鏡面牆則以紅磚砌成花紋為主調，顏色光鮮。其特色之一，是門窗框架與支柱（包括柱礎底座），均用紋理細膩的青石原料雕琢而成；而大門兩邊的長方石板與內部支柱，均依大廈的人文景觀，撰成聯語鐫刻其上，然後描成紅色。以上所錄各聯，即為作者所親撰親書。

此組對聯凡七副，以表現大廈座落方位、遠山近水風韻為表徵，貫穿家風傳承、光耀門楣的思想內涵。整體上寫作風格穩健，切合大廈聯應有的特質，從各個聯位的表述互參，可見出建築的佈局。聯中的動詞如「光」「毓」「耀」「增」「煥」「生」「昌」「壯」「鍾」「蔚」等字，是使聯語具有昂揚激厲氣格的關鍵。

大門門框正上方浮雕匾額鑲有「宏興大廈」名稱。其一「宏業生輝光甲第；興龍鍾秀毓英才」，乃以慣常的「鶴頂格」構對，嵌入「宏」「興」兩字。當中「興龍鍾秀」，意指大廈正南面對龍雲寨，山川靈秀之氣聚集。而「光甲第」「毓英才」，則寄寓家族人才輩出、門第生輝的期許。

其二為大門副聯。「門前山水耀文彩；園內芝蘭增物華」，則採用「鶴膝格」，以作者先父的諱名「耀增」藏於第五字。傳統習俗，家居大廈特重面堂風光。此聯立意在稱美大廈景觀，「耀」「增」兩字均用如動詞，在上下聯中分別具有「承」與「領」

的作用，使「山水文彩」與「芝蘭物華」富有動態之美。

接下五聯為大廈內部柱石的楹聯。

其三上廳圓柱聯，與大門正聯同居於大廈聯之主體地位。聯語「華廈朝陽金煥彩；高堂映月玉生光」，配以大楣匾（兩邊銜接大廳牆壁的長二丈三尺，寬一尺半的木板）正中橫額「日月交輝」，詞彩亮麗，熠熠生輝，屬對自然，音韻鏗鏘，凸顯大廈的陽光格調。

其四後軒圓柱聯「道德光輝昌杜府，文章浩氣壯瀛洲」，追溯家族衍派之「杜府瀛洲」，加上牌匾上方「光前裕後」的橫額，突出紹承祖德宗光的旨趣。此聯筆力雄健，寫來頗有氣格。

其五下廳方柱聯，與上廳、後軒二聯南北對向，而聯語「忠厚人家榮久遠，書香門第品清高」，與後軒一聯同屬傳統的寫法，在內容上則以「家風門楣」為宗旨，配上楣板正中「金聲玉振」的橫額，與後軒聯互相輝映：「忠厚人家」顯示「道德光輝」；「書香門第」涵養「文章浩氣」。此二聯相輔相成，相得益彰，均為傳統大廈聯的正格。

第六、第七東西廂方柱聯均就大廈週遭的山水風光取意。「門含新月溪形秀，背靠盤龍山象奇」，描繪大廈門前清溪與屋後小丘自然生成的狀貌，當中「靠」對「含」、「山象」對「溪形」、「奇」對「秀」，或動詞對、或名詞對，或形容詞對，運用得宜，構建出新月形溪流半抱家居與盤龍狀小丘庇護住宅的獨特意象。此為近水近山。「觀音瑞氣鍾南圃；霞口祥光蔚北堂」之「觀音」「霞口」，則為大廈東南方向的遠山遠水。此聯乃以文學表現手法，就山水名稱的特性生發出來，營造新居瑞祥的氛圍。

鯉景屋苑（二副）

其一

鯉躍龍門①，鱗甲生輝舒旭日；

景含維港，浪花煥彩映朝霞。

其二

園圍小閣②，春秋冬夏青三面；

臺對滄溟，風雨陰晴景一方。

【注釋】

①鯉躍龍門：自然景觀的意象。鯉景灣屋苑「逸字閣」與「觀字閣」向海單元的東北面遠處有鯉魚門，站在家居單元的露臺（陽臺）上望去，維多利亞港有如被鯉魚門鎖住，變成一泓平湖，清晨時分，一輪紅日彷似從鯉魚門升起，鱗光閃閃，彩霞交輝，故以此狀之。

②園圍小閣：指屋苑東面為「愛秩序灣公園」，西面為濱海長廊式的「鰂魚涌公園」，南面則為屋苑內園與兒童娛樂場。

【品評】

鯉景灣屋苑，座落於香港島東區維多利亞港之畔。作者購置一向海單元作為家居。儘管居室不盈千呎，「小天地」有限；但三面園景一面海，「大環境」極佳，卻是無價的。此兩聯即為其形象寫照。

首聯以「鶴頂格」嵌入屋苑的名稱而境界闊大，想像奇特，突出「鯉景」之美。上聯以「鯉躍龍門」的妙想帶出旭日下「鱗甲生輝」的情態，此為虛寫；下聯「景含維港」為實寫，「浪花煥彩」，與朝霞相映成趣，充滿視覺美感。而上下聯第二音位之單音節動詞「躍」「含」，與第九音位之「舒」「映」，用得極為精當，使這種視覺美感充滿動態之美。

第二聯突出「園臺」之美的小景，以小見大。作者以「園圍小閣，春秋冬夏青三面；臺對滄溟，風雨陰晴景一方」，寫出春夏秋冬，小閣皆為四季長青的三面公園圍繞，綠意盎然；而閣上露臺，面對藍天碧海，雨晴變化，各有情趣，堪稱一方佳景，令人賞心悅目。全聯對仗工巧自然，當中尤以表示天候的短語「風雨陰晴」對表示時令的「春秋冬夏」，信手拈來，恰到好處。

此兩聯用字遣詞，清雅流麗，立意構圖，具有美學意境，家居屋苑的景觀特色盡在其中。

世明①新居

世居勝景銜香島；
明閣堂皇譽港灣②。

【注釋】

①世明：作者的朋友，賴氏，香港企業家。
②譽港灣：即「譽・港灣」，九龍區屋苑名，面對維多利亞港，包覽香港島。

【品評】

此聯為作者應友人賴世明先生之請，撰書裝裱懸掛於其譽・港灣屋苑新居的廳堂上。上聯寫位於九龍區的新居，坐北向南，可縱覽香港島風光；下聯讚其新居富麗堂皇，享譽港九。聯語除了用「鶴頂格」嵌入「世明」名字外，還有一個顯著的特色，即既帶出屋苑名「礐·港灣」，又活用「礐」字為動詞，與上聯第五字「銜」字構成單音節動詞對，分別具有承上領下的作用。

潁川傳芳①

筆架②風華鍾地秀；

墨池③靈氣起人文。

【注釋】

①潁川傳芳：賴氏族譜追溯其始祖為叔潁公，西周初封於潁川（潁水）流域之潁陰一帶（今河南省許昌市境），謂賴氏宗支為叔潁公所繁衍，源居潁川。傳統的家居第宅，大門框上方的匾額多是敘明宗族衍派的譜系。

②筆架：山名，因其峰巒起伏狀如筆架，故稱。
③墨池：《後漢書·張芝傳》注引王愔《文志》曰：張芝「尤好草書……臨池學書，水為之黑。」北宋曾鞏《墨池記》云：「（王）羲之嘗慕張芝，臨池學書，池水盡黑。」

【品評】

此聯乃作者為友人田園新居所撰的大門聯。從其匾額「潁川傳芳」即可推知新居主人姓「賴」。這類對聯的題撰必須對村居的山水環境有所了解，而能帶出其蘊含的佳兆。此聯的特色在於就大門前方遠山之名「筆架」立意，而發揮創意思維，由近處田園中的一方池塘，聯想「草聖」張芝與「書聖」王羲之臨池學書的千古佳話，將這方池塘譬之為「墨池」，與「筆架」對應，虛實相生，構成妙對，使全聯「文氣」濃鬱，屬對工巧，自然而然地帶出新居「鍾地秀」「起人文」的好意頭。

本家自況

自我解嘲（三副）

其一

筆下春秋史；
胸中錦繡文。

其二

振筆弘文教；
醉心匡學風。

其三

振鐸①躬行，為學兼通文史哲；
醉鄉獨醒②，處身雜有社資封。

【注釋】

①振鐸：鐸，大鈴之類的古樂器。振鐸，古代鳴鈴以教化民眾。《周禮・夏官・大司馬》：「司馬振鐸，羣吏作旗。」後多用來指從事教職。

②醉鄉獨醒：《楚辭・漁父》：「眾人皆醉我獨醒。」

【品評】

作者大學畢業後，在內地執教十年，再赴港定居，持續在大專院校兼任教職及參與中華文化研究工作，而主要時間與精力則集中於香港中小學及大學預科教科書的編著，凡三十年有奇。三十年來，以其「大道正行」的為人、「實中帶華」的文筆，為莘莘學子提供文史諸科數十種逾二百冊的學習資源，敦品勵學。

首聯「筆下春秋史；胸中錦繡文」是其為史為文歷程的寫照，寓意一手以春秋筆法纂史，一手以典雅文華的風格為文。次聯以「鶴頂格」出之，用自己的名字「振醉」藏頭，言其以弘揚文教、匡正學風為己任，嵌字精巧，契合其起名原意：「人醉我醒」。

第三聯雖名曰「自嘲」，實乃其為學處世的總結。「振鐸躬行」，意指自己一直從事與文教有關的工作，與第二聯互相呼應；「醉鄉獨醒」，則指自己雖移居香港，處身與內地制度不同的社會，但心清神定，一直保持着文化人的氣格。「兼通文史哲」與「雜有社資封」，前者是說自己主修文學，而兼治史學與哲學，力求諸科融匯貫通，學以致用；後者字面上是自識思想龐雜，實際上是說自己持開放的態度，對社會主義、資本主義、封建主義等不同社會思想合理的成份，都擇善而從，予以借鏡——這也是「為學兼通文史哲」的最佳詮釋。此聯含蘊豐富，用語精審，構句獨特，堪稱「巧對」。

兒孫寄望（四副）

其一　二男若鴻

法律學士，文學碩士，哲學博士，學格三升，海濶天空情何若；
杜家秀才，中華英才，世華專才，華章①疊出，金聲玉振志更鴻。

其二　幼子三鴻

皇仁拔萃，百中一二誠非易；
港大擇優，七載尋常②應可期。

其三　長孫女春韻

春苗茁壯，本唐山血脈；
韻味悠長，添杜府書香。

其四　長孫男俊威

眉含英氣，佇看長大成才俊；
目帶性靈，喜望紹承振武威③。

【注釋】

①華章：這裏主要指《柳永及其詞之論衡》（浙江大學出版社，二〇〇四年十二月第一版）、《中華文化承傳》（全三冊，北京大學出版社，二〇〇七年四月第一版）與《若鴻的詩》（暨南大學出版社，二〇〇八年六月第一版）。

②尋常：平常。又，古代的長度單位，八尺為「尋」，倍尋為「常」。杜甫《曲江

二首》（其二）：「酒債尋常行處有，人生七十古來稀。」

③振武威：作者一輩及兒、孫的字輩。

【品評】

此組對聯在立意上以兒孫輩的學業進益為主旨，寓有深情，並寄予厚望。作法上則以嵌字格為特色。除第二聯外，其一、其四皆為「鳳尾格」，其三為「鶴頂格」，嵌入名字。

各聯在構句上，皆為分句聯，字數較多，尤其是第一聯，難度較高。作者自題有誌：「喜二男若鴻獲香港大學拔萃攻讀博士學位，嘉其以世界一流漢學家之宏願期許，年方而立，已有兩部學術專著問世，佳評如潮，信願景非遙。」此聯可視為特格，採取間隔反復的修辭手法，運用「學」字、「士」字和「才」字、「華」字。語意上則層遞推進，上聯表出學格的升進，下聯意指其學術研究與文學創作的初步成就。上下聯互相映襯，意思顯豁。

第二聯寫於作者幼子三鴻小學升中時。作者原有「自注」曰：「幼男獲皇仁書院中一自行配位甄選取錄，舉家慶幸，欣然題誌。」上聯「皇仁拔萃，百中一二誠非易」，是為寫實。香港學子小學升中依教育當局「學位分配辦法」，主要是按校區統一派位，同時亦給各中學少量的跨區自行甄選名額。作為香港中學第一名校的皇仁書院，這有限的名額自然成為學生家長心儀的對象。一九九六年這一屆，皇仁的名額為十個；當時報名者達六百個，大都是本港小學出類拔萃的應屆畢業生。聯語中的「百中一二」，所指即此（按：未被取錄者照樣可參與統一派位）。下聯「港大擇優，七載尋常應可期」，是為願景。一般人認為，小學畢業得以升讀皇仁書院的學子，則有望將來考上大學，甚或是名列前茅的香港大學。聯語中的「應可期」，其意即此。當中「應」字，用得極有分寸，表示這只是一種可能，並非必然——至於七年（當時香港中學的學制有一種為「三二二制」，即初中三年、高中兩年、預科兩年）後作者幼子果然考入港大商學院，這是後話。此聯內涵甚為豐富，寫法上亦頗有特色。尤其是以香港中學與大學的首間名校構對，上下聯自然成為兩個不同層次，乃學子進德修業的兩級臺階。再者，上聯中「百中一二」連用三個數字，下聯要營構數字對有一定難度。作者巧妙地藉「尋常」這一古代表示長度倍數的字詞與「一二」應對，別具機杼。

第三聯寫於作者長孫女小學畢業之時。有誌曰：「喜題小孫女春韻小學畢業獲品學優異獎。」作者長孫女出生於菲律賓甲萬那端市，從幼稚園初級班開始，至小學畢業，每學年皆以全級成績第一獲得獎勵，並在六年級時代表學校參加全市小學聯校數學比賽奪冠。上聯「春苗茁壯，本唐山血脈」，一個「本」字，點明其僑裔的背景。下聯「韻味悠長，添杜府書香」，構對精妙，意蘊深厚，一個「添」字，顯示作者對小孫女不愧為家族書香一脈的欣慰之情。

第四聯乃二〇〇五年作者長孫男出生四個月前往菲律賓看望時寫下的，自題有誌云：「見小孫兒俊威襁褓之中，面如滿月，目曜星輝，英偉可愛，喜題。」此聯乃為即興寄望之語。小俊威如今已是小學五年級學生，聰穎靈巧，從幼稚園至今，同高他三屆的姐姐春韻一樣，學習成績一直保持全級第一，新近（二〇一五年六月）更獲得「菲律賓中國大使教育基金獎」。此聯除以「鳳尾格」嵌上「俊威」的中文名字外，還兼採「碎錦格」，攛入「成」「振」「武」「威」等四字，乃為作者父、己、兒、孫的字輩，寄寓了發揚光大父祖家聲族望之意。

書刊款識

中華文化世紀工程

經世華章，有序擷英，四部工程成一系；
普天價值，無聲潤物，十年功果著千秋。

【品評】

中華文化博大精深，是世界上最悠久的文化體系之一，對人類文明的進展曾經產生過深遠的影響。近百年來，關於中華文化的過去、現在與未來的探討，成為學術界一個關注的熱點。海內外的「中華文化熱」方興未艾，各種不同的觀點、理論和主張，重新審視中華文化在世界文化格局中的位置，蔚然成風。

廿一世紀之初的十年，作者與海內外數十學者一起擔任香港大學中華文化研究計劃顧問，並在實務上與計劃的核心人員通力合作，共同選題立項，釐訂研編方向，以及負責全書的編審工作。該中華文化計劃的研究成果，由施仲謀、杜若鴻、鄔翠文等執筆，先後撰成四部著作，包括《中華文化承傳》（全三冊）、《中華文化擷英》（全二冊）、《中華經典導讀》（全三冊）、《中華經典啓蒙》（全二冊）共十冊，均由北京大學出版社出版發行，而以「中華文化世紀工程」立項。此聯題以誌之。

上聯實寫其事，道出這四部作品經世致用的研編方針，每部作品皆依中華文化發展的進程擷取其精粹，文章內容，含英咀華。一向以來，文化研究側重於學術層面，不太重視普及化，坊間的一般文化書籍，隨意性又太強，如何統合學術性和普及性，建構一個深淺得宜的內容框架，亟待開拓。這四部研究著作在參照大量古今文獻的基礎上，進行了中肯、深入而全面的探討，博觀約取，內容豐富，學術性與普及性兼具，中肯的觀點和鮮明的時代感貫穿全書，合成一完整體系。

「中華文化世紀工程」立足香港，推向海內外的中小學以至大學的教育，影響廣泛而深遠。可以說，這是五四以來，中國文化從學術研究進展到普及層面的里程碑式飛躍。下聯詠寫這「世紀工程」的「普世價值」，期許能起到「無聲潤物」的效應，傳承並弘揚優秀的中華文化，振興中華。

太史公書（二副）

其一

史筆傳真，不隱不虛①真良史；
文章紀實，留聲留影實美文。

其二

紀傳②開山成絶唱；
文章華國賦離騷。

【注釋】

①不隱不虛：東漢史家班固讚美《史記》曰：「其文直，其事核，不虛美，不隱惡，故謂之實錄。（《漢書·太史公傳贊》）」

②紀傳：即「紀傳體通史」，史籍體例之一，為司馬遷所首創。

【品評】

此二聯為作者品題自家所珍藏的《大史公書》（《史記》原名），一見諸「扉頁」，一見諸「封三」。

曾見作者在評讚史學著作時有言：「《史記》是史學與文學雙璧。」（《中國史綱》）第一聯上下首尾皆着一「史」字、一「文」字，即寓此意。而上下聯之第四、第九音位「真」、「實」二字間隔反復，則凸顯了《史記》意賅文直、不虛不隱的特質。全聯用字精審，對仗妙合自然，堪稱「工對」。

第二聯「紀傳開山成絕唱；文章華國賦離騷」，盛讚司馬遷首創「紀傳體通史」體制之輝煌成就，以及史筆之文學美，為國學之文藝天空增添風華，與第一聯前後呼應，相輔相成。魯迅先生曾稱美《史記》是「史家之絕唱，無韻之《離騷》」（《漢文學史綱要》）。聯語中援用魯迅之評讚，信手拈來，不着痕跡。

朱文公文集

五子①開風，衍派周程②，一代鴻儒光道學③；

四書集注，直承孔孟，三朝④秀士盡門生。

【注釋】

①五子：周敦頤、邵雍、張載與二程（程顥、程頤兄弟），史稱北宋理學「五子」。

②衍派周程：周程，即周敦頤與二程兄弟。二程少時曾受學於周；朱熹為二程的四傳弟子。

③道學：即理學。兩宋理學直承孔孟之道，是一種講求義理心性的新儒學，故亦

稱「道學」。

④三朝：指元、明、清三個朝代。

【品評】

《朱文公文集》一聯，上聯寫北宋五子轉移治經方法，為理學開山；朱熹繼承並發展了「二程」學說，匯通並弘揚各家思想，集理學之大成。下聯寫朱熹著述直承孔孟之道，其《四書章句集注》等成為儒家新經典；「朱子學」在元、明、清時期被奉為國學正宗，是科舉取士的思想主導。「三朝秀士盡門生」，即是說元代以降，朱熹的《四書章句集注》被奉為科舉考試的圭臬，為士子所必讀，應試答卷必須以此為依據，是以三朝士子皆間接成為朱熹的「門生」。

此聯立意高遠，甚具氣格。形式上屬於長聯，作者精心鋪排，巧妙運用三組四字短語，以「四書集注」對「五子開風」，「直承孔孟」對「衍派周程」，「三朝秀士」對「一代鴻儒」，字字入題，語無虛發，而屬對通達自然。內容方面，涵蘊極豐，曲盡兩宋理學發端—承傳—集成的歷史脈絡，而上溯先秦孔孟源頭，下及元、明、清三代流風。此等品題，可見作者廣涉經史、才識並茂之一斑。

良朋酬贈

鶴年先生榮膺終身成就獎

業界精英，早歲宏基開異域；

儒商風範，終身成就譽中華。

【品評】

此聯是恭祝嘉里集團董事長郭鶴年先生榮膺「終身成就獎」的賀辭。作者以凝練的筆觸，恰如其分地總結郭先生的非凡成就。

上聯「業界精英，早歲宏基開異域」，高度概括了郭鶴年先生早年於大馬創下基業並不斷拓展的經歷。郭鶴年先生原籍福州，其父輩早於二十世紀初就陸續移居東南亞。他於一九二三年出生於馬來西亞的柔佛新山。從大馬創業時期（以一九四九年成立郭氏兄弟有限公司為標誌）、香港轉折時期（一九七四年成立香港嘉里貿易公司為標誌）、中國拓展時期（一九八四年簽署中國國際貿易中心協議為標誌），一直到目前以逾九旬的高齡，郭先生每天的商務日程仍是排得井井有條，重要大事無不親力親為。故能一步步建立起嘉里集團橫跨糖業、酒店、糧油、種植業（棕櫚和甘蔗）、地產、物流、船務、證券、傳媒等領域的商業版圖。

下聯「儒商風範，終身成就譽中華」，稱許其以儒家的傳統美德立身處世，既為業界鉅擘，又是一代儒商。郭先生的母親鄭格如女士，是一位虔誠的佛教徒，亦深受儒家思想的薰陶，待人以善，克己自律，嚴格的家庭教育對先生從小產生重大的影響。這是策勵他一生耿介自守、努力向前的鉅大動力。郭先生於緬懷親恩之餘，冀望將這種美好的精神傳承久遠，不僅本人在商務繁忙之餘，撥冗研習國學，而且相當注重兒孫輩的傳統道德教育。

除了在海內外學府捐獻之餘，郭先生還專門成立三個郭氏慈善基金，熱心於各類慈善服務，而從不留名。在商業上，他把商譽和信用看成重中之重，具有深邃的人文思想。緣於一顆愛國之心，二十世紀七十年代以來，他在中國和大馬之間發揮了重要的橋樑作用，促進兩國的政治經濟關係。亦緣於多層次的交往，使他能敏銳洞悉時局的變化，為商業王國定下具戰略眼光的發展方向。早在一九八五年，他就榮獲大馬企業界最高榮譽的「金塔獎」。二〇一二年，更榮膺中國經濟年度人物「終身成就獎」，在公眾心目中進一步確立其國際企業家的地位，為中華贏得崇高的國際聲譽。

友人甲子進元

南山松色，春秋呈一律；
東海濤聲，歲月譜重章。

【品評】

壽聯是楹聯中的重要類別。此聯乃作者友人六十誕辰的祝壽聯，既深合傳統的福壽文化之旨，又饒有新意而不入俗套。全聯從立題到聯語的營構，緊扣六十大壽，而非泛泛祈福祝壽之辭。

六十歲俗稱「花甲之年」，剛好是一個甲子的循環。聯題（橫額）「甲子進元」看似平夷，實含深意，即說人生又進入一個新的甲子循環，寄寓長命百歲的美好祝願。聯語表達「壽比南山」「福如東海」的傳統主題，行文上則另有展衍。「春秋呈一律」承接「南山松色」而來，以松柏四季長青象徵福壽安康；「歲月譜重章」呼應「東海濤聲」，以大海日日夜夜波濤洶湧象徵生命永葆活力。後兩分句皆為前面分句意思的推進。其中「色」對「聲」，「呈」對「譜」，「一律」對「重章」等，用字精審，構對流麗，全聯頗具文學意象之美。

本楠兄闔家術業之光

學林翹楚，夫妻雙璧雙博士；

會考狀元，驕子十科十優加。

【品評】

此聯是一段學界佳話，作者稱美其摯友張本楠教授夫婦及其兒子在術業上的殊榮。上聯「學林翹楚，夫妻雙璧雙博士」，寫張教授與夫人楊若薇教授均擁有雙博士學位：張教授執教於香港大學，先後獲頒北京師範大學哲學博士與英國萊斯特大學教育博士學位；楊教授執教於香港公開大學，亦先後獲授北京大學哲學博士與英國萊斯特大學教育博士學位。真可謂珠聯璧合，學林罕見。

下聯「會考狀元，驕子十科十優加」，則寫其兒子張首曈在二〇〇〇年的香港中學會考中十科全獲得「^{1}A」的特優成績。香港學制及統考制度改革前，即截至二〇一二年的中學會考，凡報考九科或十科的學子，成績全獲得A級（各科細分^{1}A與^{2}A，^{1}A為特優）者有「會考狀元」的稱譽，歷屆會考狀元通常有十來個，而全科獲得「^{1}A」的只是鳳毛鱗角。就讀於喇薩書院的張公子，則在應屆會考中唯一獲得十「^{1}A」的成績，鰲頭獨佔，聯語中的「十優加」即指此。

全聯純為寫實，在寫實中見真趣。而上下聯運用「雙」與「十」兩組數字對，亦甚是巧妙，凸顯了主旨。

編輯寄語

百家精粹憑通識；
一代人材賴啟知。

【品評】

此聯題為「編輯寄語」，乃作者對新進教科書編輯的勉勵之辭，亦是對一個編輯的期望。曾見作者在其「編輯培訓講義」中有這樣的話：「作為一個編輯，既要有專精的學養，又要有廣博的知識。相較而言，『廣博』比『專精』更為重要，上自天文地理，下至花鳥蟲魚，都要廣泛涉獵，都要知道一點。」此聯出句「百家精粹憑通識」，所指即此。對句「一代人材賴啟知」，承接上句之意，則是說，編入教科書的知識要精辟，要能舉一反三，觀點要持平，要能啟發思考，才能有益莘莘學子心智的發展。全聯語重心長，從中亦可見作者長期專注於教科書編著工作的職業精神。

仲謀兄榮陞港大文學院副院長

仲居翰苑，交遊寰宇鴻儒①，術業增風采，蜚聲學界；
謀獻新猷，廣被中華文化，教研樹豐碑，晉品鳳池②。

【注釋】

①鴻儒：唐代劉禹錫《陋室銘》：「談笑有鴻儒，往來無白丁」。
②鳳池：魏晉時中樞權力機構中書省別稱「鳳凰池」，亦作「鳳池」。後凡中書省機要職位，亦皆以此為美稱。南朝蕭齊謝朓《直中書省》：「茲言翔鳳池，鳴珮多清響。」

【品評】

此聯是作者恭祝其摯友施仲謀教授榮陞的賀詞。從一九九〇年代以來的二十年中，作者與施教授有諸多編研的合作項目，尤其是聯同杜若鴻等共力籌策並展開「中華文化世紀工程」的研究工作。

上聯「仲居翰苑，交遊寰宇鴻儒，術業增風采，蜚聲學界」，從友人的交遊着筆，稱賞其作為香港大學一位語言學者，與中外文化界名流廣泛交遊，聲名遠揚。下聯「謀獻新猷，廣被中華文化，教研樹豐碑，晉品鳳池」，則凸顯友人為弘揚國學做出貢獻。該研究計劃立項的本意在面向香港學校中華文化教育，而其效應則遠遠超出學界，獲得社會上的普遍認同與稱許，第一部合作成果《中華文化承傳》（全三冊，北京大學出版社，二〇〇七年四月第一版）甫面世，即獲國家出版總署推舉為「全國青少年優秀圖書」。在此期間，施教授因教研等方面的成績，亦由香港大學中文系（今名中文學院）漢語中心主任晉陞為文學院副院長。下聯最後一個分句「晉品鳳池」，活用典故，點明了賀詞之旨。

此聯乃以「鶴頂格」出之。從句式上看，屬於特格，寫作上有一定難度。而由於經營有度，故寫來氣格非凡。上聯每個分句韻腳為仄平仄仄，下聯為平仄平平，兩兩相對，避免了同聲落腳。語調上聲情揚厲，和賀聯的主調深相契合。

回贈女詩人蔡麗雙

詩見真情文自麗；
書明稟性品無雙。

【品評】

此聯作者原有「自注」，云：「詩人蔡麗雙，聞余之名而未見面，寄一嵌名聯相贈，聯語曰：『振邦歌裏崇高境界；醉月杯中博大乾坤。』余感其誠，作此聯回贈。時在二〇〇四年三月。」出句「詩見真情文自麗」，稱友人詩作抒寫真情，自然成為美文；對句「書明稟性品無雙」，讚許友人書法具有個性，自然風格獨特。聯語中帶有文藝評論之意味。全聯屬對工巧，如「詩」對「書」，「情」對「性」，皆極為相稱，尤以「鳳尾格」嵌入「麗雙」的芳名，並以「自麗」「無雙」構詞，了無痕跡，而顯示出其深意。

贈女生彰婧

霜月清輝彰麗質；
雪蓮倩影婧芳華。

【品評】

此聯作者有「自注」，曰：「一個週日，造訪友人。友人命其剛入讀中文大學的女兒出來相見，言她所就讀中學的《新理念中國歷史》課本是余主編的。余稱許這孩子長得很清秀，人如其名；友人欣喜之餘，要余以其芳名「彰婧」作一對聯。即此。」

「霜月清輝彰麗質；雪蓮倩影婧芳華」是一副唯美的對聯。以「霜月」和「雪蓮」比喻女子的蕙質蘭影，具有美學意蘊。「清輝」對「倩影」，「芳華」對「麗質」，「彰」意謂顯明，「婧」本意苗條美好，這裏形容詞作動詞用，與「彰」字同為第五音位領字，從而嵌入「彰婧」的芳名，亦即「鶴膝格」。

喜慶花絮

校慶賀辭（三副）

其一　泉州市馬甲中學

滿園桃李芳自遠；
四海精英門乃高。

其二　泉州市羅溪中學

八岫①鍾靈，立德樹仁標校範；
雙溪②蘊秀，毓才啓智振鄉風。

其三　香港皇仁書院

昌明教育千家事；

造就精英百載功。

【注釋】

①八岫：即八峰山，俗稱「八尖山」，為泉州市羅溪鎮的風景名山，因其山脈有八個峰巒逶迤崢嶸而得名。

②雙溪：指羅溪鎮境內的兩條主要溪流，即環西的前溪與環北的後溪。

【品評】

「校慶賀辭」三副對聯屬教育類的聯語。這一類賀聯，一般從敦品勵學方面落墨，或追溯其興學育才的校史。此組對聯即順此思路而作。

其一「滿園桃李芳自遠；四海精英門乃高」，為作者母校泉州市馬甲中學三十五週年華誕賀聯，作於一九九一年。此聯寓意母校作育英才，桃李滿天下，自是門楣生輝。這是對聯中傳統正格的寫法。

其二「八岫鍾靈，立德樹仁標校範；雙溪蘊秀，毓才啟智振鄉風」，乃泉州市羅溪中學建校五十週年慶典時，作者應該校陳德文校長之約而作，時在二〇〇七年。上下聯前四字的分句，描狀學校的自然環境，深得山川靈秀之氣；後七字的分句，分別從「立德」和「毓才」立意，稱美學校的校風與學風。全聯屬對工巧，含蘊豐富。

《香港皇仁書院》一聯，乃該校一百四十五周年（一八六二至二〇〇七）感賦。「昌明教育千家事；造就精英百載功」，極言皇仁書院作為香港地區的中學第一名校，其所牽動的教育事業廣涉千家萬戶，百多年來為香港造就無數人才，中流砥柱，其功至偉。此聯寫來頗有氣格。

迅捷教車學校

寧神致遠

迅學寧神，春夏秋冬恒在線；
捷安致遠，東西南北任奔馳。

【品評】

此聯乃作者為其侄兒劍鋒創辦的「迅捷教車學校」撰寫的校門楹聯，副題（横額）「寧神致遠」則為作者所立的「校訓」。聯語中兼用「鶴頂」及「鳶肩」「蜂腰」三種嵌字格：校名「迅捷」藏頭；校訓「寧靜致遠」嵌入上下聯之第三及第四音位。「教校」創辦以來，生員源源不絕，一批又一批學成從業，並延聘多位名教練，設立多間分校，生意昌隆，校譽遠揚，乃同業中的佼佼者。

鯉城僑聯①千禧慶典

半紀②歷程，一座豐碑，光耀邦僑傳美譽；
千禧慶典，萬方盛會，繁榮桑梓獻新猷。

【注釋】

①鯉城僑聯：全稱「泉州市鯉城區歸國華僑聯合會」。鯉城，原為泉州市的別稱。二十世紀末，因行政建制改變，原泉州市的舊區主要劃為鯉城區，原「泉州市歸國華僑聯合會」從而歸之。

②半紀：原「泉州市僑聯」成立於一九五〇年，「鯉城區僑聯」既承此而來，故至二〇〇〇年剛好是半個世紀。

【品評】

此聯乃「泉州市鯉城區歸國華僑聯合會」成立五十週年慶典的賀詞，作於二〇〇〇年。上聯稱頌鯉城僑聯半個世紀以來為服務僑胞及僑眷做出重大貢獻，蜚聲海內外；下聯緊承上聯之意，寄寓作者對鯉城區僑聯繼續為服務華僑作出新貢獻的期望與祝願。此聯在形制上屬於長聯，鋪張揚厲，含蘊豐厚，而且辭采亮麗，喜氣洋溢，深合賀聯之旨。而五十週年華誕，正逢千禧之年，上下聯第一分句以「半紀歷程」對「千禧慶典」，自然點題，頗見巧思。

文藝活動（二副）

其一　紅荔書畫展

紅葉無聲，點染江山秀色；
荔香有韻，弘揚藝術風華。

其二　貴陽杯頒獎禮

貴帛①鴻章，賦中華慶典；
陽春②氣韻，舒南國人文。

【注釋】

①帛：此指素絹，古代用以書寫文字。《呂氏春秋·情欲》：「功跡著乎竹帛，傳乎後世。」

②陽春：古代歌曲名，亦指高妙的文學作品。唐代岑參《奉和中書舍人賈至早朝大明宮》：「獨有鳳凰池上客，陽春一曲和皆難。」

【品評】

此兩聯均用「鶴頂格」，敘寫文藝活動，一狀書畫藝術，一狀詩文創作，頗具文學美感。

「紅葉無聲，點染江山秀色；荔香有韻，弘揚藝術風華」一聯，乃應友人之請，為「香港紅荔書畫會會員作品展」所作的賀聯。上聯寫紅荔書畫會展出作品的藝術感染力，為泛寫；下聯則實寫書畫會方家弘揚中華傳統藝術的貢獻。聯語以「紅」「荔」兩字藏頭，並由「紅荔」兩字生發出來，文辭典雅華麗，繪聲繪色，韻味悠揚，與書畫展之旨深相契合。

「貴帛鴻章，賦中華慶典；陽春氣韻，舒南國人文」一聯，乃「南國作家研究會國慶六十週年貴陽杯徵文大賽頒獎典禮」的賀詞。此聯以「貴」「陽」兩字藏頭，既敘明此次徵文大賽頒獎典禮的名義，又帶出頒獎典禮的地點。上下聯第五字以「賦」

對「舒」，分別具有承上領下的作用，而貫通全聯意思。「中華慶典」對「南國人文」，互文見義，寫出南國作家研究會的徵文大賽，其「鴻章」「氣韻」，為國慶六十週年增添風采。

新婚燕爾（四副）

其一　海星樂萌成婚

海誓山盟，喜結絲蘿新燕①樂；

星輝月朗，光生繡閣燭花萌②。

其二　志遠燕玲成婚

志尚青雲，比翼雙飛燕；

遠聲金曲③，和鳴一串玲。

其三　葉梁聯姻

紅葉題詩④，真情真意；
孟梁舉案⑤，如友如賓。

其四　喜結良緣

欣看淑女成新婦；
喜見才男已丈夫。

【注釋】

①新燕：即新婚燕爾。又，燕，同「宴」，新燕，亦兼新婚喜宴之意。
②燭花萌：即燭芯開花。傳統習俗，認為此乃佳兆。
③金曲：這裏特指詞牌名「金縷曲」；「金縷曲」亦名「賀新郎」，聯語中隱用其義。
④紅葉題詩：故事見諸唐代，有多種版本。其中范攄《雲溪友議·題紅怨》載：

唐宣宗時，舍人盧渥從御溝中拾得一片紅葉，上題一絕云：「流水何太急，宮中盡日閒；殷勤謝紅葉，好去到人間。」藏諸箱底。後來宣宗放出宮女擇配，不意題紅葉者竟歸於盧渥。成婚後，宮女在箱中發現紅葉，方知是姻緣巧合。

⑤孟梁舉案：《後漢書·梁鴻傳》：「（梁鴻）為人賃舂，每歸，妻（孟光）為具食，不敢於鴻前仰視，舉案齊眉。」後因稱孟光對梁鴻「舉案齊眉」是夫妻相敬相愛。

【品評】

新婚聯在日常生活中屢見不鮮。這一組對聯凡四副，除第四聯外，前三副皆採用「嵌字格」，而內容推陳出新，文辭典雅。

第一聯「海誓山盟，喜結絲蘿新燕樂；星輝月朗，光生繡閣燭花萌」，甚具美學情調。上句寫「情在兩心堅」，而帶有柔情繾綣；下句寫「洞房花燭夜」，而以星月交輝營造出浪漫格調。「海誓山盟」對「星輝月朗」，帶有象徵意義，寓意也有妙處。「新燕樂」與「燭花萌」切題應景，「燭花明」還有預示佳兆的含蘊。

第二聯「志尚青雲，比翼雙飛燕；遠聲金曲，和鳴一串鈴」，上聯明比翼雙飛、志尚高遠之義，下聯寓琴瑟和鳴、喜氣洋洋之意。當中「遠聲金曲」，則暗用典故，藉「賀新郎」的詞牌名，以示慶賀。

作者嘗戲言，上二聯皆為「命題作文」，乃遵友人——新郎新娘的父親之意，要嵌入兒女名字。是以聯語中採用「鶴頂」「鳳尾」之兼格，一併以新郎新娘的名字藏頭與藏尾。

第三聯「紅葉題詩，真情真意；孟梁舉案，如友如賓」，乃作者寫給女同事梁寶怡小姐于歸的賀聯（新郎姓葉名建勳），採用「燕頷格」，在第二字嵌入新郎新娘的姓氏。此聯的特色是上下句皆用典，上聯以「紅葉題詩」寓意「有情人終成眷屬」，下聯以梁鴻孟光「舉案齊眉」預祝其婚後相敬如賓。

婚聯以營造喜慶氣氛為尚，具有實用功能。第四聯「欣看淑女成新婦；喜見才男已丈夫」，是作者平素酬贈親友子女立室或于歸的賀辭。此聯以「欣看」（「看」在此讀平聲）、「喜見」表達慶賀之意，並以「才男」與「淑女」稱美「郎才女德」，而「淑女成新婦」與「才男已丈夫」，平白如話，貼切傳神，深合兒女婚姻之旨，亦宜於作為通用賀喜婚聯。

慎終追遠

風水聯（六副）

先父母

其一

耀禮春秋隆祀典；

增文世代紹書香。

其二

山高懷厚德；

水遠緬深恩。

【品評】

此兩聯乃作者敬撰於其先考妣塋墓的風水聯。

第一聯「耀禮春秋隆祀典；增文世代紹書香」，以「鶴頂格」嵌上其父「耀增」的名字。上聯以傳統儒教「祭之以禮」（《論語．為政第二》）立意，表達年年歲歲春秋二祭，以隆重的祭儀彰顯先人德性的孝思；下聯以「繼承遺志」立意，寄寓子孫世代傳承、文墨流芳的願景。

第二聯「山高懷厚德，水遠緬深恩」，以「山高」「水遠」與「厚德」「深恩」構對，化用「雲山蒼蒼，江水泱泱。先生之風，山高水長」（北宋范仲淹《嚴先生祠堂記》）的典故，稱揚先人德厚恩深，如山高，比水長，永誌難忘，深刻地表達出「慎終追遠」的宏旨。

先岳父母

其一

八岫鍾靈氣；

雙溪蔚瑞雲。

其二

仙城光祖德，

地脈裕孫謀。

【品評】

此兩聯是作者為其先岳父母塋墓敬撰的風水聯。

第一聯「八岫鍾靈氣；雙溪蔚瑞雲」，就其仙山的地緣取意。「八岫」即八峰山，為羅溪鎮風光秀麗的山脈；「雙溪」指前溪與後溪，為環繞羅溪鎮的兩條溪流。山水鍾靈獻瑞，標示塋園選址合宜，此乃風水寶地。第二聯與第一聯互相照應。上聯「仙城光祖德」，表明為先人在此營造「仙城」，能弘揚其功德；下聯「地脈裕孫謀」，統攝兩聯，意謂「仙城」既凝聚山水的「地脈」，自然能蔭庇兒孫。兩聯言近旨遠，相輔相成，深具傳統風水聯的本色。

李府君玉振

其一

玉成功德茂；
振拔子孫賢。

其二

儉德流芳遠；
勤功遺澤長。

【品評】

作者鄉親校友、美國普衡律師事務所大中華區主席李曙峰律師家君玉振老先生，於夏曆二〇〇八年九月初十日遊仙，仙城卜於泉州市郊皇積山，請作者代撰風水聯，叮囑聯語須取其父在生儉樸勤勞，含辛茹苦培養子女成材之旨。此二聯即依其意而成。首聯「玉成功德茂；振拔子孫賢」採用「鶴頂格」，以「玉振」的名字藏頭；而二聯皆突出先人勤儉美德，遺澤流芳，後昆「艱難困苦，玉汝於成」（語源北宋張載《正蒙·乾稱篇》）。

敬輓聯（四副）

內子黃氏

其一

心裏唯夫唯子，唯無私自己；

命中宜室宜家①，宜及眾親鄰。

其二

治德光妻範；

英華②亮母儀。

【注釋】

①宜室宜家：《詩經・周南・桃夭》：「之子于歸，宜其室家。」

②英華：《禮記・樂記》：「和順積中而英華發外。」

【品評】

此兩聯是作者哀輓妻子黃氏治英的淚語。首聯內涵豐厚，抒寫出杜夫人一生為丈夫、為子女、為家族以至親鄰，做了無私的貢獻。第二聯用「鶴頂格」，鑲嵌妻子的名字，稱許其懿範長存。兩副聯語，內容相輔相成。作者在寄託深切哀思之餘，高度概括出妻子無私奉獻的優秀品德，充分凸顯了一位傳統女性相夫教子、宜室宜家的賢妻良母儀範。

成金同學①

錦鯉雲山含碧色②；
香江霧水漲清波。

【注釋】

①成金：杜氏，與作者同鄉，亦為初中同居校友。畢業於北京大學電子系，後任華僑大學（校址在福建省泉州市）副校長，與作者交情甚篤。

②錦鯉：指泉州市。泉州，別稱鯉城。

【品評】

此聯是作者哀悼其同窗摯友、國立華僑大學副校長杜成金的輓聯。杜成金才識卓越，德高望重；對其英年早逝，作者極之悲傷。

輓聯主要以真情實感為上，這種對聯不假雕飾，能恰如其分表達出哀思即可，用字遣詞關鍵是要符合當時寫作的心境，文學表現手法倒是第二位的。如前面「輓內子」兩聯，語從心中流出，哀輓之切不言而喻。當然，亦可以文學色彩較濃的筆法為之。如此聯「錦鯉雲山含碧色；香江霧水漲清波」，上聯追述壽者的故里，「含碧色」三字化用李白「寒山一帶傷心碧」（《菩薩蠻》）的名句，所營造的景象，以意取勝；下聯乃作者聞訊時的惘然情緒，「漲清波」三字，言傷心的眼淚令香江（維港）水漲，而「清波」的「清」與「青」諧音，又與上聯的「碧色」構成顏色對。寫景寓抒情，哀思盡在言外，讀來令人心悒。

佩珍女士

佩蘭息影香如故，慈容宛在；
珍玉遁形澤永貞，懿範長存。

【品評】

此乃作者為友人代筆的輓聯，撰於二〇〇七年四月。聯語就壽者芳名「珮珍」以

「鶴頂格」出之，全聯以「佩珍」二字立意建構，展衍開來，另加上「淑德流芳」的橫額，頗具淒美的文學意象。當中「息影」對「遁形」，「香如故」對「澤永貞」，「慈容宛在」對「懿範長存」，屬對精工，字字緊扣「敬輓」之旨。

山水風光

西湖物華（九副）

其一　惠風蘭韻

嬌枝浴日亭亭立；
嫩蕊臨風細細開。

其二　天山夕照

湖光明滅際；
山色有無中。

其三　日落孤山

孤山留晚照；
萬籟映餘霞。

其四　梅魂亭影

梅依亭影生幽趣；
亭借梅魂醞淡芳。

其五　黃葉殘荷

半塘殘荷，悲增宋玉；
滿地黃葉，興發陶潛。

其六　山中人家

世多誘惑，我心不惑；

不是桃源，勝似桃源①。

其七　深山懸瀑

高瀑倚風時作雨；

平湖因浪忽飛花。

其八　桃之夭夭

迎來春色枝頭聚；

嫁與東風②苞蕊開。

其九　白雪黃梅

雪壓枝頭生傲骨；
寒凝花蕊溢清芬。

【注釋】

①桃源：桃花源。晉宋之際的陶淵明，在其名作《桃花源記》中，描狀了一個超然世外的理想社會。後常用「世外桃源」來比方避世隱居的境界。

②嫁與東風：北宋張先《一叢花令》詞：「沉恨細思，不如桃杏，猶解嫁東風。」

【品評】

此組有關西湖風物的對聯是為杜若鴻的攝影集《西湖之夢》而作的。杜若鴻在負笈浙江大學攻讀碩士學位期間，捕捉了西湖四時晨昏、風雨陰晴之幽微景觀，每幀照片皆選取名家名篇名句或名聯配圖寫意；其難於尋求者，則自行創作或命題請作者幫忙補足。

每副聯語各有小題目，均以影像中的風物命之。作者以唯美的筆法，勾勒出西湖山水風物的詩情畫意，貼切傳神，各有其獨特之處。

其一《惠風蘭韻》「嬌枝浴日亭亭立；嫩蕊臨風細細開」，描狀蘭花在春日和風下的嬌姿，其清雅脱俗的形象呼之欲出。

其二《天山夕照》「湖光明滅際；山色有無中」，勾畫夕陽餘暉下的湖光山色，恰到好處，而且屬對精當，自然順暢，乃作者不假思索，出口成文之作。

其三《日落孤山》「孤山留晚照；萬籟映餘霞」，「詩中有畫，畫中有詩」，頗富意境。

其四《梅魂亭影》「梅依亭影生幽趣；亭借梅魂醞淡芳」，「梅」與「亭」回環往復，互文見義，表現出梅亭的靜態之美。

其五《黄葉殘荷》「半塘殘荷，悲增宋玉；滿地黄葉，興發陶潛」，借用騷人墨客故事，引發思古之幽情。

其六《山中人家》「世多誘惑，我心不惑；不是桃源，勝似桃源」，以流水對出之，雖平白如話，卻甚具哲思。

其七《深山懸瀑》「高瀑倚風時作雨；平湖因浪忽飛花」，動中有靜，靜中有動，意象逼真，妙趣橫生。當中「時」與「忽」字的運用尤見匠心。

其八《桃之夭夭》「迎來春色枝頭聚，嫁與東風苞蕊開」，以濃墨重彩，寫出桃花盛開的狀貌，當中活用宋人張先「桃杏嫁東風」的名句，以擬人辭格「迎來」「嫁與」，賦予桃花的靈性，表現桃花的風情，堪稱「妙對」。

其九《白雪黃梅》「雪壓枝頭生傲骨；寒凝花蕊溢清芬」，乃聯中的正對格，其煉字煉句煉意，三臻其美，可視為聯中的「逸品」。

在此特別一提。此組對聯在《西湖之夢》一百五十幅影像的詩聯配對（作者另有《西湖雪景》一絕與《夢江南·西湖新晴》小令）中，只是梅花間竹式地分佈其間，在該書問世後，讀者卻殊為矚目，無論是行家耆宿，抑或一般愛好者，皆予以激賞，眾口交讚，尤其稱美當中對梅、蘭、桃花等幾種花卉的品題，非但文辭清雅，而且能帶出其神韻。

黃果樹瀑布

青山多氣象；
黃果獨神奇。

【品評】

此聯是作者遊賞貴州黃果樹大瀑布所題，時在二〇〇八年秋。乍看短小平常，細看則頗有機杼。「黃果」對「青山」，是「水」對「山」，但不見「水」字，需「循名責實」才有水；而「黃」對「青」，是顏色對，「黃」在此不是黃色，而是「借名構虛」才有色。此聯虛實相生，遂成巧對。

武夷山剪影（二副）

其一　水簾洞①

活源直瀉丹巖壁；
源活長垂彩玉簾。

其二　一線天三仙洞②

靈石千尋，仰天光一線；
幽居萬古，遺聖跡三重。

【注釋】

①水簾洞：原名唐曜洞天，位於丹霞嶂東面，為武夷山巖洞之最。洞壁高、寬各

一百多米，色如彩霞；洞頂危巖斜覆，洞穴掩藏於收斂的巖腰之內。巖壁摩崖石刻比比皆是，尤以「活源」兩字最為顯眼，乃出自清光緒年間余宏亮手筆，取意朱熹詩句「問渠哪得清如許，為有源頭活水來」（《觀書有感》）。依崖散建數座廟宇，不施片瓦，其中以祀宋代劉子翬、朱熹、劉甫的「三賢祀」最為著名。巖頂有兩股飛泉飄落於丹壁前，瀉入浴龍池。微風吹拂，飛泉水珠搖曳，灑灑揚揚，在丹巖壁色澤的交相輝映下，儼若懸掛洞項的兩幅彩簾，故名「水簾洞」。

②一線天三仙洞：位於九曲溪二曲南面。一座連雲絕巘的鉅石——「靈巖」——斜覆而出，覆蓋着毗鄰的三洞。靈巖巔頂有一道垂直的節理裂隙，長達一百七十八米，寬約一米，最狹窄處僅零點三米；進入洞中，沿怪石鑿成的石階拾級而上，可達靈巖之巔，而從罅隙中仰觀，可領略「天光一線」的奇景，宛若碧虹橫空。三洞名伏羲（左）、風洞（中）、靈巖（右，亦名葛仙洞），其由來各有神奇的傳說，實則由靈巖底部質地疏鬆的頁巖所形成的洞穴。

【品評】

武夷山風光奇秀，景點比比皆是。作者在遊賞之餘，選擇了「水簾洞」與「一線天三仙洞」予以品題，名曰「剪影」，恰如其份。

《水簾洞》一聯，具有氣勢而帶唯美的特色，把武夷山水簾洞寫活了，堪稱妙對。「活源」和「源活」前後倒裝對舉，回環往復，見出新意；「直瀉」見動感，而「長垂」見形象，「瀉」「垂」兩字用詞精當；「丹巖壁」對「彩玉簾」，色彩相對，鮮明奪目，純是白描筆法，景象歷歷在目。

《一線天三仙洞》一聯，上句「靈石千尋，仰天光一線」，着重靈巖紋理空間的寬度描寫；下句「幽居萬古，遺聖跡三重」，着重古今時間的跨度。前句筆法輕靈，後句則以重筆出之，兩兩相對。上下聯中，「萬古」與「千尋」、「三重」與「一線」，兩組數量詞，屬對工巧，自是聯語本色。

黃崗山奇觀（二副）

其一　龍鳳瀑布①

飛龍潛躍，神奇變化兼舞鳳；
鳳舞翩躚，諧趣相生伴龍飛。

其二　大峽谷②

黃崗泉湧，濺濺嗚嗚，高低瀑布知多少；
峽谷溝流，深深淺淺，大小石潭數不清。

【注釋】

①龍鳳瀑布：位於武夷山市大安源龍歸源景區。景區是一個「V」字形峽谷，峽谷

深邃幽長，從海拔兩千多米的黃崗山湧出的眾多流泉，匯成五十多米高的飛龍瀑布，激流飛瀉，沿峽谷溪牀，或潛流，或奔騰，到了一個落差三十多米高之處，一方鉅巖中間隆起，兩邊山勢相夾，瀉水分兩股跌落，分成兩道飛瀑，掛在鉅巖兩邊，故名之為「龍鳳瀑布」。

②大峽谷：位於武夷山西北部大安源自然生態保護區。峽谷呈細小狹窄狀，兩邊山峰陡峭，一道溪流清波蕩漾，景觀隨步換形，瀑布、石潭到處可見，山勢水韻，別具風光。

【品評】

《黃崗山奇觀》兩聯，一寫「龍鳳瀑布」，一寫「大峽谷」，繪影繪聲地描狀其自然生態特質。

《龍鳳瀑布》一聯，寫瀑布之奔騰飛瀉，氣勢生猛，浮想聯翩，造意新奇。上聯以「飛龍」起句，「舞鳳」收尾；下聯以「鳳舞」起句，「龍飛」結尾。不單回文往復，更兼首尾呼應。而「潛躍」對「翩躚」，既貼切，又具動感；其聯意「神奇變化兼舞鳳」

和「諧趣相生伴龍飛」，相生相得，意象鮮活。全聯行文渾然天成，就「龍鳳」二字生發開來，語不見瀑布，而意則不離瀑布，仿如神來之筆，堪稱聯中的「神品」。

《大峽谷》一聯，形制上屬於長聯。「黄崗泉湧，濺濺嗚嗚，高低鋪布知多少；峽谷溝流，深深淺淺，大小石潭數不清。」鋪排展衍，曲盡其妙。此聯疊字的運用尤見特色。上聯從聽覺上描寫，寫泉湧「濺濺嗚嗚」；下聯從視覺上描寫，寫溪澗「深深淺淺」。後半句則留有餘思，以「知多少」和「數不清」，分別寫出「高低瀑布」和「大小石潭」的各式其式，凝練地勾勒出黄崗山大峽谷的奇泉異水。

大地春色（二副）

其一

萬樹欣隨春水綠；

百花爭向艷陽紅。

其二

山河生色連天綠；
桃李飄香遍地春。

【品評】

新春聯以表達春回大地、萬象更新的喜慶氣氛為主。中國自古以來，春節為大節，「千門萬戶曈曈日，總將新桃換舊符」（北宋王安石《元日》）。寫對聯是節日的重要活動，已是佳作纍纍，不易突圍。此二聯寫來頗為靈動，皆能表現出春意盎然、生機勃勃的氣象。兩聯中，第二聯尤值得一提，此聯的文學筆法有其獨特之處。上句「山河生色」氣格高遠，寫活了「河山」，而「連天」兩字以「拖帶」筆法更推進一層，使「綠意」覆蓋面連接無限的空間。下句由「桃李飄香」，生發「遍地春」的聯想。桃李芳菲，借助東風浩蕩的神奇力量，遍地香飄遍地春，語帶誇張，但又使人覺得有真實感。「連天綠」與「遍地春」的巧對，使這副對聯在空間維度上具有與眾不同的特色，這是典型的文學筆法，別具形象思維上的美感。

名句拾掇

敦品勵學

德智體群美①；
正修齊治平②。

【注釋】

①德智體群美：德育、智育、體育、群育、美育，是為「五育」，乃當今學校教育的宗旨。

②正修齊治平：即正心、修身、齊家、治國（封國、封地）、平天下。語源《禮記·大學》：「古之欲明明德於天下者，先治其國；欲治其國者，先齊其家；

欲齊其家者，先修其身；欲修其身者，先正其心……心正而後身修，身修而家齊，家齊而後國治，國治而後天下平。」

【品評】

傳統的儒家思想，極重立身處世之道，《禮記·大學》提出具有系統的「三綱八目」。「三綱」即明明德、親（新）民、止於至善；「八目」為格物、致知、誠意、正心、修身、齊家、治國、平天下。現當代，學校教育強調全人教育，在於培養德育、智育、體育、群育、美育均衡發展、互通共融之健全公民。此聯中，作者擷取「八目」中常道的「五目」，與「五育」構對，可謂匠心獨運，別具哲思。「正修齊治平」與「德智體群美」一古一今，互相對舉，同是為人處世的要則，但其旨趣則有別。

詩畫江南

杏花春雨江南①；
小橋流水人家②。

【注釋】

①「杏花」句：語出元代虞集《風入松·寄柯敬仲》：「報道先生歸也，杏花春雨江南。」

②「小橋」句：語出元代馬致遠《天淨沙·秋思》：「枯藤老樹昏鴉，小橋流水人家。」

【品評】

虞集《風入松》一詞中的結拍「杏花春雨江南」，將煙雨濛濛中的杏花作為江南風物的代表，深得江南美景的神韻。自元代以降，此一佳句廣為流傳。近世畫家徐悲鴻曾以「白馬秋風塞上」為上聯與之構對，書贈友人，以塞北的陽剛之氣對江南的陰柔之美。而作者則擷取馬致遠《天淨沙》散曲中的佳句「小橋流水人家」為下聯與之構對，上下聯內容互補，相得益彰，詩情畫意更加濃鬱。畫家李可染曾將江南嬌艷的杏花移植到桂林的灕江煙雨中，繪成《杏花春雨江南》圖，為其名作。設若不向灕江煙雨借景，而就「杏花」「春雨」「江南」的氛圍，加「小橋」「流水」「人家」的景象構圖，應也是一樣出色。

必須說明的是，此聯作為「名句拾掇」，雖極具美學意蘊，唯上下聯的平仄不是相對而是相同，可視為聯語的「特格」。

含英咀華

景物因人成勝概①；
詩文藉句出名篇②。

【注釋】

①「景物」句：語出宋代沈蔚《天仙子》：「景物因人成勝概，滿目更無塵可礙。」

②「詩文」句：為作者湊趣之語。

【品評】

此聯上句擷取自宋人沈蔚《天仙子》一詞的首句，意即自然景物，要有名人的欣賞稱美，才能成為名勝風光。此語紮根事實，蘊含哲思，作者頗為激賞，是以就其讀書心得，用類比辭格對之，指明一首詩詞、一篇文章，往往藉着當中有佳詞麗句，而成為廣泛傳頌的名篇。此等例子不勝枚舉，可謂人人意中所有。全聯立意甚佳，頗具理趣，且屬對工穩，言淺意深。

月籠花明

雲中待月月偏隱；
霧裏看花花漸明。

【品評】

作者原有「自注」，云：「庚申中秋，與友人在維港畔賞月，奈何浮雲亂飛，月兒『千呼萬喚猶遮面』。友人怏怏道：『雲中待月月偏隱。』余順口應聲曰：『耐心等一等，霧裏看花花漸明。』友人雀躍說：『好句，對得妙！』興致又來了。說來也巧，少頃，月兒就露面了。」

此聯構句巧妙。「雲中待月月偏隱；霧裏看花花漸明」，是聯格中的「反對」，這種對法使聯意更形清晰，「雲中」對「霧裏」，「待月」對「看花」，「漸明」對「偏隱」，既有義對，也有意對，富有文學美感。

【代跋】經典如何鑄成

《思若三齋詩詞對聯集》是家父五十多年（一九六二至今）來的文學創作結集。萌生編纂這部文集的念頭是在多年前，但一直延至今日才得以和讀者見面。一方面，是因為父親年及古稀猶未退休，依然專注於教科書的編著，對於出版個人文集未暇顧及；另一方面，我作為本文集評注的主筆，一直教學研究創作三棲地忙，未能集中精力。今年終於定下決心，全力推動。作為子女，我們兄弟三人覺得有責任為家父做一點事。當然，還有一個更深層的原因，就是抽離這層父子關係，站在文學評論者的角度，我認為這是一部成功的詩詞對聯結集，古典詩詞既是主體，亦最具特色，可以在當代中國古典詩詞領域佔一席位。正由於這一原因的驅動，我們在書中力求以純粹評注者的身份，將對古典詩詞的感悟與學術認知，運用品評式的語言，引導讀者進入韻文的美學境界。

這段時間的全情投入，我對這部結集有幾個總體的印象，說出來和讀者分享。

一、家父寫詩曾學杜甫，七律《讀杜詩〈秋興八首〉》，句不虛發，尤能體現出讀杜心得；他又酷愛詩豪劉禹錫，我以為其風格最似劉氏，如七律《兩岸對峙·步唐人劉禹錫〈西塞山懷古〉原韻》，有異曲同工之妙；從七絕部分作品，如《劉夢得文集》外一首，更可略見其概。至於詞方面，白描手法類「詞中二李」李後主、李清照，揮灑自如，文集中不勝枚舉，以《夢江南·廈門素描》五首為代表，乃二十世紀中期廈門的形象寫照，華章長留當年美。二、本集所選早期田園和校園的作品，佳作頗多，給人以無限的唯美、純樸的想像空間。我曾戲稱家父為「雙園詩人」，家父會心一笑。三、中後期以具史識和文識的作品最為突出，這與其治文史三十多年有深層的淵源。以《讀詩十絕句》（外四首）和《憶秦娥·中日關係回眸》六首為代表。四、作品具有一定的時代感，尤其是言國際時事的作品，如古體詩《薩特姆·侯賽因受刑一問》、七律《九一一歎》、詞作《水調歌頭·登日光巖》等，針砭時事，洵為佳作。五、情感真摯，尤其是親情篇，如七律《哀思》二首、詞作《蝶戀花·重陽節寄菲國胞兄》，去盡蕪華，動人肺腑。他如言情詞《荷葉杯》三首，情思婉媚，頗具本色。六、作品普遍具有意境，情景交融，不乏「詩中有畫，畫中有詩」的佳作，如七律《曉晴》《春色賦》，七絕《山村抗旱風景線》與詞作《採桑子·踩水車》等等。七、對聯工整平穩，不少嵌字聯，組詞自然，見出文學功力，如《九仙天門》、《白水巖寺》其一及其二、《天壇大佛開光》、《鯉景屋苑》、《黄崗山奇觀》、《大地春色》其二，這與其尚楷書，追求勁中秀外之風，或可「藝文互見」。八、全卷的文字風格可用「典雅文華」概括之，以古體詩《西湖行》及組聯《西湖物華》為例，可略見一斑。

本集所選，在分佈特色上，體裁多元，題材廣泛，每類都有佳構，質和量的比例基本相稱。因為時間横跨半個世紀，難免留有不同時期的時代烙印。作為結集，我認為留住那一刻的「真」也是有必要的，因此儘量保留當時的「原作」。

對本文集的品評，讀者也多少能看出我對當代人寫古典詩詞的觀點角度。這裏藉文集中的作品為例，綜合出幾點我在編前編後的思考和探索，與愛好詩詞的朋友探討一下困擾當代詩壇的一個問題：現代人如何經營中國古典詩詞，使作品在當今社會發出光芒？

寫古典詩詞，詩味、詩意、詩境是必須努力經營的。詩非散文，更非報告文學，最忌直白。我們寫作時很容易受到現代白話文的影響，「我手寫我口」，但詩應該有詩的語言，原則上應力求凝練、含蓄、形象、文華，言有盡而意無盡，預留空間給讀者想像。本集中的「雙園」作品，大多朝着「詩本位」這一創作方向，昭示現代人也可寫出「詩情畫意」的作品。古典詩詞是一份寶貴的文學遺產，可點撥、傳承及轉化，古為今用。唐詩宋詞的藝術成就確為我們提供了一個典範，藝術美感並不會因為我們是千百年後的現代人而生隔膜。

當然，「一代有一代之文學」，詩詞也有其獨特的時代美感。古典詩詞在新時代貴在創而「新」之，才能有文學生命，主題上是可以大刀闊斧變革的。譬如本集寫國際大事的七律《九一一歎》，寫辛亥革命烈士的七絕《題黃花崗》，寫國共內戰的《三大戰役感賦》，寫中日關係的《憶秦娥》六首，主題上具有時代感，是刷新傳統詩詞主題的佳例，對傳統詩歌語言及風格帶來一定的質變也是可喜的文學現象。事實上，以古典詩詞體裁寫具時代感的作品尤考功夫。當代人創作時應該特別引起注意的是，無論主題如何偉大，道理如何高深，如果脫離詩的形象語言而走向純粹的說理、說教，離佳作就遠了。

再就是，詩詞的語言應力求流暢，可供吟詠。清人蘅塘退士《唐詩三百首》的編纂告訴我們，即使一首詩合乎格律，善於用典櫽詩，但如果不可卒讀的話，是不會受人們喜愛的。詩詞的產生不能劃一而論，說到格律固然需要慢慢琢磨，但靈感的驅動，「心性」的感悟，不可或缺。靠完成後才來太多的調度，使失天籟。天作之合，是在創作過程中，形式和感知大致達到均衡的狀態。當然，從格式上而言，律詩、長調需要多些功夫經營，絕句、小令需要更多的悟性，新詩需要靈動多變。如本集中七律《武漢長江大橋秋望》，七絕《校園春曉小雨》《西湖雪景》，詞作《沁園春·國慶十五周年》《夢江南·西湖二首》，新詩《如果》等，寫作時雖各有側重，然皆可供吟誦。

「詩人之詩」也好，「學人之詩」也好，無論那一類，主要還是以感性為詩之主脈，理性是隱然的、內緣的。詩的魅力應來自於運用抒情的筆法進行理性思索，而非硬銷式的議論。本集涉及「史識」「文學觀」乃至「文化觀」的作品，筆鋒常負載感情，而非純粹以才學為詩，值得借鑑。

最後，我想說的，是所謂經典的標準。古典詩詞難寫難精，經過苦鑄成篇，可達到一定的文學水準。唐人張懷瓘在其《畫斷》中曾提出「能品」「妙品」「神品」之分，朱景玄《唐朝名畫錄》又添「逸品」之說。詩畫本同源，我們評詩者何嘗不可斟酌參詳？當然，一位詩人其最終達到的高度，得看後天努力和天性稟賦的綜合發揮程度。但無論其創作過程是怎樣的，我以為必須在謹慎立題的前提下，符合三項基本元素，即煉字（字秀）——煉句（句秀）——煉意（篇秀），方能有望成為經典的「篇」。字構成句，句構成篇，這是顯淺的道理，但是，現代人寫古典詩詞，往往難寫出經典的作品，原因即未能明白步步為營，於細微處謀篇佈局的詩法，從而達到一定的「氣格」（骨秀）或「神韻」（神秀）。比方說，我認為本集中七律可以壓卷的《武漢長江大橋秋望》，尾聯「仙翁黃鶴若欣羡，還請歸來賞舊遊」，依據詩律，「仙」、「還」可平可仄，但實質上出句用了陰平，對句用了陽平，假如對句也用陰平，雖然並沒違格律，但結句聲韻上就平板多了；配合整首詩的豪邁氣格，「還」字也要比「呼」或「喚」字來得「傳神」，而更顯得意態優悠。也就是說，一字足以構成質變。詩詞字數勝在以少總多，嚴格而論，是一字放不得的。

這部作品的完成是父親對創作生涯的一個交代，從中也可以觀照其心路歷程。書名中「思若三齋」是父親的書房，取其「再三思索」的為文精神；另一層意義則是從我們三位評注者的名字擷取其中一字而來。這些日子對於我們三位品評者來說確實非比尋常，遨遊於詩的海洋，談詩說詞，感覺對「詩之國」略盡了一點綿力而樂在其中。

結集編成之際，聊表數語，淺陋之見，容或有異，願方家共同探之。

杜若鴻

二〇一五年仲秋於香港大學

驀然回首算秋來春往流年三十鏡裏
不辭霜鬢染從業敬誠如一作者班頭
主編名下百部凝心力孜孜矻矻學生
經典增益行裏爭競流風或求花巧我
但求平實一字一詞明句讀握緊墨繩
班尺正識弘文培基固本厚積輕輕發
春風時雨滿園桃李生色
振醉手書從事教科書編著三
十春秋感賦調寄念奴嬌
辛卯年端月於思若三齋

本集詞作：《念奴嬌·從事教科書編著三十春秋感賦》

萬里驅車欲赴京中程少駐
在杭城夢遊西湖成真實攜
友遊湖繞湖行天公作美顯
奇景巧排一日陰雨晴山色
空濛樓台隱湖光瀲灧亭榭
明西子顰笑俱佳好麗質媚
態本天成柳拂蘇堤似春曉
曲院夏荷猶婷婷斷橋殘雪
話借傘平湖秋日漣漪輕花

港觀魚魚潛躍未到柳浪先
聞鶯雙峰插雲雲腳低虎跑
流泉泉水清雷峰夕照暮雨
歇南屏晚鐘傳遠聲小瀛洲
上尋仙跡三潭印月待月昇
斗轉星移興未了沉醉湖山
何限情

振醉手書西湖行

戊子年陽春之月

本集詩作：古風《西湖行》

君不見黃河之水天上來奔
流到海不復回君不見高堂
明鏡悲白髮朝如青絲暮成
雪人生得意須盡歡莫使金
樽空對月天生我材必有用
千金散盡還復來烹羊宰牛
且為樂會須一飲三百杯岑
夫子丹丘生將進酒杯莫停
與君歌一曲請君為我傾耳

聽鐘鼓饌玉不足貴但願長
醉不用醒古來聖賢皆寂寞
惟有飲者留其名陳王昔時
宴平樂斗酒十千恣歡謔主
人何為言少錢徑須沽取對
君飲五花馬千金裘呼兒將
出換美酒與汝同銷萬古愁
杜振醉書李白將進酒
乙酉年桂月

李白：樂府詩《將進酒》

蘇軾：中秋詞《水調歌頭》

本集詩作：《七律・武漢長江大橋秋望》

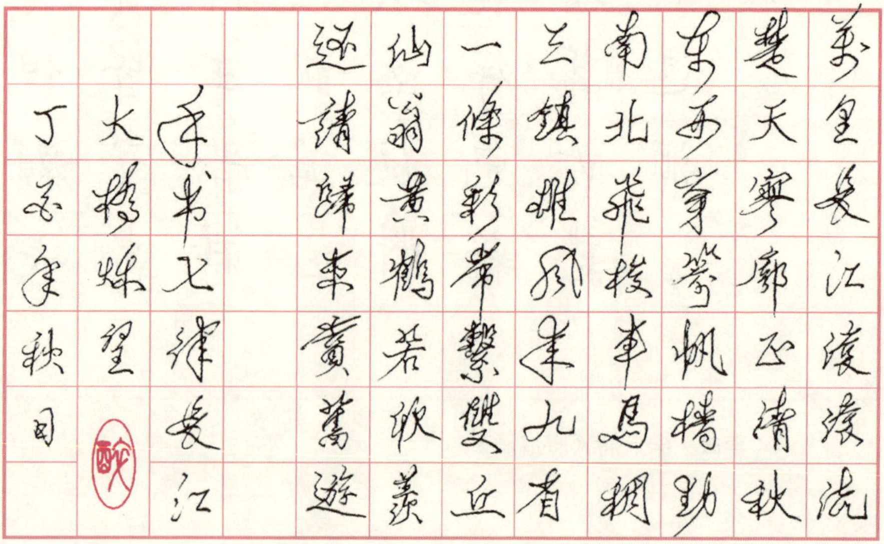

本集詩作：《七律・讀杜詩〈秋興八首〉》

夔府孤城望帝州，風清露冷在心頭。
非唯宋玉悲衰草，豈但陶潛嗟暮秋。
傷世長懸家國念，感時遠繫廟堂憂。
華章八疊揚千古，律細纖毫韻自悠。

讀杜詩秋興八首振醉書

夏曆乙未年秋日於香江

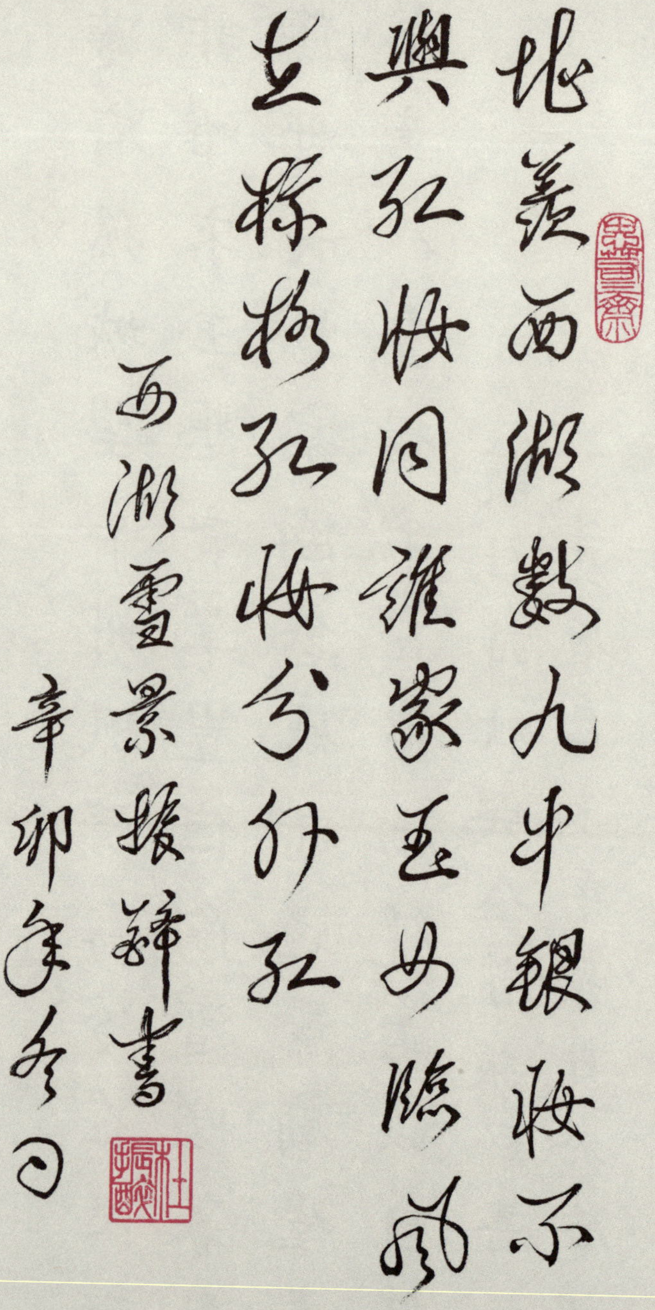

本集詩作——封面圖意：《七絕·西湖雪景》

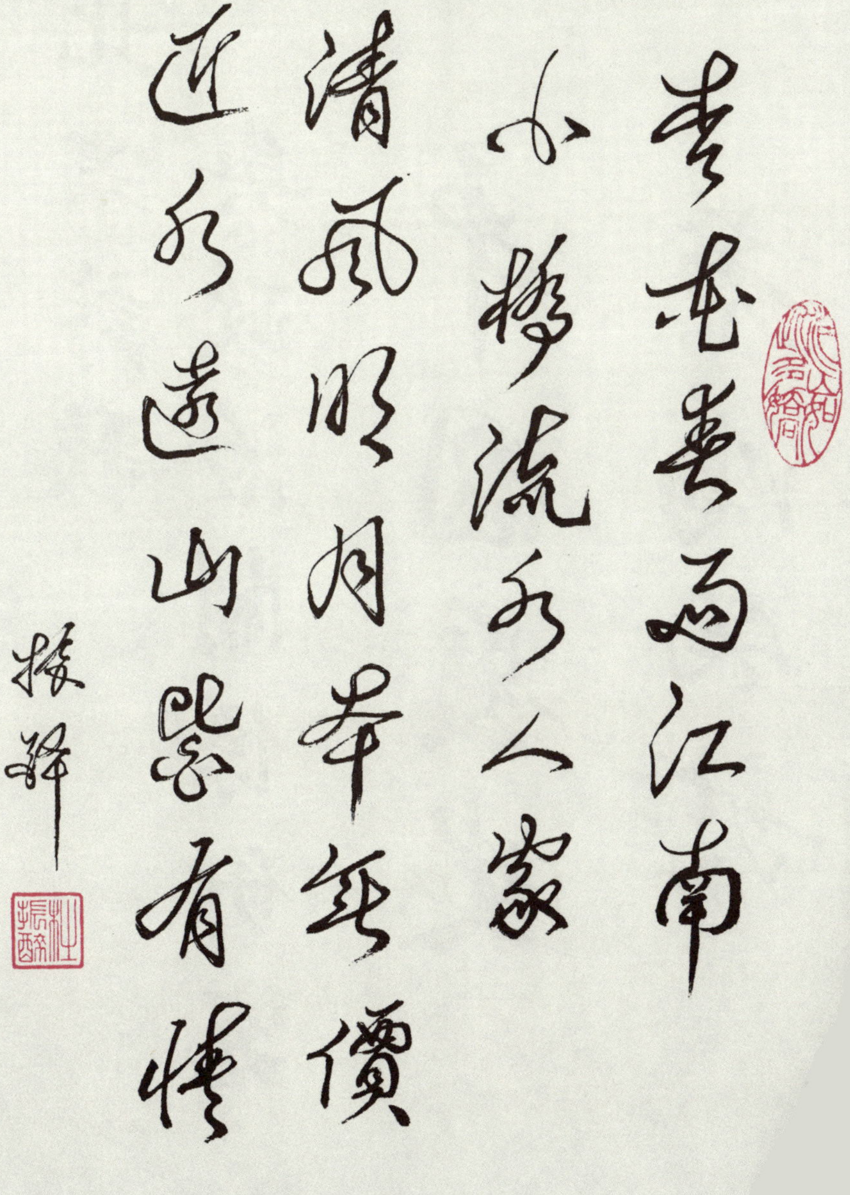

本集對聯：杏花春雨江南；小橋流水人家。
滄浪亭名聯：清風明月本無價；近水遠山皆有情。

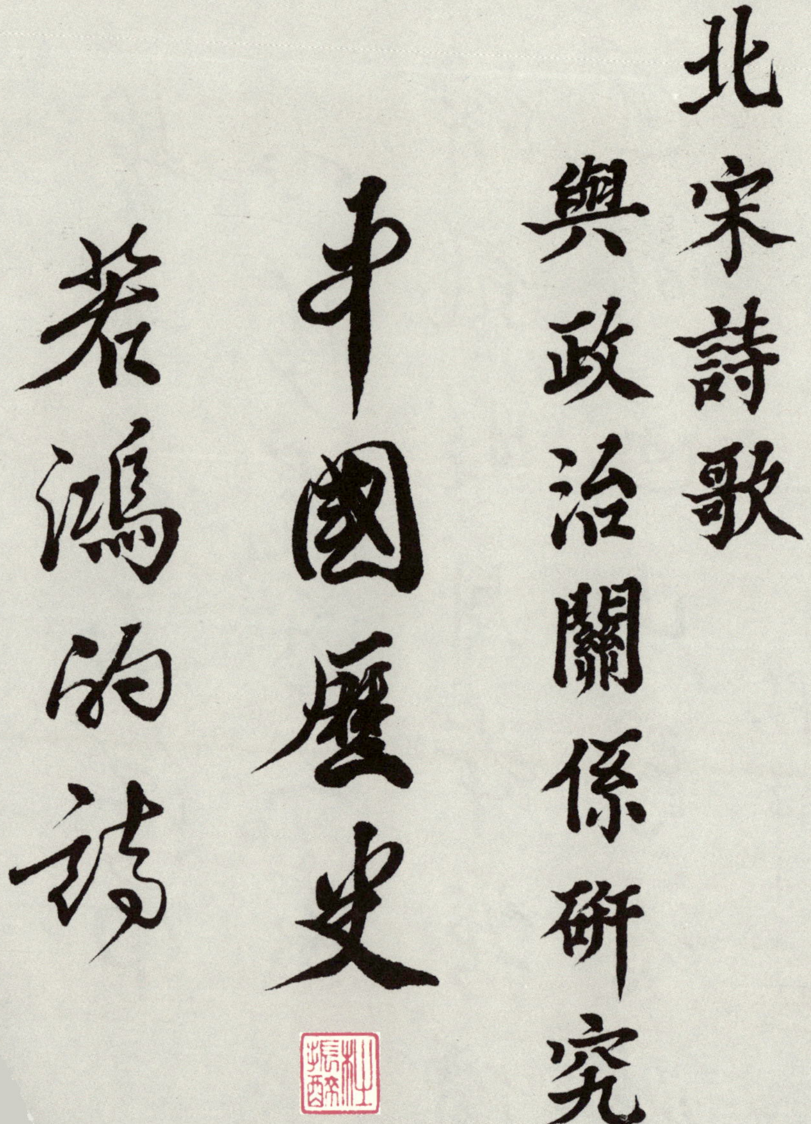

《北宋詩歌與政治關係研究》（學術）、《中國歷史》（課本）、
》（文藝）